SV

László Darvasi

Winter-morgen

(Gott. Heimat. Familie)

Novellen

Aus dem Ungarischen
von Heinrich Eisterer

Suhrkamp Verlag

Die Originalausgabe erschien 2015 u. d. T. *Isten. Haza. Csal.* im Verlag Magvető, Budapest.
Die deutsche Ausgabe wurde vom Autor geringfügig verändert und um die Texte »Tips für Hundehalter«, »Der Tod des Nachbarn«, »Der Baum« erweitert. »Stell es dir vor, János!« und »Das Gebiss« wurden nicht aufgenommen. Abweichungen der Übersetzung vom Original sind mit dem Autor abgestimmt.

Erste Auflage 2016

Satz: Satz-Offizin Hümmer GmbH, Waldbüttelbrunn
Druck: CPI – Ebner & Spiegel, Ulm
Printed in Germany
ISBN 978-3-518-42552-7

Wintermorgen

Gott

Die Blume

»Mein Junge, das ist die Erde.«

Der junge Mann nickte mit seinem schweren Kopf.

»Dort ist der Himmel. Wolken. Vögel. Wind. Die Winde sehen wir nicht. Aber wir spüren sie. Heb mal das Gesicht. Spürst du es? Das ist der Wind. Das dort ist ein Flugzeug. Da sitzen Menschen drin. Sie reisen irgendwohin. Sie fahren fort, kommen an. Wie der Rumpf glänzt.«

Der Junge nickte. »Ich sehe es. Es glänzt. Wir fahren nicht fort?«

»Wir fahren nicht fort«, sagte der Mann.

»Mutter ist gegangen«, sagte der Junge.

»Sieh dich nur um«, fing der Mann nach kurzem Schweigen wieder an und drehte sich in alle Richtungen. »Tiere. Kühe. Schafe. Ein Seeadler. Er fliegt. Der Hund. Er ist bei uns. Es ist unserer.«

Der Junge lächelte.

»Es ist unser Hund. Meiner. Bleibt er hier?«

»Ja, er bleibt hier.«

»Warum bleibt er hier?«

»Er hat uns lieb.«

Jenseits des Zauns konnte man oft nichts mehr erkennen, das Grau verschluckte sogar den verdorrten Nussbaum. Der Mann saß am Küchenfenster und starrte in die nasse Landschaft. Das war ein Regen, bei dem die Luft sich nicht bewegte. Zwischen der grauen Erde und dem grauen Himmel spannten sich graue Angelschnüre.

»Siehst du, das ist Regen«, sagte er.

»Ja«, antwortete der Junge. »Er ist kalt.«

»Noch kälter als Regen ist der Schnee«, erklärte der Mann. »Der fällt im Winter. Anstelle von Schnee fällt jetzt Regen. Erinnerst du dich an den Schnee?«

Der Junge schüttelte den Kopf.

»Ich erinnere mich nicht an den Schnee. Und an den Winter erinnere ich mich auch nicht.«

»Schnee ist weiß und weich wie Flaum. Auch er kommt vom Himmel.«

Der Junge sah vor sich hin. Sein Kinn glänzte.

»Ich weiß nicht. Ich erinnere mich nicht.«

Der Mann streichelte ihm die Schulter.

»Macht nichts, mein Kind. Dann im Winter. Da zeige ich dir das Ganze.«

Das war ihm ungewollt herausgerutscht, trotzdem horchte der Junge auf.

»Das Ganze?«

»Nicht das Ganze. Den Winter«, sagte der Mann.

»Wenn nicht Winter ist, dann kann man den Winter nicht zeigen?«

»Ich kann ihn dir zeigen, nur siehst du ihn nicht so gut, glaube ich.«

»Wo ist der Winter jetzt? Ist er gegangen?«

Der Mann überlegte und fuhr in die Gummistiefel. Er warf sich die Pelerine um. Zeit für die Fütterung.

»Das Ganze kann ich nie zeigen. Vielleicht gibt es so was gar nicht.« In der Tür drehte er sich um: »Und man darf Gott nicht vergessen.«

»Gott«, sagte der Junge. »Ich weiß nicht.« Er zuckte die Achseln. »Ich erinnere mich nicht.«

»Gott Vater, Sohn und Heiliger Geist«, erklärte der Mann.

»Gott Vater, Sohn und Heiliger Geist«, wiederholte der Junge. Und er lächelte gezwungen.

Der Mann ging in den Regen hinaus. Wie mit Fingern trommelte das Wasser auf seinen Rücken. Er versorgte die Tiere, trug Holz ins Haus. Das hackten sie gemeinsam, der Junge half, doch bald hatte er keine Lust mehr. Längere Zeit machte er gar nichts. Aber er konnte ja den ganzen Tag durchschlafen, um dann in der Nacht nur umherzuwandern, den Mond ansehen und die Sterne, Radio zu hören oder zu essen.

Die verregneten, kalten Tage gingen vorüber. Langsam wurde das Wetter milder, die Wärme bestreute die Wiesen rund ums Haus mit den kleinen gelben Sonnen der Wolfsmilch. Das Grün reifte und wurde tiefer. Die Gegend war voller Storchennester. Der Mann nahm den Jungen beim Arm.

»Frühling. Es ist Frühling, das weißt du.«

Der Junge nickte. »Frühling.«

Eines Tages stand er ungewohnt früh auf. Noch vor dem Mittagessen kam er aus seinem Schlupfwinkel. Der Mann gab ihm ein Schmalzbrot. Er begann zu kauen, schließlich ging er hinaus vor das Anwesen und setzte sich an den Graben. Er ließ den Blick schweifen, spuckte hin und wieder aus. Auf einmal begann er zu rufen.

»Komm! Komm!«

Der Mann ging zu ihm, er hatte gerade Zwiebeln geschnitten und wischte sich die Hände ab.

»Ich bin dein Vater. Vater. Verstehst du?«

Der Junge nickte. »Vater.« Nun begann er zwischen Gräsern und Blumen den Grabenrand zu erforschen. Seine dicken Finger strichen über die Erde, fegten Störendes beiseite, geschickt und mit Gefühl. Plötzlich hielt er inne. Der Mann beugte sich über ihn. Der Junge zeigte ihm ein blassrotes, bläuliches Blümchen mit kleinen gelben Streifen in den Blüten. Seine Augen leuchteten.

»Kesstölzesömöhze.«

Der Mann wunderte sich. Dieses Wort hat er noch nie gehört. Er ist hier aufgewachsen, zwischen den weißen Gehöften, die in der Gegend verstreut waren und Wurzeln geschlagen hatten, neben Feimen, in abgelegenen Winkeln von Gärten, er kennt jeden Busch, jeden Baum und jeden Wasserlauf.

»Kesstölzesömöhze?«

»Ja«, sagte der Junge. »Eine Blume, siehst du?«

»Ich sehe«, sagte der Mann.

»Wir pflücken welche für Mutter, falls sie zurückkommt.«

»Wir pflücken welche«, sagte der Mann.

Der Junge ging ins Haus. Er schlang noch etwas herunter und legte sich hin, eine Zeitlang knarrten die Bettfedern rhythmisch. In der Nacht stand er auf, um zu essen, der Mann hörte ihn herumtappen. Es war noch ein bisschen Bier da, er trank es aus. Sicher hatte er schon alle seine Zigaretten verbraucht.

Am Morgen ging der Mann zum Graben hinaus, nach dem Wasserlassen suchte er die Blume. Mehrmals ging er gebückt hin und her. Das Kreuz tat ihm weh, wie beim Holzhacken. Er fand die Blume nicht.

»Kesstölzesömöhze«, sagte er zu dem Jungen, als der am Nachmittag aufstand, weil er hungrig geworden war.

»Was?«, fragte der Junge.

»Kesstölzesömöhze«, wiederholte der Mann.

Der Junge blinzelte und rieb sich die Stirn.

»Ich erinnere mich nicht.« Er zuckte die Achseln und begann, aus dem Topf zu löffeln. Er aß. Dass die Paprikakartoffeln kalt waren, schien ihn nicht zu stören.

Die Steintreppe

Oberhalb des Wassers verlief eine Straße. Noch weiter oben färbten Oleanderblüten die Gärten weiß und tiefrot, dazwischen grünten Feigenbäume. Die weiße Reihe übereinandergeschachtelter, jahrhundertealter Steinhäuser hatte man auf den Felsen des Berges erbaut, wie die Kirche und das längliche, moderne Gebäude des Krankenhauses. Die Villen waren blendend weiß, auf einigen blähte sich die Nationalflagge im Wind, der vom Wasser her wehte. Kleider, Matrosenjacken, lokale Uniformen, Frauenröcke und Blusen, Kindersachen trockneten auf den Balkonen. Da und dort hing gespenstisch eine schwarze Soutane, wie zur Warnung, dass hier ein Diener Gottes wohnte. Der Strand war schmal, mit gezackten Felsen gesäumt. Ein gelber Sandstreifen schlängelte sich auf den Hafen zu. Der Mann rauchte, in einer karierten Papiertüte hatte er Bier und Sandwiches dabei. Das Mädchen saß am Rand des Wassers, die Wellen leckten an ihren gewaltigen Schenkeln. Ihr Kopf bewegte sich unablässig auf und ab, als wollte sie die Stirn aufs Wasser klatschen. Der Mann blies Rauch in die Luft, zog die Tüte zu sich und kramte nach seinem Bier. Er machte eine Flasche auf und trank. Sein Hemd hatte er schon auf einen Felsen gelegt, die schwarze Hose behielt er an. Gestern und vorgestern waren sie auch schon hier gewesen.

Aus der schattigen Kühle kamen die Jungen zum Wasser gelaufen, mager, sehnig und braun. Sie hatten nichts dabei, höchstens ihre Schuhe oder eine Flasche Limonade, sonst nichts, keinen Ball, keinen Stock, Wasser und Strand gaben ihnen alles. Sie liefen barfuß, in enganliegenden schwarzen Badehosen. Die braune Haut spannte über ihrem Rücken. Keine Erbse hätte unter die Haut gepasst. Sie waren laut und wild, rauften, balgten miteinander, sprangen vom Felsen ins Wasser, das war ein Hechtsprung, das ein Klappmesser, und das nur eine Bombe, begleitet von Gelächter. Um sie herum schäumte das Wasser, sie kickten den Sand, bewarfen einander mit scharfen Muscheln. Wenn sie sich am Rücken oder Schenkel verletzten, lachten sie, leckten sich das Blut ab, spülten es weg.

Der Mann trank und rauchte. Das Mädchen saß im seichten Wasser und nickte. Hin und wieder murmelte es etwas. Der Mann winkte ihm zu.

»Schon gut, ein andermal.«

Oder er sagte nur, es gehe nicht. Morgen dann.

Einer der Jungen war ein Blonder mit mädchenhaftem Gesicht, auf seinen Wimpern hätte er die größten Oleanderblätter balancieren können. Die Locken fielen ihm auf die Schultern. Einmal kam er an, schielte nach dem Mädchen.

»Fehlt ihr etwas?«

»Sie ist krank«, antwortete der Mann.

»Was ist mit ihr passiert?«

»Sie ist schon so geboren.«

Der Junge lief zu den anderen zurück, schrie laut auf, er war über etwas gestolpert. Sein Gesicht war voll Sand. Sie lachten. Dann tauchten sie. Bei einem verrieten die

Blasen, wo er sich gerade befand, fast zwanzig Meter weiter kam er an die Oberfläche, prustete, drehte sich im Kreis, spielte den Ertrinkenden. Als sie ausruhten und sich auf den glühend heißen Felsen räkelten, kam der Junge wieder angelaufen.

»Kann ich eine Zigarette haben?«

Der Mann gab sie ihm.

Der Junge rauchte im Stehen und beobachtete das Mädchen. Das eine Bein hatte er wie ein Wasservogel über das andere gekreuzt. Er stand sicher, er war ganz eins mit Wasser, Wind und Sand. Sein blondes Haar glänzte, er kniff die Augen zusammen.

»Wie heißt sie?«

»Marica.«

»Ein schöner Name. Sitzt sie die ganze Zeit nur da?«

Der Mann deutete nach hinten. »Sie kann sogar die Treppe hinaufgehen.«

»Versteht sie, was ich zu ihr sage?«

»Nicht alles«, antwortete der Mann. »Sie versteht einiges.«

»Die anderen sagen, dass sie euch schon gesehen haben.« Der Junge deutete mit der Stirn auf die Villenzeile. »Ihr seid in der Messe gewesen. Und im Krankenhaus. Auf den Markt geht ihr auch oft.«

Der Mann zuckte mit den Achseln. »Wir sind öfter unterwegs. Ihr seid nur im Sommer hier, nicht wahr?«

Der Junge nickte, dann trat er näher an das Mädchen heran, beugte sich ein wenig vor und betrachtete ihren Körper.

»Sie kann nicht schwimmen.«

Der Mann schüttelte den Kopf:

»Sie kann schwimmen.«

Der Junge schnippte den Zigarettenstummel weg, er lächelte: »Darf sie mit uns mitkommen?«

In der Frage lag kein Spott. Eher Interesse. Sie klang ganz selbstverständlich. Der Mann sah das Mädchen an:

»Willst du mit ihnen schwimmen gehen, Marica?«

Das Mädchen nickte entschieden.

»Gut, bleibt aber in Ufernähe. Hörst du?«

Der Junge lief davon, rief seine Kameraden, sie kamen, umringten das Mädchen, gestikulierten und tuschelten, kicherten hinter vorgehaltener Hand. Sie hatte einen riesigen Kopf und einen tonnenförmigen Leib. Unter dem dünnen, schütteren Haar sah man das Rosa der Kopfhaut. Die Brüste hingen wie zwei Kissen. Ihre Haut war weiß. Sie nickte immer noch. Sie watete ins Wasser und legte sich vorsichtig darauf, sie konnte tatsächlich schwimmen. Die Jungen nahmen sie in die Mitte, planschten vergnügt um sie herum, schwammen unter ihr durch, und wenn sie vor ihr auftauchten, lachten sie ihr ins Gesicht. Sie spritzten sie an, schrien und kreischten. Sie schwammen mit ihr bis zum großen Felsen, bespritzten ihn von allen Seiten, dann kehrten sie um. Auf der Spitze des Felsens saß eine dicke Möwe. Sie betrachtete sie, als hätte sie so etwas noch nicht gesehen. Die Möwe flog nicht weg.

»Das war foin«, keuchte der Junge, als sie zurück waren.

»Gut habt ihr das gemacht, sehr gut«, sagte der Mann.

Das Mädchen saß schon wieder am Ufer, mit blauen Lippen. Sie nickte.

»Kommt ihr auch morgen her?«

»Ja, sicher«, sagte der Mann, er öffnete ein Bier, dann

warf er den Kopf hoch und sah dem Jungen in die Augen.

»Darf ich dein Haar berühren?«

Das Kind war überrascht, es verzog den Mund.

»Mein Haar, warum?«

»Ich weiß nicht. Solches Haar habe ich noch nie gesehen.«

Der Junge lachte auf und neigte den Kopf. Über seiner Schulter spannte sich die Haut. Das kräftige Haar war nass und klebte in Büscheln zusammen. Behutsam berührte der Mann eine Strähne. Dann lief der Junge zurück.

Der Mann saß am Strand, er trank und rauchte, warf Kieselsteine ins Wasser, wackelte mit den Zehen. Er trat zu dem Mädchen und betrachtete ihr Haar. Sie nickte.

Am nächsten Tag kamen sie wieder, und die Jungen nahmen das Mädchen wieder mit zum Schwimmen. Sie spielten mit ihr, nun spritzten sie sie nicht mehr an, sie testeten aus, wofür sie zu haben war. Ob sie auf dem Rücken schwimmen konnte. Sie konnte es. Oder unter Wasser schwimmen. Auch das konnte sie. Das Seltsame war, wenn sie mit ihr untertauchten, sahen sie, dass sie auch unter Wasser nickte. Und sie nickte auch, wenn sie auf dem Rücken schwamm.

»Ihr habt euch zu weit rausgewagt«, sagte der Mann, als sie zurückkamen. Eine weiße, träge Tonne zwischen sehnigen, braunen Körpern. Sie keuchten mit blauen Mündern, und auch ihre Augen waren vom Blau des Wassers voll.

»Sie kann ja schwimmen!«, lachten die Jungen.

»Sie kann besser schwimmen als wir«, lachten sie noch lauter.

»Ihr wart zu weit draußen«, wiederholte der Mann.

Die Jungen lachten und liefen davon.

Der Mann und das Mädchen waren auch am nächsten Tag am Strand. Es blies ein schwacher Wind. Ein schiefes Bäumchen neben der Steintreppe nickte ihnen zu. Der Mülleimer an der Straße war überfüllt. Der Mann begann wieder zu rauchen und trank. Mit dem Glockenläuten tauchten die Jungen wieder auf, alle fünf, sie liefen mit klatschenden Sohlen die Steintreppe hinab. Zwischen den Felsen am Ufer spielten sie Fangen, barfuß sprangen sie auf den scharfkantigen Steinen herum. An den gewagtesten Stellen machten sie Handstand. Sie begruben einander mit Steinen und Sand. Unter Gejohle liefen sie ins Wasser. Sie tauchten unter, kamen prustend wieder hoch, schrien und pfiffen. Sie sammelten Seeigel, warfen sie ans Land, die Tiere bewegten sich unsicher, das Sonnenlicht bemalte ihre aufragenden Stacheln blau. Einer der Jungen fing mit einem angespitzten Stock Fische. Er durchbohrte sie unterhalb der Kiemen, so schnell, dass man der Bewegung kaum folgen konnte, doch sein Blick war verträumt. Das Mädchen nickte. Die Jungen machten Feuer und brieten ihren Fang. Sie brachten dem Mädchen ein Stück, es aß nickend. Sie wollten nochmals schwimmen. Der kleine Blonde hatte einen fettigen Mund. Das Mädchen nickte immerzu, auch ihr Mund war fettig.

Der Mann tat einen Zug aus der Bierflasche.

»Aber bleibt in der Nähe.«

»Wir bleiben in der Nähe.« Die Jungen lachten und zwinkerten.

»Aber klar doch!«

Sie schwammen hinaus, wie sonst auch. Sie tummelten

sich um den langsamen, weißen Wal herum, die glücklichen kleinen Delphine tauchten auf und unter. Sie schwammen über den großen Felsen hinaus. Die Möwe starrte sie an. Sie flog nicht weg. Der Mann blinzelte ihnen nach und blies Rauch aus. Er zündete sich die nächste Zigarette an und sog an seiner Bierflasche, schüttelte den Kopf. Dann setzte er sich nicht mehr hin, sondern blickte nur noch über das Wasser. Doch er sah nichts als die Endlosigkeit. Neben seinen Füßen sammelten sich leere Flaschen. Von der Kirche hallten Glockenschläge herüber. Eine Sirene war zu hören. Irgendwo am Berghang begann ein Betonmischer zu dröhnen. Die Sonne wandte sich gegen Westen und sank. Er begann zu frieren. Endlich sah er einen Punkt im Wasser, der wuchs und näher kam. Er beschattete seine Augen und setzte sich, seufzte wie erleichtert.

Das Mädchen erreichte das Ufer, sie keuchte nicht, sie nickte. Sie streckte sich im seichten Wasser aus, schien zu träumen. Der Mann strich ihr Seegras von der Schulter.

»Ich habe es ja gesagt, ihr schwimmt zu weit raus.«

Das Mädchen nickte.

»Nächstes Mal bleibt ihr in Ufernähe, okay?«

Das Mädchen nickte.

»Na dann, gehen wir.«

Der Mann griff unter ihren Körper, stellte sie auf die Beine. Er nahm sie bei der Hand und führte sie auf die Steintreppe zu, die sich zum Ufer herabsenkte. Sie zitterte, er musste sie ziehen. Er fasste ihre Hand fester, die Adern an seinem Arm traten hervor.

»Hab keine Angst, du wirst nicht hinfallen«, sagte er. »Du brauchst keine Angst vor Treppen zu haben, mein Töchterchen.«

Sie nickte und ließ sich mitziehen.

Immer dunkler dehnte sich das von der Dämmerung beruhigte, gewaltige Wasser hinter ihnen aus, auch morgen und auch übermorgen würden sie wieder hingehen. Und während sie die noch warme Treppe nach oben stiegen, leckte das Meer ein paar herrenlose Fußspuren im Ufersand weg.

Der Papagei

Wie gewöhnlich legte er sich am Nachmittag hin, obwohl in der Nachbarschaft an der Kirche gebaut wurde. Es wurde gebohrt, gemeißelt und gehämmert, sodass er in einem fort aufschreckte. Auf unsicheren Beinen ging er in die Küche, kippte zwei Anisschnäpse, ließ sich in den Lehnstuhl plumpsen und starrte die Zimmerdecke an. Dort bewegte sich das Licht, erzeugte Streifen und Flecken, fraß sich selbst auf. In der Nachbarschaft wurde gebohrt und gemeißelt, und ihm fiel ein, dass der Bauleiter zu den Arbeitern gesagt hatte, nicht jeder werde die Vollendung der Kirche erleben. Es war ein magerer, drahtiger Mann, der beim Reden unaufhörlich rauchte. Er beobachtete ihn vom Balkon aus und griff schließlich auch nach einer Zigarette. Die Arbeiter, hatte der Bauleiter erklärt, sollten daran denken, dass es Kultstätten und Kirchen gebe, deren Fertigstellung bis zu fünfhundert Jahre gedauert habe. Sie mögen daran denken, wie viele Kirchen auf der Welt niemals fertig geworden seien. Sie seien noch nicht fertig, aber es würden bereits Gottesdienste darin abgehalten. Die Arbeiter mögen darüber nachdenken, ob eine Kirche wirklich fertig werden könne. Und falls sie fertig werde, ob dann auch jeder hineinkomme. Nein. Nein, nicht jeder komme in die Kirche, in die er wolle. Denn unterwegs verirre er sich, finde eine andere Kirche, schlage einen anderen Weg ein, werde krank, sterbe.

Da begannen die Arbeiter, Fragen zu stellen.

»Wozu dann überhaupt bauen?«

»Ich weiß nicht«, antwortete der Bauleiter. »Es wird dafür gezahlt, nicht?«

Es wurde gezahlt. Das war richtig. Würde nicht gezahlt, würden sie sicher kündigen. Doch weil gezahlt wurde, arbeiteten sie.

Nun stellte einer der Arbeiter eine merkwürdige Frage:

»Kann denn ein Gebet fertig werden?!«

»Vielleicht, wenn es erhört wird«, sagte der Bauleiter und bereute es sogleich.

Der Mann dachte, auch er werde, wenn bereits Gottesdienste stattfänden, zum Beten hinübergehen, vielleicht niederknien und den Herrn bitten, nicht zuzulassen, dass der Vogel wieder in sein Fenster flog. Doch wollte er das wirklich? Auch jetzt war das Fenster offen, denn würde er die Läden schließen, würde er ersticken. So groß war die Hitze. Aber so bewegte sich wenigstens die Luft. Er erhob sich, blickte hinter sich und betrachtete den Abdruck, den sein Körper im Lehnstuhl hinterlassen hatte. Er machte das Radio an, das Knistern beim Drehen des Knopfes war wie ein Gebet. Er hörte Nachrichten. Irgendwo war wieder ein Grubenunglück passiert. Die Hitze dauerte an. Es würde eine Demonstration geben. Der Mann machte das Radio aus. Er trank einen weiteren Anis, nahm sich ein Bier und betrachtete den langsam zusammensinkenden, schmutzigen Schaum, da trippelte auch schon der Vogel auf dem Fensterbrett hin und her. Kein Zweifel, in der Regel war er es, der es vollschiss, gerade kackte er wieder hin.

Unten wurde gebohrt und gemeißelt.

Es war der städtische Papagei, er flog von Fenster zu Fenster, niemand wusste, wem er gehörte, aus wessen Käfig er entflohen war. Vielleicht hatte man ihn freigelassen, weg mit dir, wir brauchen dich nicht, Vogel. Der Mann dachte, er sei wegen des Kirchenbaus in der Gegend geblieben, diese Geräusche interessierten ihn, der Lärm des Bohrens, des Meißelns, des Hämmerns. Es war so heiß, dass der Schweiß siedete, der einem die Schläfen hinunterlief. Die Stadt rang nach Atem, überall standen die Fenster offen, sie glichen Menschenmündern. Großen, hungrigen Mündern, sie atmen die Hitze ein und hauchen den Menschendunst zurück, den Duft des Staubes auf den Blättern der Zimmerpflanzen, den muffigen Geruch der Möbel. Die Vorhänge flatterten wie nach Befreiung lechzende Seelen.

Der Papagei war ein ungewöhnlich intelligentes Geschöpf.

Sein kleiner, bunter Kopf kippte hin und her, er beobachtete, lauschte. Er nahm das Flüstern und die Rufe auf, die aus den Wohnungen drangen, und flog weiter. Und dann trug er in anderen Fenstern vor, was er gehört hatte. Manchmal sagte der Papagei zu dem Mann, er solle bei ihm bleiben.

»Bleib bei mir.«

»Geh weg.«

»Du bist mir zu gering.«

»Du bist mir zu viel.«

Der Papagei flüsterte, sei schön, sei schön.

»Tanzen wir, mein Liebling.«

Der Vogel spielte, wie die Kirche gebaut wurde. Er spielte das Bohren, das Meißeln, das wilde Gehämmer. Es hörte sich an wie ein Echo. Nach einer Weile flog er fort, der Mann wischte die gelbe Kacke vom Fensterbrett und trank einen weiteren Anis. Er setzte sich, betrachtete die Zimmerdecke, gab den Rissen Namen. Sein Blick fiel auf eine Spinne. Vielleicht war er gerade eingeschlafen, als es läutete. In der Tür stand der Bauleiter, eine Zigarette qualmte in seinem Mund. Wie angegriffen er aussah. Zu Beginn des Baus hatten sie ein, zwei Mal ein paar Worte gewechselt. Jetzt hatte er eine Papiertüte in der Hand, er grüßte und sagte, er würde gerne einen Moment hereinkommen. Er habe etwas mitzuteilen. Der Mann nickte, aber natürlich, und trat zur Seite. Der Bauleiter nahm das Schnapsglas entgegen und steckte sich eine neue Zigarette an.

»Das ist die Art, wie wir beten«, sagte er dann, »während des Bauens. Wir kommen an kein Ende damit, aber wenigstens beten wir.«

Die Papiertüte hielt er immer noch in der Hand.

Der Mann nickte. »Ich verstehe.«

»Ist der Papagei auch immer zu Ihnen gekommen?«

»Ich habe ihn nie fortgescheucht. Vielleicht habe ich manchmal auf ihn gewartet.«

»Wissen Sie, was einer meiner Arbeiter gesagt hat? Er hat gesagt, dass der Vogel die Stimme der Geschichte ist.«

»Das ist vielleicht eine Übertreibung«, sagte der Mann und schenkte ein. Sie stießen mit den kleinen, dickwandigen Gläsern an.

»Während des Bauens«, sagte der Bauleiter, »hat der Vogel ständig einen Frauennamen wiederholt. Mit Ihrer Stimme. Wir konnten nicht arbeiten deswegen.«

»Wegen eines Namens?«

Der Bauleiter schwieg einen Moment.

»Es war so witzig. Die jungen Burschen, die jüngeren Arbeiter haben sich halb totgelacht.« Er rieb sich die Stirn. »Seien Sie nicht böse, aber so konnte das nicht weitergehen.«

Der Mann nickte. »Ich verstehe. Entschuldigen Sie.«

»Hier«, sagte der Bauleiter und ließ die Papiertüte auf den Tisch sinken. Er kippte noch einen Anis und ging. Er sagte nicht auf Wiedersehen, seine Schritte hallten im Treppenhaus, obwohl dort die Geräusche bei solcher Hitze gedämpft klingen. Auf der Hörnchentüte schlugen Blutflecken durch. Wahrscheinlich hatten sie ihn mit der Hand gefangen und ihm den Hals umgedreht. Der Mann legte den Kadaver auf das Fensterbrett, genau dorthin, wo er vor einigen Stunden hingekackt hatte, dann begann er, wie er es sich neuerdings angewöhnt hatte, zu ihm zu sprechen.

Witzige Dinge, kuriose Fälle

»Kennst du den, wo das Häschen scharf auf die Tochter des Bären ist?«, doch er hörte gleich wieder auf. Weil er den schon erzählt hatte. Mehr als einmal. Er hatte ihr alle Witze erzählt, ohne Erfolg. Doch er würde sie garantiert noch zum Lachen bringen. Koste es, was es wolle. Das Gesicht des Mädchens sah aus, als wäre es hinter Glas. Als könne man dranklopfen. Sie blieben stehen, dem Mädchen lief die Nase. Während er sich über sie beugte und sie ihr abwischte, nahm er ihren Körpergeruch wahr. Seltsam, sie konnte nicht stinken. Wenn er sie zwei Tage nicht wusch, denn wer sonst hätte sie gewaschen, seit seine Frau sie im Stich gelassen hatte, selbst dann roch sie nicht anders. Einmal hatte er ein Stück Räucherschinken auf den mit Zucker bestreuten Pfannkuchen fallen lassen. Das roch dann so. Sie kamen an der Kirche vorbei, dort war es am steilsten, es war immer mühsam gewesen, sie dort hinaufzuschieben. Doch mit dem neuen Rollstuhl ging es leicht, ein Kinderspiel. So sagt man, ein Kinderspiel. Quatsch. Wieso soll ein Kinderspiel leicht sein? Sie waren bereits oben, er schaute zurück, Richtung Stadt, wo verschilfte und von mannshohem Gras überwachsene Flächen sich zwischen die Gassen zwängten. Bei diesem Licht konnte er die Marienseide fliegen sehen. Tag für Tag nahmen sie diesen Weg, ob es regnete oder der Wind blies, hin und wieder zurück, im Frühling und im Herbst. Ganz am Anfang, etwa vor zwei Jahren, hatte er sich um Abwechslung bemüht und versucht, die *Destille* auf anderen Wegen zu erreichen, doch das Mädchen war unruhig geworden. Als wollte es keine neuen Bäume, keine neuen Häuser, weil es Angst vor ihnen hatte. Andere Hundestimmen kläfften sie an. Aus dem unbewegten Gesicht pfiff und ächzte es. Sie furzte fortwährend, trompetete buchstäblich. Ein aufgeregter Mensch furzt mehr. Kinder kreischten im Kirchgarten, er kannte sie. Die Karakas-Zwillinge, und die anderen. Mistkerle, beschissene. Wozu müssen die kreischen. Er hatte das Gefühl, das Mädchen wäre am liebsten mit ihnen zusammen. Aber sie würden es verspotten. Mistkerle, beschissene, sie haben Scheiße unter den Nägeln, Scheiße auf der Zunge, sie wühlen in jedem Misthaufen und stehlen Fahrräder. Keine Zigeuner, aber irgendwie doch. Er erreichte den Markt, man musste aufpassen, wegen der vielen Schlaglöcher. Natürlich kannte er sie schon und umkurvte sie geschickt. Es machte ihn richtig stolz, wie gut er manövrierte.

»Formel 1! Formel 1, Katika!«

Er grüßte den Gemüseverkäufer.

»Kennst du keinen neuen Witz, Bandi?«

Sorgfältig wischte der Gemüseverkäufer eine Birne ab und hielt sie ihr hin.

»Du weißt doch, dass sie die nicht isst.«

»Versuch es nur«, sagte der Gemüseverkäufer und sortierte weiter die Tomaten aus, die verfaulten warf er in eine separate Kiste. Eine Tomate zerklatschte, die Spritzer hinterließen rote Flecken auf dem Schuh des Mädchens. Natürlich spuckte sie die Birne aus, wie sie auch Äpfel und Bananen ausgespuckt hatte. Einmal wäre sie fast an einer Orange erstickt, seither bekam sie keine mehr. Doch der Gemüsehändler gab ihr trotzdem Obst. Jedes Mal. Könnte ja sein. Könnte ja sein, dass sie es einmal nicht ausspuckt und auch nicht daran erstickt.

Er schob das Mädchen über den Markt, es gab viele Schlaglöcher, doch er passte auf, grüßte nach allen Seiten, die Chinesen winkten, manchmal kaufte er bei ihnen. Beim Bäcker wand sich eine Menschenschlange, lauter Frauen. Die Hörnchen vom Vortag wurden gerade ausgegeben. Er schob den Rollstuhl zu den Fahrrädern, zog die Bremse an, auch die gab es, eine gute kleine Bremse, unterdessen zählte sein Mund, siehst du, alle sind da. Er schüttelte den Kopf, nein, der Bana fehlt. Er putzte sich noch die Nase und drehte das Mädchen zur Straße, soll sie den Autos zusehen können. Er strich ihr über das starre Gesicht.

»Ich bin gleich wieder da, Töchterchen. Pass auf dich auf. Schau ein bisschen herum.«

Als er in die Kneipe kam, beschlich ihn ein mulmiges Gefühl. Dabei kannte er jeden hier. Es war die Vormittagsschicht. Am Nachmittag wurde gewechselt, das heißt, nicht alle, denn einige waren den ganzen Tag da. Wo sollten sie auch sonst sein? Wozu daheim hocken? Vielleicht passierte hier ja was. Nein, hier passierte nie was, höchstens sagte jemand irgendwas, und das war dann schon so, als würde etwas passieren. Im übrigen musste nichts passieren, das war die Hauptsache, dass nichts passierte. Gut war das noch lange nicht, doch sicher besser, als würde irgendeine Scheiße passieren. Der Wirt stellte das Bier und den Schnaps auf die Theke.

»Wie geht's euch denn heute?«

»Wie immer«, antwortete er. Das sagte er jedes Mal, seit zwei Jahren. Tag für Tag.

»Warum bringst du sie nicht mal mit rein?«, fragte jemand am anderen Ende des Ausschanks.

»Hier nicht.«

»Verdammt, wir beißen doch nicht.«

»Du könntest ihr den Apparat zeigen. Der blitzt und glänzt, vielleicht interessiert sie das.«

»Ich würde ihr eine Nummer reintippen, wonn weih tiket, wonn weih tiket!«

»Lasst mich in Ruhe«, sagte er mit lauter Stimme, er hatte immer noch diese Anspannung in sich, er gab dem Wirt ein Zeichen, bitte noch einen Schnaps. Bier hatte er auch noch. Dann bestellte er zur Sicherheit noch eins.

»Und wenn ihr was passiert?«

»Wird schon gutgehen«, brummte er, seine Frau fiel ihm ein. Das war ständig von ihr zu hören gewesen, wird schon gutgehen. Als würde sie beten. Sie sagte nicht, lieber Gott, gib uns deinen Segen, sondern wird schon gutgehen. Als das Mädchen immer langsamer wurde und nicht antwortete oder man ihre Antworten nicht verstand, auch da wiederholte sie ständig, wird schon gutgehen. Und er war bereits wie von Sinnen. Was heißt, wird schon gutgehen, überhaupt nichts geht gut! Sieh sie doch an, verdammt noch mal, sie hat in die Hose gemacht! Einen Arzt nach dem anderen suchten sie auf, und auf dem Nachhauseweg streichelte sie dem Mädchen den Arm und sagte, wird schon gutgehen. Seine Frau starb, als er den ersten Rollstuhl kaufte. In ihrem Blut hatte sich ein Klumpen gebildet. Als hätte sie es nicht ausgehalten. Als wollte sie nicht mehr. Wie konnte sie sich unterstehen, es nicht auszuhalten?! Er trauerte nicht, er war wütend. Beim Begräbnis wäre das Mädchen fast in die Grube gerollt. Er hatte sie zu dicht herangeschoben. Oder einer der Totengräber, die waren ja immer stockbesoffen, hatte sie geschubst. Wird schon gutgehen, sagte er, nachdem er sie vom Grubenrand zurückgerissen hatte. Seitdem hatte er es nie mehr gesagt. Nur jetzt war es ihm herausgerutscht.

»Noch einen?«, fragte der Wirt.

Er nickte.

»Einmal wird man sie stehlen. János, verdammt noch mal, du weißt, dass alles gestohlen wird. Mir haben sie die Hundehütte gestohlen, und der Hund ist dageblieben, verdammt. Sie kommen von hinten, von der Gartenseite.«

»Du hast keinen Hund gehabt, Zolika. Denn das war kein Hund.«

»Was denn sonst, verdammt noch mal. Er hat gebellt, oder?«

»Eben nicht. Er hat nur gewinselt.«

»Eher hätte ich ihn gebissen als er mich!«

Er musste lächeln. Fast hätte er gelacht. Denn es geschah zwar tatsächlich nichts, aber immerhin wurden Witze gemacht. Sie klagten nicht nur oder schimpften, weil sie eben meistens schimpften. Doch hin und wieder kam auch etwas Witziges zur Sprache, so kuriose Fälle, wie der mit dem Hund von Zolika.

»Hast du gehört, dass Bana sich schon wieder einen Finger abgeschnitten hat?«, fragte jemand.

Darüber musste er nun wirklich lachen. Das war der vierte Finger von Bana, weil er immer betrunken mit der Säge hantierte. Die neuen Maschinen mögen keine Betrunkenen. Auch Bana hatte eine neue Säge gekauft, eine ausländische, obwohl es auch mit der alten gegangen wäre, natürlich auf Kredit, wie er den Rollstuhl, und damit säbelte er sich innerhalb eines Jahres vier Finger ab. Vier, verdammt. In jeder Jahreszeit einen! Mit dem alten Gerät war es auch betrunken gegangen. Aber mit dem! Er wischte sich die Tränen ab.

»Ein Huhn ist mit dem Finger von Bana abgehauen!«

Seine Tränen trocknend, taumelte er aus der Kneipe. Mit einem Schlag gefror sein Gesicht. Das Mädchen war nirgends zu sehen. Weder gegenüber, weiter vorne noch die Straße hinunter, wo die Allee der krummen Robinien begann. Er drehte den Kopf in alle Richtungen, der Schweiß brach ihm aus.

»Katika!«, brüllte er.

Er rannte bis zum Bäcker. Die Schlange der Frauen hatte sich bereits aufgelöst, auf der Straße war alles still, vor der Eisdiele saßen Schwangere. Im Nu war sein Mund völlig ausgetrocknet. Der Markt, fiel ihm ein, der Markt! Er rannte in die andere Richtung, röchelte dem Gemüseverkäufer zu, die Kati ist weg, die Kati ist weg, der stand nur da, einen faulen Apfel in der Hand. Er tanzte zwischen den Marktleuten herum, verhedderte sich in chinesischen Kleidern, trampelte über einen Bücherhaufen hinweg, dann sah er ihn bei den Containern. Es war einer der Karakas-Jungen, er erwischte ihn von hinten, wirbelte ihn herum. Er packte ihn an der Gurgel, doch nur mit einer Hand, mit der anderen schlug er zu.

»Wo ist sie, verdammt noch mal?«

»Wo ist was, bitte, ich weiß es doch nicht!«, winselte das Kind, Blut lief ihm aus der Nase.

»Wo habt ihr sie hingebracht, ich mach dich kalt!«

»Ich weiß es nicht, ich weiß es nicht, ich weiß gar nichts!«

In seinen Fäusten krachte etwas. Er ließ los, das Kind sank zwischen die Mülltonnen, lag zuckend auf dem Boden. Er versetzte ihm noch einen Tritt und lief brüllend weiter. In der Nähe der Kirche hörte er den Lärm. Das Gekreische. In das sich ein Gegurgel mischte. Dann sah er sie. Der Rollstuhl stand ganz oben, gerade ließen sie ihn los. Eines der Kinder lief nebenher und hielt die Armlehne, der Stuhl hüpfte gefährlich. Unten angekommen, kippte er beinahe um, doch unter großem Gelächter hielten ihn die Jungen fest. Sie wendeten ihn und schoben ihn hinauf, um ihn von neuem hinabrollen zu lassen. Und aus dem Gesicht des Mädchens sprudelte das Gelächter, als würde es jetzt immer so bleiben.

Gutes Benehmen

Sie hieß Gizi, doch das war ihr Künstlername. Der Agent hatte sie anstelle von Berta empfohlen, in deren Familie es einen Trauerfall gegeben hatte, ihr Vater war gestorben, wenn ich richtig verstanden habe, und natürlich akzeptierte ich den Tausch. Der Termin war um sieben Uhr abends, spärlicher Lampenschein erleuchtete das Motel. Ich komme einmal die Woche hierher und kann behaupten, dass ich mich wie zu Hause fühle. Jemand musste lange beim Eingang gewartet haben, Haselnussschalen lagen auf dem Gehsteig. Und Kippen. Keine einzige war ausgetreten. Das gab mir zu denken. Wie jemand gleichzeitig essen und rauchen konnte. Der Rezeptionist gab mir keinen Schlüssel, denn das Mädchen namens Gizi wartete schon auf Zimmer 42. Ich kannte Jack den Gerissenen, er war kein Neuer. Oft habe ich ihn Kreuzworträtsel lösen sehen, die Zeitung lag eine Woche später immer noch auf dem Pult, jeden fragte er etwas, ich glaube, auch einen Taxifahrer, der vor dem Regen ins Foyer geflüchtet war, und zuletzt hatte er alles rausbekommen. Ich ging zu Zimmer 42, also in den vierten Stock. Einen Fahrstuhl hat es hier noch nie gegeben, und das Geländer war von den Händen weißgewetzt. Ich klopfte, das Mädchen öffnete sofort, vielleicht hatte sie hinter der Tür gewartet. Sie war groß, ziemlich mager, ihr Haar blond gefärbt. Ich sah eine gewisse Zerstreutheit auf ihrem Gesicht, wie bei einer, die lange gegen den Wind gestemmt dagestanden hat. Auf dem Bett lag ihre offene Tasche. Ein paar weibliche Utensilien waren herausgefallen, Zettel, Lippenstift, das kleine Handy in der rosa Hülle, das aparte Pfefferspray. Ich sagte, ich würde mir die Hände waschen, mich ein bisschen frisch machen, und dass ich mich freue. Ich trat ins Badezimmer. Die Fliesen waren mit Blumen verziert. In der Nummer 41 und der Nummer 37 schwammen Fische an den Wänden. Es gab entweder Fische oder Blumen, und in einem Zimmer im Erdgeschoss trugen kleine Chinesen mit diesen komischen, dachförmigen Hüten Reissäcke. Die Fische gefielen mir besser. Es gab auch Delphine, Seepferdchen, vielleicht Haie. Einmal hatte ich während des Pinkelns acht identische Seepferdchen gezählt. Ich kam aus dem Badezimmer zurück. Das Mädchen saß auf dem Bettrand, sie war blass. Oder traurig. Nach Arbeitseifer sah das jedenfalls nicht aus.

»Geht's dir nicht gut?«

Sie schüttelte den Kopf, ihr gehe es gut.

»Aber irgendetwas stimmt nicht«, beharrte ich. »Das kannst du nicht leugnen, Gizi.«

Als sie ihren Namen hörte, warf sie den Kopf hoch.

»Das tu ich auch nicht«, sagte sie feindselig.

»Was ist los?«

Sie fuhr sich durch das blonde Haar, der Armreif klirrte.

»Ich habe keinen Gummi«, sagte sie leise und räusperte sich.

»Nicht doch«, brachte ich leise hervor, mir wurde irgendwie mulmig.

»Wirklich nicht. Sie sind alle.«

Bei Berta waren sie nie alle, und es galt die Regel, dass immer die Mädchen dafür sorgten. Da haben wir's, ein neues Mädchen, und schon gibt es Komplikationen. Eine Neue oder eine Ungeschickte macht gleich Fisimatenten. So sind sie. Die Neuen. Die Reserve oder was immer. Man kommt nicht klar mit ihnen. Gizi, als hätte sie meine Gedanken gelesen, begann hastig zu sprechen. Die kleinen, weißen Zähne schien es nicht mehr in dem roten Mund zu halten.

Sie sei stets darauf bedacht, was sie brauche, welche Vorrichtungen, Requisiten, Hilfsmittel, ich solle so gut sein, ihr zu glauben, dass ihr eine solche Panne noch nicht passiert sei. Sie habe noch nie einen Reservegummi benötigt, wie Berta oder dieses andere, ukrainische Mädchen, momentan falle ihr der Name nicht ein, bei ihr habe es noch nie Probleme gegeben, sie sei dafür bekannt, für ihre Zuverlässigkeit, ihre Pünktlichkeit und Präzision, das sei ihr Markenzeichen, und nun sei beim vorherigen Kunden doch einer gerissen. Der Gummi sei saumäßig gerissen. Doch sie könne nichts dafür, so viel stehe außer Zweifel. Ich sei heute ihr letzter Kunde, und ausgerechnet jetzt habe sie keinen mehr. Weil sie beim vorherigen zwei verbraucht habe. Sie habe keine Zeit gehabt, sich einen neuen zu besorgen. Sie gebe zu, das sei verdammt peinlich, und bitte um Entschuldigung. Und wir sollten das Problem irgendwie lösen. Ich sah auf meine Uhr, für einen Moment blieb die Zeit stehen. Dann ruckte der Sekundenzeiger weiter.

»In der Nähe wird es kaum etwas geben«, sagte Gizi leise. »Der Non-stop-Laden ist vergangene Woche ausgeraubt worden und hat noch nicht wieder auf. Sie haben den Inhaber böse verprügelt, er hat mehrere Rippenbrüche. Ein Ohr ist abgerissen. Er kann noch nicht wieder öffnen.«

Ich wollte etwas sagen, doch sie kam mir zuvor.

»Bei der Tankstelle gibt es auch keinen, ich habe angerufen.«

»Bei der Tankstelle?«

»Dort haben sie normalerweise alles. Von Krampfadernsalbe bis zu Vaseline«, sagte Gizi und dass das noch eine Möglichkeit gewesen wäre. Gar keine so abwegige. »Ich habe gefragt, ob sie Milchreis mit Schokolade und Kondome haben, denn ich wollte nicht mit der Tür ins Haus fallen. Milchreis gab es. In drei verschiedenen Geschmacksrichtungen, Orange, Heidelbeere und Brombeere. Kondome gab es keine. Da habe ich aufgelegt.« Sie geriet kurz ins Grübeln und strich sich über ihr Haar. Jetzt war sie nicht mehr so blass.

»Aber rechts und links sind Kirchen, ganz in der Nähe. Nur ein paar Minuten zu gehen. Große Kirchen. Ich weiß nicht, zu welcher Konfession sie gehören, davon verstehe ich nichts, aber dass es Kirchen sind, ist sicher. Dafür habe ich ein untrügliches Gefühl. Die Priester verwenden mit Sicherheit Kondome.«

In diesem Punkt stimmte ich ihr zu, ja natürlich, doch um diese Zeit bei einem Pfarrhaus, in einem Gemeindebüro oder wo auch immer zu klingeln und um einen Gummi zu bitten, wäre dennoch ein kühnes Unterfangen.

»Genau das wäre es«, sagte sie, »kühn, und deswegen würde ich mich allein nicht hinwagen. Der Priester würde mir vielleicht mit irgendwelchem Blödsinn in den Ohren liegen. Man kann ja nie wissen. Wie ich gehört habe, sind heute auch die Priester nicht mehr, was sie mal waren. Sie mischen sich mehr ein. Wenn wir uns also für einen Versuch entscheiden, würde ich Sie begleiten.«

Ich glaube, das Angebot verstimmte mich ein bisschen, wenn ich auch nicht leugnen konnte, dass Gizi alles tat, um eine Lösung zu finden. Sie wog die Möglichkeiten gegeneinander ab, auch wenn die Idee mit dem Priester ganz schön verwegen war. Ich sagte, vielleicht könne sie ein anderes Mädchen bitten.

»Das geht nicht, weil die dann eine Meldung machen muss. Dann bekomme ich Schwierigkeiten. Wenn sie es nicht meldet, bekommt sie Schwierigkeiten, denn es wird herauskommen, solche Dinge kommen gewöhnlich heraus, warum sollte dergleichen nicht herauskommen.«

Ihre Arbeit sei streng, doch im Rahmen gerechter, vernünftiger Regeln. Die müssten eingehalten werden. Sie könne keine andere darum bitten. Leider nicht.

Sie saß da und schwieg. Ich hätte mich nicht gewundert, wenn ihr plötzlich Flügel gewachsen wären, sie zu flattern begonnen und im Zimmer eine Runde gedreht hätte.

»Ich könnte Ihnen natürlich einen blasen«, sagte sie leise und zuckte mit den Schultern.

»Das mag ich nicht immer«, antwortete ich, »ich habe oft keine Lust, und auch jetzt ist es nicht das, was ich mir vorgestellt habe. Ich habe an was anderes gedacht.«

»Natürlich kommt es vor, dass auch dabei ein Gummi verwendet wird«, bemerkte sie.

Ich sagte, damit hätte ich wirklich kein Problem. Doch ein Gesicht zum Beispiel, ich meine, das Gesicht des anderen, es sollte nah sein. Das sei gutes Benehmen.

»Und wenn Sie sich an mich schmiegen?«, fragte sie. »Dann wäre Ihr Gesicht nah.«

»Aber das wäre ... so traurig«, antwortete ich.

»Geht es wirklich nicht ohne Gummi?«

Ich sah ihr direkt ins Gesicht. »Gizi, können Sie garantieren, dass nichts passiert?«

»Leider kann ich das nicht garantieren. Das liegt außerhalb meiner Möglichkeiten. Ich war zwar vor einem Monat bei der Kontrolle, aber ein Monat ist ein Monat. Seither hat es dies und das gegeben. Und wenn wir es in Kleidern machen?«

Das war eine Überlegung wert. Gizi zündete sich eine Zigarette an, ihre Hand zitterte. Sie blies den Rauch zur Seite, ohne den Kopf zu bewegen, und plötzlich sah sie schön aus. In den Mundwinkeln hatte sie zwei Grübchen. Wie so eine magere Lunge den Qualm in sich einlässt. Und wie der blaue Schal aus ihr herauskommt, er wand sich vor ihrem Mund. Ein Poltern war zu hören, irgendwer eilte durch den Korridor. Es klopfte. Ärgerlich drückte Gizi die Zigarette aus, fächelte ein paarmal und ging zur Tür, um zu öffnen. Es war der Rezeptionist.

»Das geht nicht, Jack, so einfach reinplatzen, wie stellen Sie sich das vor?«

Das wisse er, rechtfertigte sich der Rezeptionist mit ungespielter Verlegenheit, doch Herr Marius hätte längst unten sein müssen. Er sei schon am Telefon verlangt worden. Er mache nicht auf.

»Er schläft noch«, sagte sie. »Man sollte ihn nicht stören.«

Der Rezeptionist geriet in noch größere Verlegenheit. Schließlich sagte er nur, okay, aber wer bezahle es ihm, wenn Herr Marius noch eine Stunde schlafe. Oder zwei.

»Meiner Meinung nach Herr Marius«, mischte ich mich ins Gespräch ein. Das wäre logisch. Der Rezeptionist schüttelte den Kopf, Herr Marius sei nicht so einer. Fürs Schlafen habe er noch nie bezahlt.

»Ist er denn schon mal eingeschlafen?«

»Das ist schon vorgekommen. So sind die Menschen. Danach schlafen sie gerne. Und manchmal sinken sie sofort in den Tiefschlaf.«

Jack wandte sich zum Gehen. Ich stand auf, denn ich dachte, es sei einen Versuch wert.

»Verzeihen Sie, Jack, haben Sie nicht zufällig einen Gummi? Ich meine, ich würde ihn bezahlen.«

Er war nicht überrascht, warf nur einen Blick auf Gizi und überlegte.

»In der Toilette des Restaurants gibt es einen Automaten. Vor einem Jahr ist er aus Montenegro geliefert worden. Oder vor zwei? Sind Sie schon mal in Montenegro gewesen? Wäre schade, wenn nicht. Dort ist die Küste am schönsten, mit Steinen, Felsen, Kies und Sand. Irgendwann ist der Kondomautomat kaputtgegangen. Irgendein Rindvieh hat ausländische Münzen hineingeworfen. Spielgeld. Damit experimentieren sie immer, und dann passiert es. Fertig ist der Schlamassel.«

Er gab mir mit einer Kopfbewegung zu verstehen, dass ich trotzdem mitkommen solle. Er werde in seiner allwissenden Schublade nachsehen. Und er zwinkerte mir zu. Ich folgte ihm. Ich wusste nicht, ob ich ein Kreuzworträtsel auf der Theke sehen wollte. Und bingo! Da lag es neben dem Telefon und der abgenutzten Handglocke, ein schwedisches, zweiseitiges. Pedantisch ausgebreitet. Einige Kästchen waren bereits ausgefüllt.

»Darf ich es mir ansehen?«, fragte ich und beugte mich darüber.

»Natürlich, solange gehe ich der Sache nach.« Jack begann in den Schubladen unter der Theke herumzukramen, eine nach der anderen zog er heraus. Er machte zuviel Lärm. Ich betrachtete die Karikatur, die zu dem Rätsel gehörte. Ein Mädchen saß auf einem Bett, sie redete auf einen Mann ein, der die Hose bereits heruntergezogen hatte. Das Mädchen war natürlich eine Hure. Jack der Gerissene räusperte sich, ich konnte sehen, dass er verlegen war, er sagte, er verstehe das nicht. Denn er habe nur noch den einen, er zeigte mir die Tüte. Mehr habe er nicht gefunden. Er sei heute schon mal um einen gebeten worden, seine Miene wurde sorgenschwer. Ich nahm die kleine blaue Tüte in die Hand, befühlte ihre Weichheit, dann fragte ich, wieviel ich ihm schuldig sei, worauf mir Jack nur zuzwinkerte, natürlich nichts, doch sollte ich zufällig Herrn Marius begegnen, möge ich ihm bitte sagen, dass er vor dem Gebäude erwartet werde.

»Gefällt Ihnen das Bild?«

»Es ist interessant«, sagte ich.

»Möchten Sie die Auflösung wissen?«

»Ja, natürlich.«

»Dann werde ich Sie verständigen, wenn ich sie habe.«

Ich bedankte mich und ging die vier Etagen hinauf, das abgegriffene weiße Geländer und die beschmierten, flockigen Wände warteten auf mich. Gizi saß am Bettrand, wie ich sie zurückgelassen hatte, zusammengekrümmt, mit ein wenig hängenden Brüsten. Wie jemand, der alle Hoffnung hat fahren lassen. Doch nach wie vor zerbrach sie sich über irgendetwas den Kopf, das konnte ich sehen.

Ich setzte mich neben sie, die Sprungfedern krachten, und öffnete die Tüte.

Sie habe über die Heiligen nachgedacht, sagte sie plötzlich. Und über die Regeln. Was würde aus der Menschheit werden, wenn die Menschen wirklich so lebten wie diese Heiligen. Sie habe schon die eine oder andere dieser Viten gelesen. Nicht gerade herzerfrischende Geschichten. Wenn jeder so leben wollte, wie diese Heiligen? Würde das nicht schlimm enden? Sehr schlimm?

»Woher soll ich das wissen, Gizi«, sagte ich. »Es ist überhaupt nicht so, dass jeder heilig sein muss. Wo steht das geschrieben?!«

»Glauben Sie, dass die Heiligen gut vorbereitet sind?«

»Worauf?«, fragte ich.

Sie antwortete nicht, fragte nur mit einem Blick auf den Gummi, wie sie es machen solle, sie ziehe ihn gerne drüber, wenn ich das so haben wolle.

»Das wäre nicht schlecht«, antwortete ich, löste meinen Gürtel und schlüpfte aus der Hose, die Socken streifte ich mit den Füßen ab, um mich gleichzeitig des Hemds und der Unterwäsche zu entledigen. Das ging flott, ich hatte Übung. Dann gingen mir die Seepferdchen durch den Kopf und das Rätsel von Jack dem Gerissenen.

»Wir haben ein Problem«, sagte Gizi nach einer Weile.

»Was denn?«

»Ich glaube, er hat nicht die passende Größe.«

Ich setzte mich auf und konnte die nicht passende Größe sehr genau sehen. Der Gummi war wirklich groß, sehr groß, er war riesig, auf gar keinen Fall das Richtige für mich. Gizi leckte sich über die Oberlippe und sagte, anscheinend hätten wir keine andere Wahl, als dass ich es mir selbst machte. Falls ich mir tatsächlich keinen blasen lassen wolle. Das kam in Betracht. Ein anständiges Angebot. Sie hielt immer noch den gewaltigen, durchsichtigen, ölig glänzenden Gummi in der Hand, zupfte ein bisschen daran, dann zog sie ihn an beiden Enden auseinander. Er wurde fast einen Meter lang. An Gizis Schläfe pulsierte eine Ader, langsam und ausdauernd. Sie sah mir in die Augen. Ob sie es machen solle oder ich?

»Dann schon lieber ich«, sagte ich.

Sie legte den Gummi hin und machte es sich bequem, die Bettfedern krachten unter ihr.

»Woran denken Sie dabei?«

Ich betrachtete den gewaltigen Gummi auf der Matratze. Er lag dort wie ein ausgezogener Mädchenstrumpf.

»Ich werde an meine Frau denken.«

»Ich verstehe«, sagte sie, »Sie wird Ihnen wohl wichtig sein.« Sie dachte ein wenig nach. Ganz eng schmiegte sie sich an mich. »Würde es Ihnen nicht helfen, wenn auch ich an sie denke? An Ihre Frau.«

»Ich weiß nicht so recht«, antwortete ich.

Ihr Gesicht war schon ganz nah.

Einige Tage später las ich in der Zeitung, dass ein Typ namens Marius, ein rumänischer Lampenhändler, der nach einer langen und einträglichen blauen Periode gerade mit rosafarbenen Lichtquellen Geschäfte gemacht hatte, im Motel erdrosselt worden war. Mit einem Kondom, was natürlich die Ermittlungen erleichterte, sodass man die Tatverdächtige bereits verhaftet hatte. Ich legte die Zeitung neben die Puddingschüssel. Wir aßen gerade zu Abend, und in diesem Moment läutete das Telefon. Meine Frau machte ein seltsames Gesicht, ich sagte, ein Kunde, worauf sie seufzte, du Armer, sogar um diese Zeit noch. Gizi sagte, sie werde gleich in Untersuchungshaft gebracht, sie habe noch einmal telefonieren können und gedacht, sie rufe mich an. Jack der Gerissene habe ihr meine Nummer gegeben, und er lasse mir ausrichten, dass er das Rätsel gelöst habe. Wenn ich in den nächsten Tagen ins Motel käme, würde er mir die Lösung zeigen. Es sei sehr amüsant, was dieses Mädchen zu dem Mann sage. Er meine, es sei ziemlich witzig. Nun müsse sie auflegen und wolle mir nur noch sagen, dass sie aus den zurückliegenden Ereignissen die Lehre gezogen habe, es sei richtiger oder vielleicht das bessere Benehmen, so zu leben, dass man auf alles vorbereitet sei. Nicht aus jedem werde ein Heiliger, doch die Heiligen würden es sicher so machen. Sich gut vorbereiten. Deshalb hebe sie den Gummi, obwohl er mir tatsächlich nicht passe, für mich auf, was auch immer geschehen möge.

Trommeln für die Patienten

Für Attila Bombitz

Eine Fliege kroch über die verschmierte Fensterscheibe. Leise schnurrte der Motor, Ölgeruch hing in der Luft, der Chauffeur hörte Nachrichten. Landschaftsdetails zogen träge vorbei, ein Gehöft, ein Kanal, ein Misthaufen, eine Gänsefarm. Die schwarzen Flecken der Krähen bekleckten die Felder. Die Senken waren vom Morgennebel wattiert, verstümmelte Robinien reckten die Arme. Der Trommler versuchte herauszufinden, ob in den Kriechbewegungen der Fliege etwas Berechenbares lag. Er hörte noch die Schreie, verflucht, Scheiße, Scheiße.

Der Knall kam von fern. Eine seltsame, angenehme Stille entstand, auf einmal schien Schnee aus der offenen, blutigen Lunge des Himmels zu fallen. Der Schnee war jedoch weder kalt noch warm, dieser Schnee war nur Schnee, ohne jede Beschaffenheit. Er flockte, ohne einen Laut. Irgendetwas surrte, warme Brisen und kühlere Strömungen jagten einander. Sein Musikinstrument fiel ihm ein. Er dachte, wenn die Trommel Schaden genommen hat, wird es irgendwem noch sehr leidtun. Währenddessen spürte er, dass er nicht mit den Augen sah, was er sah. Er kämpfte sich blutüberströmt aus den Trümmern, betastete sich, machte ein paar Schritte. Fast wäre er auf ein taumelndes Huhn getreten.

Vor Wochen hatte der Tambourmajor vom Direktor der Anstalt einen Brief erhalten, in dem dieser in höflichen, wenngleich ein wenig umständlichen Sätzen darlegte, dass in seiner Einrichtung den Pflegepatienten – mitnichten Kranken – schon seit langem eine außergewöhnliche Behandlung zuteilwürde. Man arbeite im Rahmen der Wissenschaftlichkeit, human und unter Wahrung der Persönlichkeitsrechte. Den Sinn der Heilmethoden könne er so zusammenfassen, hatte der Direktor geschrieben, dass bisher jeder mit seinem persönlichen, ganz speziellen Leiden, seinem Wahn, seiner chronisch gewordenen fixen Idee und seiner, wenn wir so wollten, Verrücktheit zu kämpfen gehabt habe, dass aber von jetzt an die Situation eine ganz andere sei. Er und die Mitarbeiter des Instituts würden die Pflegepatienten praktisch aus dem Gefängnis ihres persönlichen Wahnsinns befreien, indem sie diesen auf die Ebene des kollektiven Erlebens heben. Der Herr Tambourmajor möge sich nur einmal überlegen, welch eine Erleichterung es für die Patienten bedeute, wenn sie das Unglück, den Schicksalsschlag, im Kollektiv, das heißt mit Hilfe der Gemeinschaft durchleben könnten. Die Persönlichkeit sei ein Gefängnis, in das der Mensch scheinbar für immer eingeschlossen bleibe. Wenn hingegen die Pflegepatienten – nein, nein, nicht die Kranken – gemeinsam beteten, gemeinsam applaudierten, sich gemeinsam freuten, gemeinsam lästerten, das heißt, alles das gemeinsam erlebten, was sie sonst getrennt, im Grunde einsam, zu beliebigen und nicht vorhersehbaren Zeiten erlebt hätten, würden sie dann nicht eher der lebensrettenden Kraft des Trostes teilhaftig?! Es gehe um nichts anderes als darum, den persönlichen

Wahn dank der segensreichen Tätigkeit des Kollektivs diesem einzupassen.

Der Tambourmajor machte die Kapelle mit dem Inhalt des Briefes bekannt. Nur der Tubaspieler hatte etwas einzuwenden, wie denn ihre Sicherheit, wie er sich ausdrückte, garantiert werde, in einer Nervenheilanstalt, doch der Tambourmajor entwaffnete ihn mit dem Hinweis, dass ihre Feuerwehrkapelle auch den ruchlosesten Verbrechern Respekt einflöße. Der Herr Tubaspieler möge sich daran erinnern, wie diszipliniert sich jüngst bei der Einweihung der Gefängniskapelle Betrüger, Räuber, Muttermörder, Gewalttäter, selbst träge vor sich hinstarrende Perverse das in letzter Zeit so oft geprobte Ave Maria angehört hätten. Es sei nicht üblich, dass eine Militärkapelle so etwas spiele, aber auch nicht unmöglich.

Als er sich in den Trümmern umsah, kam der Trommler zu dem Schluss, dass kein einziges Mitglied der Kapelle den Unfall überlebt hatte. Der Wind blies wie an der Küste. Das Licht kam gleich einer riesigen Braut. Über ihm ächzten die Bäume und bogen sich. Wenn alle sterben, dann ist das wie das Meer. Die Gerüche von Blut und verbranntem Metall mischten sich in der Luft. Nicht weit entfernt lag ein Gehöft, seine Mauern leuchteten weiß, daneben gelbe Heufeime. Die Wolken schwammen dahin, als hätten sie nichts bemerkt. Was bemerken Wolken schon. Tambourmajor, Tubaspieler, Hornist, der Chauffeur, alle waren tot, aus einer Tasche gefallene Lottoscheine lagen herum. Den kleinen Klarinettisten, von dem sie seit einigen Wochen wussten, dass er schwul war, hatte der Aufprall entzweigerissen. Die Lippen waren zusammengekniffen, als würde er die Klarinette blasen. Der

Trommler betrachtete den Mund, er versuchte herauszufinden, welches Stück der Junge im Moment des Todes gespielt hatte.

»Kommen Sie!« Einer der Männer in Weiß hatte ihn am Arm genommen.

Er schüttelte den Kopf. »Danke, mir geht es gut.«

»Wir müssen Sie untersuchen«, erklärte ihm der andere und zog ihn mit sich.

»Lassen Sie mich los, oder ich schlage zu.«

Da ließ man ihn los.

»Ich habe Ihnen doch schon gesagt, Herr Doktor, dass es mir gut geht. Mir fehlt nichts.«

»Sie sind ja voll Blut.«

»Es ist nicht mein Blut«, sagte der Trommler.

Der Mann in Weiß entfernte sich zögernd.

Der Blick des Trommlers blieb an der Fensterscheibe hängen, die aus dem Rahmen herausgefallen, aber nicht zerbrochen war. Warum war sie heil geblieben, wenn sie herausgefallen war? Er betrachtete die Fliege, die noch immer darauf herumkroch, immer im Kreis, irgendwohin.

Nur eine Sache störe ihn, hatte der Direktor am Ende des Briefes an den Tambourmajor geschrieben. Doch davon ein andermal. So geschah es auch. Worum es sich bei diesem störenden Umstand handelte, erfuhr der Tambourmajor später, anlässlich eines Telefonats, bei dem er sich mit dem Direktor absprach, wann und unter welchen Bedingungen die Kapelle in der Anstalt auftreten sollte. Dem Direktor war bekannt, dass sie neuerdings auch in Kirchen, Kapellen sowie bei der Einweihung von Denkmälern für gottesfürchtige Schriftsteller spielten. Weil sie vorbildlich mit der Zeit gingen, hatten sie zahlreiche religiös inspirierte Werke von Bach, Haydn und Liszt in ihr Repertoire aufgenommen. Auch mit Bartók hatten sie es versucht, doch es gab keine Nachfrage.

»Was ist denn dieser störende Umstand?«, fragte der Tambourmajor und sah den Trommler an, der sich gerade im Büro aufhielt, um das Trommelschema für die *Vier Jahreszeiten* abzugeben.

»Es gibt zwei Verrückte, die jedes Mal vor dem gemeinsamen Singen, dem gemeinsamen Applaudieren, Essen, Beten und Turnen weglaufen.«

»Wohin laufen sie denn?«

»Weglaufen kann man in viele Richtungen.«

»Das ist auch wieder wahr«, nickte der Tambourmajor.

Im übrigen meine er das so, antwortete der Direktor nach kurzem Schweigen, dass sie auf dem Areal der Anstalt bleiben würden, es sei also kein mit dem Raumerlebnis erklärbares Weglaufen, Tatsache sei allerdings, dass sie sich den freudigen Momenten des Gemeinschaftslebens eigenmächtig entzögen.

»Und zu welchem Zweck tun sie das?«, fragte der Tambourmajor zerstreut. In Wirklichkeit erwartete er gar keine Antwort. Seine Gedanken waren bereits bei den Reisevorbereitungen.

»Zum Zweck des Vögelns. Sie flüchten aus der Gemeinschaft«, wiederholte der Direktor, »um zu vögeln, Herr Tambourmajor.«

Der Tambourmajor hatte den Gebrauch dieses Wortes absolut nicht unangebracht gefunden.

Sanitäter und Feuerwehrleute arbeiteten in fieberhafter Eile. Sie schrien herum, wichen Blutlachen, abgerissenen Körperteilen und verstreuten Trümmern aus. Unter beträchtlichem Lärm, einen Sturmwind entfachend, sank ein Rettungshubschrauber auf die nahe Lichtung herab. Leichenwagen standen aufgereiht am Straßenrand. Die Fahrer rauchten und unterhielten sich.

Der Trommler zog sein Instrument unter dem leblosen Hornisten hervor, es war unversehrt. Auch die Schlegel fand er und wischte das Blut von ihrem Etui. Zwischen den Toten taumelten schockstarre Hühner umher. Der Geflügeltransporter war frontal mit dem Bus der Musiker zusammengestoßen. Das deformierte Käfigsystem sah aus wie ein riesiges Auge, dessen Blick ein Netz von Hunderten und Aberhunderten Rissen durchzieht. Der Trommler drehte sich blinzelnd in alle Richtungen. Wo die Fliege jetzt sein mochte? Er blickte zur Seite. Ein Stück weiter hatte sich eine Gruppe gebildet, ein Mann in Weiß wies auf ihn und erklärte den anderen Männern in Weiß irgendetwas. Er winkte ihnen zu, alles sei in Ordnung. Er lächelte sogar. Seltsam. Er konnte lächeln. Daraufhin wandten sich die Männer in Weiß ab und begannen sich um andere zu kümmern, beugten sich zu den Körpern hinab, vielleicht hat ja doch noch jemand überlebt.

Mit Trommel und Schlegeln unterm Arm machte sich der Trommler auf den Weg, in Fahrtrichtung des Busses. Er marschierte an Polizisten vorbei, die so beschäftigt waren, dass sie ihn nicht aufhielten.

Wenig später ließ er sich von einem Traktor mitnehmen, das schwere Fahrzeug war von einem Feldweg, der hinter einem Windschutzstreifen verlief, auf die Hauptstraße gebogen, es transportierte Schweine. Er reiste mit gewaltigen Ebern, worüber er abermals lächeln musste, was wäre gewesen, wenn sie nicht mit Hühnern, sondern mit Schweinen zusammengestoßen wären. Im Dorf wurde er neben dem Kosmetiksalon abgesetzt, der gerade zumachte, eine gebräunte junge Frau trat auf die Straße, sie musterte eingehend seine Trommel. Ein Angehöriger der Bürgerwehr, den er beim Kreuz auf dem Hauptplatz anhielt, ließ ihn einsteigen und fragte ihn gründlich aus. Sogar seinen Ausweis verlangte er, doch die Schultertasche war in den Trümmern zurückgeblieben. Er hatte vergessen, sie zu suchen. An alles hatte auch er nicht denken können. Der Bürgerwehrmann vermutete, der Trommler sei in Wahrheit kein Trommler, sondern ein Dieb, der diese gewaltige Trommel gestohlen hatte, und er sprach seinen Verdacht auch aus. In einer Schenke an der Straße demonstrierte der Trommler, dass er trommeln konnte. Ein Hund drehte durch, er hörte gar nicht mehr auf zu winseln, man musste ihn mit Brunnenwasser übergießen. Sie bekamen Haxengulasch, die Kutteln waren gerade aus. Dem Bürgerwehrmann gefiel das Trommeln sehr, beim Essen äußerte er den Wunsch, ein paar Rhythmen zu erlernen, wofür er bei Gelegenheit auch bezahlen würde. Er habe alle möglichen Uniformen, Stiefel und Gürtel. Doch im nächsten Ort mussten sie sich trennen, er erhielt einen Anruf, einem Landwirt waren Schafe gestohlen worden. Er setzte den Trommler vor einer Kneipe ab, betrunkene Dorfbewohner wollten die Trommel rauben, nach einem kurzen Wortwechsel wurden sie handgreiflich. Der Trommler wehrte sich, die Trommel war ihm so teuer wie sein Leben. Im Zuge der Rauferei fuhr ein Beil knapp neben seinem Kopf in die Mauer. Um ein Haar wäre es aus gewesen mit ihm. Es wurde still, der Verputz rieselte. Dann zahlte ihm der Kerl, dem er die Nase eingeschlagen und vielleicht auch den Arm ausgerenkt hatte, ein Bier. Sie umarmten einander. An der Kneipe nahm ihn ein Pfarrer mit, der von einem Begräbnis kam, sich aber nicht genau erinnern konnte, wen er begraben hatte. Das brachte den Diener Gottes in Verlegenheit. Seit fünf Tagen habe er jeden Vormittag und jeden Nachmittag ein Begräbnis, rechtfertigte er sich, und irgendwie sei seine Erinnerung durcheinandergeraten. Auch morgen müsse er zu einem Begräbnis, in einem anderen Ort, und jetzt falle ihm schon nicht mehr ein, wer der Betreffende sei. Der Trommler sagte, das mache überhaupt nichts, der Herr Pfarrer habe sich nichts vorzuwerfen, er brauche kein schlechtes Gewissen zu haben, oft erinnere auch er sich zu Hause nicht mehr, wo sie am gleichen Tag aufgetreten waren. Man mache Musik und wisse meist gar nicht, für wen oder wo. Wie solle man denn wissen, wo das Instrument sei, wenn man seine Töne von überallher höre?

Der Pfarrer sah ihn an, als hätte man ihn verhöhnt, und sprach kein Wort mehr. Ab und zu verlangsamte er die Fahrt, und der Trommler wusste, dass er sich überlegte, ob er ihn raussetzen sollte oder nicht.

Zum Glück tauchten die schiefen Fichten der Anstalt auf, das graue Band ihrer Steinmauer mit dem gewellten Stacheldraht obendrauf.

»Sie allein, Herr Tambour?«, fragte der Direktor. Er war im weißen Kittel, vielleicht hatte er sich gerade gekämmt, denn auf seinen Schultern lagen Schuppen.

»Es hat sich so ergeben, Herr Direktor.«

»Gibt es eine Erklärung dafür?«

»Selbstverständlich«, antwortete der Trommler.

»Ich verstehe«, nickte der Direktor. »Konnten die anderen wirklich nicht kommen?«

»Unter keinen Umständen, Herr Direktor.«

Die Enttäuschung des Direktors war verständlich. Doch verständlich ist auch, wenn nicht eine vollzählige Kapelle ankommt, sondern nur ein Mitglied, ein Bestandteil, ein Element, dass dann dieses Mitglied, dieser Bestandteil, dieses Element das Ganze vertritt. Und das, sagte der Direktor gleichsam zu sich selbst, müsse man dann akzeptieren, denn wir könnten sehr wohl mit dem Ganzen zu tun haben, auch wenn wir es gerade nicht sähen.

»Etwas zu trinken?«

Der Trommler schüttelte den Kopf, erst nach der Vorstellung. Der Direktor führte ihn zu den Patienten, die vor dem mit rotem Kreppapier überklebten und beflaggten Podium diszipliniert auf Gartenstühlen saßen. In der Ecke stand ein vergoldetes Kruzifix, der Gekreuzigte hatte rote Backen, er lächelte fast. Der Direktor stellte den Trommler mit knappen Worten vor und bat die Patienten, sich die übrigen Mitglieder der Kapelle hinzuzudenken, auch die wären gerne gekommen, seien jedoch aus zwingenden Gründen verhindert. Leider habe nur der Herr Tambour zu ihnen kommen können. Es habe sich so ergeben. Das müssten sie jetzt akzeptieren. Doch der Herr Tambour werde mit um so größerer Lust und Liebe für sie spielen. Der Trommler wischte sich die Stirn und nickte: Aber sicher doch. Die Patienten applaudierten. Einige bekreuzigten sich, standen auf, beteten und nahmen wieder Platz. Eine ältere Frau blieb auf den Knien. Der Trommler merkte, dass sein Ohr zu bluten begann. Er fasste hin und spürte, wie seine Finger klebrig wurden.

Der Direktor lächelte, schlug ihm auf den Rücken, er könne anfangen.

Zu Beginn trommelte er die Nationalhymne, die hatte auch die Kapelle immer gespielt. Dann kamen der Reihe nach die anderen religiösen, unterhaltenden und erbaulichen Stücke. Während er spielte, das heißt die Trommel schlug, sickerte ihm Blut aus dem Ohr.

Nach dem Programm klatschten die Patienten, bekreuzigten sich und beteten. Nur die Laune des Direktors war getrübt. Wie er dem Trommler sogleich mitteilte, hatte er zu beiden Seiten des sogenannten Zuschauerraums einen leeren Stuhl erblickt. Es sei ihm buchstäblich ein Stich ins Herz gefahren. Wieder das alte Lied. Während er den aus dem Ohr blutenden Trommler ins Haus begleitete, sagte er ihm, er habe keine Ahnung, wie und wann die beiden Rebellen sich davongemacht haben könnten, wo er sie doch das ganze Konzert über im Auge behalten habe.

»Sie sind wieder weggelaufen, und wieder deswegen.«

»Deswegen?«, fragte der Trommler.

»Deswegen«, sagte der Direktor.

Während wir das märchenhafte Trommeln, das auch uns galt, in der Ferne hörten, erzählte ich ihr diese Geschichte. Und es machte ihr nichts aus, dass sich dabei unser Speichel vermischte und die Fliege sich bald auf sie, bald auf mich setzte. Die Fliege kroch erst ihr übers Gesicht, dann mir, es war egal, denn die Trommel spielte und wir waren nirgendwo und wir waren überall dabei, denn wir vögelten.

Wo wohnt die Erde?

Sie saß immer am Fenster, wenn sie auf die beiden wartete. Meist flanierten sie hier vorbei, Hand in Hand, mit langsamen, doch selbstsicheren Bewegungen, sie dachte, das müsse wohl ihr Gesundheitsspaziergang sein. Oder etwas in der Art. Es sei ihre Pflicht, ihr tägliches Pensum. Dass es dennoch mehr war, spürte sie schon beim ersten Mal. Sie hätte sie gern gestört. Sie legte einen Stein aufs Fensterbrett. Einmal hatte auch der Vater die beiden bemerkt, als er, die Tür hinter sich zuschlagend, ins Zimmer polterte.

»Was glotzt du da?«, fragte er gereizt und steckte sich eine Zigarette an.

»Mutter hat gesagt, hier darf man das nicht.«

Sie schloss die Augen. Sie wusste, was er sagen würde. Genau das sagte er dann auch, mit der Betonung, die sie so gut kannte. Ich scheiße auf sie. Die Mutter weinte in der Küche. Sie kannte dieses Weinen, es klang, wie wenn junge Kätzchen im Wasser ertränkt werden. Doch dann zischt sie. Sie kommt heraus, schneuzt sich lange und zischt, dass sie sich aufhängen oder runterspringen werde. Sie zischt so lange, bis der Vater sie von neuem schlägt. Da schlägt er dann nur noch einmal zu. Dann ist wenigstens Ruhe. Bis zum nächsten Tag sind alle still, außer der Fernseher, der plärrte, egal, wer von ihnen davorsaß.

»Fang nicht du auch noch an«, sagte er und setzte sich neben sie, strich ihr übers Haar.

»Was war denn jetzt wieder?«

»Das Übliche.« Der Vater schnippte den Stummel hinaus. »Ach so, die beobachtest du. Weißt du, was mit ihnen los ist?«

»Ich weiß es, die Leute mit den Hunden haben über sie geredet.«

»Dann ist es ja gut«, sagte er und ging hinaus. Der Fernseher begann zu plärren.

Als sie die beiden zum ersten Mal sah, war sie von ihrem Anblick völlig gebannt. Sie kamen aus der schmalen Gasse, mit wiegendem Gang wie Pinguine. Es war zum Lachen. Gerade hielt der große, gelbe Müllwagen vor dem Haus, die Müllwerker sagten etwas zu ihnen. Sie verstand nicht, was. Die beiden blieben stehen, nickten, ohne einander loszulassen. Einer der Arbeiter salutierte theatralisch. Ein anderer winkte, der Kollege solle die Faxen lassen, sie müssten weitermachen. Sie leerten die Tonnen, der Wagen fuhr rückwärts los. Doch der Müllwerker winkte noch. Und die beiden winkten zurück. Mit der ganzen Umgebung machten sie es so. Sie knüpften vertrauliche Beziehungen an, mit werdenden Müttern, mit der alten Dame, die ihren Hund ausführte, mit den Obdachlosen, die die Parkbänke bevölkerten. Sie hatten rund um den Block ein Zuhause gefunden. Jeden Tag kamen und gingen sie mit natürlicher Gelassenheit, so ziemlich zur selben Zeit, meist tauchten sie am frühen Nachmittag auf, schlenderten Hand in Hand am Haus vorbei, genau unter ihrem Fenster, sie überquerten die Fahrbahn, traten auf den erst kürzlich gepflasterten Fußweg des winzigen Parks und bogen bei der Tierkosmetik um die Ecke. Lange wusste sie nicht, von wo sie kamen und wohin sie gingen. Sie blieben oft stehen, die Frau zog einen Kamm hervor und brachte das Haar des Mannes in Ordnung. Sie sah auch, dass er ihr das Gesicht streichelte. Lange streichelte er es, als würde er es säubern. Als wollte er Schmutz wegwischen. Sie sah, wie sie die Lippen spitzten und sich Küsschen auf den Mund drückten. Sie blieben stehen, gaben sich ein Küsschen und gingen weiter. Oft merkte sie gar nicht, dass sie den Stein in der Hand hielt.

Die Mutter kannte sie auch.

»Bist du mit den Hausaufgaben fertig?«, fragte sie.

»Ich mache sie gleich. Heute habe ich nur Mathe.«

»Mach erst die Aufgaben, dann kannst du aus dem Fenster gucken.«

»Nicht weinen, Mutter.«

»Du bist ganz struppig. Soll ich dich nicht kämmen?«

Sie ließ es zu. Manchmal fiel ihr ein Tropfen von Mutters Gesicht auf den Arm. Erst war er warm, dann kalt. Und schließlich klebrig.

»Mutter, weißt du, was das ist, dieses ... au!«

»Was denn?«

»Nicht wichtig.«

»Da sind sie«, sagte sie und zeigte hinaus.

Die Mutter trat ans Fenster, gedankenverloren zupfte sie die im Kamm festhängenden Haare heraus und zwirbelte sie zu einem kleinen, blonden Knäuel. Auch sie beobachtete das Paar. Sie sagte nichts und ging schweigend hinaus. Dann begann der Fernseher zu plärren.

Sie hielt den Stein in der Hand. Es war ein anderer, denn sie hatte sich einen neuen geholt. Einen größeren.

Und die dort flanierten, gaben Küsschen und streichelten einander ihre kleingeschrumpelten, gelben Gesichter. Sie ging hinunter und wartete im Tor auf sie. Draußen war alles wie sonst, vor dem Büro gegenüber standen einige Frauen in Hosen herum und rauchten. Die Qualmwolke über ihren Köpfen wollte nicht verfliegen. Vor dem Haus unterhielten sich drei Hundebesitzer. Sie hörte Lana Del Rey. Das Paar erschien, es kam auf sie zu, mit wiegenden Schritten, in ihren grauen Lodenmänteln, mit ihren mongoloiden Gesichtern, sie blieben stehen, der Mann zog ein kariertes Taschentuch hervor und schneuzte sich, legte es zusammen und steckte es ein. Die Frau hob ein paar Blätter auf, die vom Baum gefallen waren. Sie hielt sie in der freien Hand, die andere lag in der seinen. Sie näherten sich im Wiegeschritt, gingen an ihr vorbei.

»Guten Tag«, sagte sie und nahm die Kopfhörer ab. In der anderen Hand hatte sie den Stein. Sie erwiderten den Gruß nicht, vielleicht würdigte nur die Frau sie eines Blickes. Schon waren sie weitergewandert in Richtung Kosmetiksalon. Und auch sie setzte sich in Bewegung. Sie folgte den sich wiegenden grauen Rücken. Und die beiden benahmen sich genau so, wie sie es vom Fenster aus beobachtet hatte, manchmal blieben sie stehen, streichelten und küssten einander. Oder sie standen nur da und taten nichts. Wenn sie lange genug gestanden hatten, gingen sie weiter. Schließlich kamen sie bei einem großen Haus an. Mehr war darüber nicht zu sagen, nur dass es groß war. Ziemlich ähnlich wie ihres, die Eingangstür ging mit einem Code auf. So ein Piepsen. Doch nein. Die Frau nahm einen Schlüsselbund aus ihrer gelben Handtasche und öffnete die Tür, sie gingen hinein. Sie benutzte keinen Code. Also das, dachte sie, ist nicht gerade umwerfend, dass sie hier wohnten. Warum hatte sie gedacht, dass sie woanders wohnen würden? Doch eigenartig war etwas anderes. Nämlich dass sie überhaupt wohnten. Dass sie nicht nur mit wiegenden Schritten dahinschlenderten, denn das allein schienen sie immerzu tun zu müssen, wie kleine, kreisende Himmelskörper. Kommen und gehen, kreisen, niemals haltmachen. Die Erde zum Beispiel, wo wohnte sie. Hatte die Erde ein Zuhause? Oder der Mond, oder ein x-beliebiger Stern. Sie überlegte sich, welchen Weg sie zurücklegten, wenn sie hier wohnten, und ihre Vermutung bestätigte sich, denn wie sie anderntags beobachtete, begannen die beiden tatsächlich in die entgegengesetzte Richtung zu schlendern, in Richtung Buchhandlung, Kneipe und Ringstraße, dann bogen sie auf den Weg durch den großen Park ein und zockelten nach Norden, auf ihr Elternhaus zu. Das war ihr täglicher Spaziergang. Oder ihr Pensum. Auch bei Regen legten sie die Strecke zurück. Hunde, Kinderwagen, Betrunkene störten sie nicht. Aus der Bäckerei kam ein Mädchen gelaufen und gab der Frau einen Strudel, die schnupperte daran, dann brach sie ihn entzwei und reichte die andere Hälfte dem Mann. Als er fertig war, wischte sie ihm die Krümel vom Mund und küsste ihn. Sie gingen weiter. Und während sie das sah, spürte sie, dass sich ihre Hand hob. Sie wollte es nicht, dennoch würde sie werfen. Sie würde es tun. In ihrer Phantasie hörte sie bereits den Schrei.

»Was hast du getan, Kind?!«

Ehrlich gesagt, war sie ratlos. Sie hatte absolut keine Lust, denen immer und immer wieder zuzusehen. Sie hatte keine Lust, ihnen nachzuspionieren. Wenn sie sie erblickte, spürte sie eine brennende Scham. Sie wurde wütend, als würde man sie verhöhnen. Sie verstand nicht, warum. Doch dann ergab es sich immer, dass sie aus der Wohnung hinunterlief, unter irgendeinem Vorwand, den Müll wegbringen, in den Briefkasten sehen, unten trat sie gegen Steine, setzte die Kopfhörer auf und wartete, und wenn sie kamen, hatte sie schon einen Brocken in der Hand. Sie ging ihnen nach. Gestern war die Mutter zu ihr gekommen und hatte gefragt, ob sie bei ihr schlafen dürfe. Der Fernseher plärrte bis tief in die Nacht. Sie hatten eng beieinander geschlafen, die Mutter hatte geschnarcht. Sie ging ihnen nach, und unterdessen wuchs ihr Zorn, sie hätte mit allen zehn Fingernägeln über alles und jedes herfallen, hätte alles kurz und klein schlagen können. Sie schloss die Augen, hörte *Woodkid – Run Boy Run*. Als sie die Augen wieder öffnete, standen sie vor ihr. Sie sahen sie groß an wie zwei gelbe, runzelige Äpfel, sie betrachteten sie mit ihren auseinandergezogenen Augen in den zerknitterten kleinen Köpfen.

»Sie weint«, sagte der Mann.

»Sie weint«, nickte die Frau.

Sie wusste nicht, was sie sagen sollte. Sie gingen weiter, überließen sie sich selbst. In dem Trubel drehten sie ihre Runden, an einem Tag, am anderen Tag.

Sie suchte einen größeren Stein. Ein Stein ist auch so etwas wie die ganze Erde. Genau so etwas. Sie fand einen ganzen Ziegel, Arbeiter hatten die Flanke des Hauses aufgerissen und Rohre hineingedrückt, den Ziegel hatten sie zurückgelassen. An jenem Tag wartete sie damit auf sie, mit dem Ziegel. Sie überlegte – mit einem einzigen Ziegel würde sie nur einen treffen. Sie braucht noch einen. Noch einen Ziegelstein dieser Größe. Einen noch größeren. Eine größere Erde. Mit der sie die beiden und jedermann treffen könnte. Sie sah sich nach allen Seiten um. Das Paar war bereits ganz nahe, sie gaben sich Küsschen. Sie blieben stehen und gingen wieder los, bückten sich nach gelben und roten Blättern, bündelten sie zu einem Strauß oder blickten nur ziellos umher. Sie streuten den Tauben Krümel hin. Jetzt waren sie schon beim Kosmetiksalon. Sie betrachteten sich in einem Schaufenster, gingen weiter.

Sie hatte es plötzlich eilig und schritt hinter ihnen her. Sie weinte. Der Ziegelstein ging zwischen ihren Händen hin und her, ein graumelierter Herr sah sie verwundert an, er fragte sie etwas. Sie lächelte durch die Tränen hindurch, auch du kannst dich verpissen, Alter. Die dort standen schon längst vor dem Haus. Während die Frau den Schlüssel aus ihrer gelben Handtasche kramte, warf sie einen Blick auf den Mann. Plötzlich erkannte sie diesen Blick wieder, so oft hatte sie ihn im Gesicht der Mutter gesehen. Die Bewegung war so langsam, dass sie gar nicht enden wollte. Der Mann schlug die Frau. Mit der Faust. Die Frau hielt sich an der offenen Tür fest, sie machte keine abwehrende Geste. Einen Moment taumelte sie, stürzte jedoch nicht. Ihre Nase begann zu bluten, Tropfen fielen auf ihren Mantel. Die Frau trat ins Treppenhaus, der Mann folgte ihr. Langsam schloss sich hinter ihnen die Eingangstür, die schwankenden Schemen der beiden grauen Rücken waren durch das Glas noch zu erkennen.

Neben ihr plumpste der Ziegel zu Boden. Sie rieb sich die Handfläche, nahm die Kopfhörer, suchte *Linkin*

Park – Numb. Ruhe durchströmte sie, als hätte sie warme, gezuckerte Milch getrunken. Sie war glücklich. Es war nicht mal schlimm, dass der Fernseher plärrte.

Kirchenreinigung

Vor einigen Wochen ist sie die Treppe des roten Vorortzugs hinabgestiegen. Ein unscheinbares Geschöpf, das dennoch die Aufmerksamkeit des Stationsvorstehers erregt. Er grüßt sie, dann starrt er verlegen auf seine Hand, die er gerade zur Mütze gehoben hatte. Das Mädchen niest in den Staub hinein, den der Zug aufwirbelte, und geht, wie sich im Nachhinein herausstellt, durch den grünen Tunnel der Platanen geradewegs auf den Kalvarienberg zu. Sie hat es nicht eilig, dennoch sieht es aus, als schreite sie über glühende Kohlen. Erhobenen Hauptes. Obwohl sie bestimmt Angst hat. Sie hat Referenzen aus der Nachbarpfarrei, doch warum sie mit ihrem schäbigen kleinen Koffer und dem verschlissenen Rucksack ausgerechnet in diese Stadt gekommen ist, darüber wird auch im Nachhinein nichts bekannt. Die Fliegen auf dem Gesicht der alten Frau, die oft Unheil verkündete und im Ruf einer Hellseherin stand, hatten sich eines Morgens weder durch Scheuchen noch durch Gebet vertreiben lassen, und so wird das Mädchen als Putzfrau eingestellt. Deshalb ist sie hier, darum hat sie sich beworben. Schon am ersten Tag fällt eine Raupe auf, die in ihrem strohblonden Haar sitzt. Morgens geht sie barfuß am Graben spazieren, man erzählt sich, dass sie ihren Schoß mit Brennesseln verwöhnt. Kamille isst sie roh. Gelber Schaum sickert aus ihrem Mund. Ihr Gesicht ist voll und rot, ihr Blick schläfrig, doch sie handelt schnell und entschlossen. Sie kommt nie zu spät, doch geht sie nie pünktlich an die Arbeit. Starrt man sie an, hält sie dem Blick stand und erwidert ihn mit schamloser Offenheit.

Zu dieser Zeit hört man nur noch wenige Stöcke und Absätze pochen vor Beginn der Messe. Auf den knarrenden Holzbänken sitzen ein paar vom Leben gebeugte alte Frauen, krummbeinige Greise, von der Einsamkeit verwirrte, dem Teufel jederzeit Einlass gewährende alte Jungfern und wortkarge Männer mit abgearbeiteten, rissigen Händen. Sie tragen das leise Klappern ihrer Knochen und den Dämmer ihrer Seelen in das dumpfe Gemäuer. Nicht einmal beim Beten merken sie es. Sie merken ja nicht einmal, dass sie beten. Wie Münder, die nur noch essen können. Beim Eingang würfeln schmuddelige Kinder, sie rauchen, blasen graue Ringe in die Luft, manchmal fliegt ein Ball in die Höhe, ein grinsender Papierdrache saust durch den Wind, eine Weinflasche scheppert über das Pflaster vor der Kirche.

Das, wovon ich spreche, wird jedes Mal weniger, denkt der Pfarrer, während er zusieht, wie das Mädchen den Steinboden aufwischt. Sie ist es, die als Erste sagt, dass das Eingangstor quietscht. Es öffne sich weit und schlinge, es verschlinge jeden Bissen, aber der Hunger tue ihm nur weh, er werde nicht gestillt. Dann müsse sie sich übergeben. Sie habe, fährt das Mädchen leise fort, Öl in die rostigen Angeln geträufelt. Doch sie gestehe, dass jenes unangenehme Gefühl weiterhin um ihre Seele herumtanze. Gedankenverloren betrachtet der Pfarrer die blauen Schatten der im Abendlicht des Gartens umherlaufenden Kinder, glücklich prügeln und zoffen sie sich. Auch das ändert sich nicht. Er findet, er habe so viel vom Durst der Sünde gesehen, dass es sich lohne, nach dem Abendgebet eine zweite Flasche zu öffnen. Dann kippt er in der Soutane auf seinen Strohsack. Es ist schon Nacht, nur die Toten leben.

Nicht lange danach erklärt das Mädchen, sie zerbreche sich schon eine Zeitlang den Kopf, wie eine Kirche zu reinigen sei.

Mit lauwarmem oder kaltem oder vielleicht an gewissen Stellen mit heißem Wasser, das könne sie nicht eindeutig entscheiden. Darf man geschnitzte Figuren, Altargemälde mit einem papageienfarbenen Staubwedel reinigen? Was ist besser, Staubwedel, einfacher Lappen, Hirschledertuch oder Haushaltsschwamm. Und zu welchen Zeiten soll man putzen. Vor der Messe oder danach, beim ersten Hahnenschrei oder in den malerischeren Phasen des Tagesanbruchs, die auch blutige Farben auf den Himmel schmieren, wenn Glockengebimmel und Peitschenknallen das Vieh auf die dampfenden Weiden begleiten. Der Gebrauch von verschiedenen Chemikalien, Bleichmitteln, Seifenwasser und von Laugen ist zu hinterfragen, ebenso, ob es erlaubt ist, mit Sand zu scheuern. Ob man Essig oder Waschnussextrakt verwenden darf. Und wenn die Messe in Wahrheit eine Reinigung ist, ob man dann während der Messe reinigen darf.

Der Pfarrer senkt den Kopf.

Das Mädchen lässt bedrohliche Mächte, Böswilligkeit und schlechte Omen unerwähnt. Sie sagt nicht, dass das Zukünftige immer weniger ist als das Vergangene, dass man den Jüngsten Tag auch als Belohnung auffassen kann. Immer öfter wird sie in der Fischhandlung oder beim

Krämer angestarrt. In ihr Haar hat sie ein buntes Band geflochten. Manchmal beginnt sie zu stottern, als hätte sie Kieselsteine unter der Zunge. Sie nascht Kamillen, Hagebutten und Heidelbeeren aus ihrer Schürzentasche. Die Leute wissen mehr über sie als über sich selbst, und das beruhigt sie. In einer Stehkneipe meint jemand zu wissen, dass sie ihr Geschlechtsorgan Welt nennt und die von den Brennesseln herrührenden roten Quaddeln Menschen. Mehrmals wird sie gesehen, wie sie nach beendeter Arbeit neben der Kirche steht und die Mauern anstarrt, sie betrachtet den Turm, Besen und Lappen in der Hand. Sie umkreist das Gebäude, kaut Grashalme und wiegt ihre flachen kleinen Hüften wie eine Braut.

Als der Pfarrer wissen will, was sie da eigentlich mache, deutet sie auf den Riss, der sich direkt unter dem Dach beginnend die Kirchenmauer hinunterwindet. Er läuft zwischen den Ziegeln bis zum Boden, bahnt sich zwischen den Steinen seinen Weg, schließlich setzt er sich in der Erde fort. Währenddessen ändert er seine Gestalt, stellenweise nimmt er auf Zwirnsfadenstärke ab, um sich einige Zentimeter weiter so sehr zu verbreitern, dass er selbst ein aufragendes männliches Geschlechtsteil verschlingen könnte.

Als Erster spricht es der Pfarrer aus, dass wahrscheinlich etwas nicht in Ordnung ist. Dennoch nimmt er nicht eindeutig Bezug auf das nahende Unheil. Während der Predigt wird er rot, seine Schläfen glänzen. Der Glaube ist eine Frage der Erzählbarkeit, wenn nur nicht mit jedem ausgesprochenen Wort all das dahinschwände, was ist. Am Ende wissen wir nicht einmal mehr, was nun endgültig und unwiederbringlich dahingeschwunden, was uns verlorengegangen ist nach so vielen Worten, so vielen Bezeichnungen. Der Mensch wird von den Formen, die er selbst geschaffen hat, ausgeplündert. Und nun muss er, der ihr Schöpfer war, ihnen dienen. Die Herrschaft der Formen ist längst Wirklichkeit geworden. Von solchen Dingen spricht der Pfarrer. Dann schweigt er lange, bis jemand sich laut zu räuspern beginnt. Es klingt wie das Krächzen eines hässlichen Vogels, von dem man früh erwacht und dann nicht weiß, soll man versuchen zu töten oder weiter daliegen und dem Klopfen des eigenen Herzens zuhören.

Sie würde gerne ab und zu auch während der Predigt saubermachen, sagt das Mädchen am nächsten Tag. Ihre Lippen sind wie wilde Himbeeren, als hätte sie in der Nacht kein Auge zugetan. Ihre Waden sind wund, im blonden Haar hängt eine blaue Distelblüte.

Sie meine, es sei kein Irrtum, wenn der Glaube einen Umweg mache?, fragt der Pfarrer.

Sie wisse es nicht, doch auch sie werde immer neugieriger. Sie nimmt die Distel aus dem Haar und verschlingt sie.

Am Sonntag blickt sich der Pfarrer verdattert in seiner Kirche um. Gerade schlägt ein Theater auf dem Tiermarkt seine Zelte auf, um zur Messzeit ein Krippenspiel aufzuführen, die roten, protzigen Karten werden zu Werbezwecken zum halben Preis verkauft. Trotzdem klappern mindestens doppelt so viele Absatzeisen über die Kirchentreppe wie zuletzt. Die Bankreihen sind fast voll besetzt. Die Menschen drehen sich nach dem Mädchen um, die das Glas im Holzparavant vor dem Eingang wienert. Der quietschende Ton lässt eine Gänsehaut über die in billige

Stoffe gekleideten Körper laufen, und der Pfarrer weiß, so etwas hat er nicht einmal mit seiner schönsten Predigt erreicht. Das Mädchen beugt sich über den Eimer, als suchte sie im schmutzigen Wasser ihr Gesicht.

Auf einmal hört man, dass etwas wirklich Schlimmes droht. Oder es droht nicht nur, sondern rückt unaufhaltsam näher. Es genügt, davon zu reden, und schon ist es da. Es genügt, daran zu denken, und schon ist es da. Die Nachricht verbreitet sich wie eine Epidemie, unmerklich, heimtückisch, als hätten Radio- und Fernsehprogramme davon berichtet, als wäre es die wichtigste Zeitungsmeldung gewesen, eine unvermeidliche Katastrophe, ein nahendes Unheil, ein Verderben, Zerstörung. Risse in den Mauern, in den Spalten tummeln sich Käfer.

Am nächsten Sonntag kommen so viele, dass gar nicht alle mehr Einlass finden. So viele Atemzüge hatten sich in der Kirche schon lange nicht mehr gekreuzt, die stickige Luft füllt sich mit der Wärme des Gebets. Und wie dann ein Taschentuch zum Hauptdarsteller wird! Auf dem Platz vor der Kirche steigt Zigarettenrauch auf, als würde jemand blaue Decken schwenken. Manch einer ist von ganz weit hergekommen, mit Pferd, Esel oder Motorrad mit Anhänger, und hat doch draußen bleiben müssen. Der Pfarrer hat das Gefühl, in einem gewaltigen Spinnennetz zu sprechen. Der Schweiß trieft ihm von der Stirn, das Salz brennt ihm in den Augen. Seine allbekannte Selbstsicherheit verlässt ihn, er stockt mehrmals, dann sucht sein Blick das Mädchen, als erwarte er von ihr Ermutigung. Sie steht neben den Bankreihen, mit Eimer und Besen. Sie schlägt das Kreuz, langsam und nachdenklich. Als hätte sie Schmerzen dabei, so bewegt sich ihr Mund. Ihr Haar ist mit einer bunten Schleife zusammengebunden.

In dieser Messe ist auch davon die Rede, dass Risse durch die Mauern laufen. Dies sind unsere Mauern, unsere Risse. Viele Leute meinen, neue Spalten zu sehen, der Weg zur Kirche ist rissig, die Gehsteige sind holprig, Stolpern ist alltäglich. Am Abend klopft der Pfarrer bei dem Mädchen ans Fenster. Und als sie öffnet, sagt er zu ihr, dass ihm schon lange durch den Kopf gehe, dass man an der Gnade so hart arbeiten müsse wie an der eigenen Grube. Mehr Sinn habe das nicht.

Dazu könne sie gar nichts sagen, antwortet das Mädchen, nur quietsche das Tor weiterhin, und gestern Nachmittag habe sie es nicht gewagt, die Statue des Erlösers abzustauben.

Der Pfarrer geht zu ihr hinein, sie umarmen sich.

Am nächsten Sonntag ist die Kirche gerammelt voll.

»Ihr fragt, wie man eine Kirche reinigen muss?«, fragt der Pfarrer am Ende der Messe. Er senkt den Kopf.

Mit einem leisen Seufzen stürzt die Kirche in sich zusammen. Kinder und Alte, mitten im Leben stehende Männer und Frauen, Honoratioren kommen um. Die Glocke wummerte auch nach dem Einsturz noch ein paar Mal, als hätte das Metall Mühe, seinen Nutzen zu erkennen. Ein kleiner Hund läuft winselnd zwischen den Trümmern hervor. Aus dem Schutt ragt ein von Rauch umhüllter Mauerstumpf auf. Ein Stück der Mauer, das noch steht. Daran lehnt der Besen, daneben der Eimer und ein paar Flaschen Putzmittel. Dort sitzt das Mädchen, die Knie umschlungen, eine bunte Schleife im Haar. Feuerwehrleute zerren sie hoch. Sie ist unversehrt, keinen Kratzer hat sie abbekommen. Vielleicht hat sie Kamillen gegessen, denn Schaum tritt ihr aus dem Mund. Dann erklärt sie den Leuten, die sich mit den Leichen abmühen, es sei höchste Zeit fürs Saubermachen, sie erklärt es so lange, bis ihnen keine andere Wahl bleibt, als sie totzuschlagen.

Eine sehr dringliche Angelegenheit

Schon zwei Stunden waren sie in dem Bezirk herumgelaufen, der alte Mann erwies sich als besonders hartnäckig. Vor einer Woche hatte er ihn angerufen und in den Hörer geschnarrt, er müsse unbedingt kommen. Das sei eine sehr dringliche Angelegenheit. Er solle kommen und ihn einen Tag nach Budapest mitnehmen. Aber was das denn sei, was sich so gar nicht aufschieben ließe? Davon später, wenn sie es gefunden hätten, denn er wisse selbst nicht, wo genau es sei, dann werde auch er sehen und alles verstehen.

Am nächsten Tag fuhr er mit dem Auto hin, das er sich von Erika leihen musste, denn seines wurde regelmäßig von Gábor in Beschlag genommen. Und er brachte es nie dann zurück, wann er es versprochen hatte.

»Ein nettes kleines Auto«, bemerkte der Alte. »Sogar mit Lufterfrischer. In deinem ist nie einer.«

»Doch, nur manchmal ist er aufgebraucht.«

»Warum tust du keinen neuen rein?«

»Ich denke nicht daran.«

Rehe standen auf den Feldern, Kitzen und Hirschkühe. Er zählte sechs Tiere, ein Stück weiter beobachtete sie eine kleinere Gruppe. Linker Hand erhob sich ein Hochstand, darin zeichnete sich dunkel ein Körper ab. Er hätte schwören können, dass dort jemand gerade seine Waffe anlegte. Oder mit dem Feldstecher Ausschau hielt.

»Mach bei der Tankstelle halt, ich muss pinkeln.«

Der alte Mann pinkelte und kaufte sich eine Dose Bier. Deswegen musste er bei der nächsten Tankstelle wieder Wasser lassen. Wieder kaufte er ein Bier. Bei der dritten Tankstelle bat er bereits um Geld. Er bekam einen Tausendforintschein und blickte drein wie ein Gedemütigter, so wenig, nicht mal ein Almosen, schlimmer. Er wiederum seufzte, man müsse nicht bei jeder Tankstelle trinken, worauf der Alte zurückknurrte, woher er denn wisse, wo man müsse oder wo nicht, man müsse dort, verdammt, wo es gehe. Man müsse nicht überall trinken, doch da, wo es geht, muss man auch.

Darüber dachte er nach, und er gab dem Alten recht. Wie durch ein Wunder fand er in der Innenstadt einen Parkplatz, er kaufte fünf sündhaft teure Stunden Parkzeit, und sie begannen durch die Stadt zu wandern. Der Alte watschelte wie eine große, nasse Ente. Von der Sonne und dem Bier begann er zu riechen, doch er sah sich aufmerksam um, vielleicht hatte es sogar System, wie sie die Straßen abklapperten, wie sie bald diese, bald jene Richtung nahmen. Ihr Weg begann bei einer vergitterten Schule, wo die Kinder auf dem Hof johlten, sie legten eine langsame, unsichere Runde zurück, bis der Alte vor einem Laden mit Kunsthandwerk stutzte, vor handgemachten Seifen, handgemachten Schlüsselanhängern und handgemachten Schokoladen, da ist es, rief er aus und schlug mit der Faust in die Luft, da ist es, doch fast im selben Moment schüttelte er den Kopf, nein, doch nicht, hier war es nicht, er marschierte weiter, vor der alten Kneipe mit dem Musikautomaten machte er wieder halt und musterte sie argwöhnisch, den Rauchern, die auf der Straße herumstanden, starrte er einzeln ins Gesicht, vor einem Fleischerladen hielt er Umschau, ein Geschäft alten Stils, das jedoch voller Yuppies war, dort wurde noch gebraten, der Geruch von Öl und Salzgurken lag in der Luft, im Schaufenster türmten sich rote Würste, Nackenstücke und Entenkeulen, auch von hier ging er weg, um bei einem Friseur, einem Schlüsseldienst und einem Antiquariat stehen zu bleiben. Immer schüttelte er den Kopf. Nein. Das war es nicht, was er suchte. Sie waren schon zwei Stunden unterwegs.

»Was suchst du?«

»Warte, bis ich es gefunden habe, dann verstehst du es.«

Er greift nach seinem Arm, versucht, ihn anzuhalten.

»Du erinnerst dich nicht, stimmt's?«

»Ich erinnere mich schon, nur finde ich es nicht.«

»Ist das nicht dasselbe?«

»Das ist nicht dasselbe. Wenn du dich an etwas erinnerst, dann gibt es dieses Etwas. Auch wenn du es nicht findest, es gibt es, bloß hast du es nicht. Doch es gibt es, denn wie könntest du dich sonst daran erinnern, woher würdest du wissen, wie es war, und wodurch würdest du spüren, dass es dir fehlt? Aber wenn du dich nicht daran erinnerst, ist es nicht. Darum geht es.«

Sie setzten sich auf eine Bank, die in der Mitte eine Armstütze hatte, wegen der Obdachlosen. Vor ihnen wälzte sich der Fluss dahin. Wie ein riesiger blau glänzender Rücken war er. Der Kopf des alten Mannes kippte zur Seite, wie es viele Schiffe tun. In der Flussmitte schaukelte ein Bus, der Ausflugsschiffbus, er trieb nur dahin, offenbar war er defekt.

»Es ist sicher hier gewesen, in der Umgebung«, sagte

der alte Mann. Sie standen vor einem Bankinstitut. Es war eine ausländische Bank, ein junger Mann in blauem Hemd und schwarzem Jackett trat heraus, Papiere in der Hand, die er entzifferte, Arschlöcher, murmelte er. Der Alte sah ihm schadenfroh nach, seine Augen leuchteten.

»Und es ist doch hier gewesen. Auch wenn er über sie schimpft. Es ist hier gewesen und basta«, schnarrte er fröhlich. Wie erleichtert fasste er ihn unter und begann ihn mit sich zu ziehen.

»Feiern wir!«

»Was?«

»Dass ich es gefunden habe«, sagte der Alte und zog an ihm. Er hatte immer noch Kraft.

Zwar watschelte er, doch vielleicht konnte er noch wie früher mit der Faust Nüsse knacken.

»Und wohin jetzt?«, fragte er ihn.

»Ich kenne da ein Lokal. Das ist bombig«, gluckste der Alte.

Es war ein heruntergekommenes Restaurant, das niemals eine Blütezeit gehabt hatte und, in einer Nachbarschaft voller Veränderungen, mit Aufschwüngen, Niedergängen und Schließungen Beständigkeit repräsentierte. Es versprach kaum etwas, doch dieses Wenige hielt es. So was gab es nicht mehr, und lange würde auch das sich nicht mehr halten, doch irgendwie hatte es bislang überlebt. Niemand hatte es haben wollen. Immer ändert sich das, was jemand haben will. Was niemand haben will, bleibt, wie es ist. Nur der Kellner war jung wie ein Abiturient, nicht älter als er selbst. Sie setzten sich in die Koje, der Alte bestellte Wodka. Und für sich noch ein Bier, für ihn Orangensaft. Doch er ließ sich ebenfalls ein Bier kommen. Der Alte wunderte sich, denn er hatte Bier nie gemocht. Auch jetzt mochte er es nicht, er trank es nur. Er trank es und basta.

»Wie geht's deinem Bruder?«, fragte der Alte, seine Nase war voller Rotz.

»Es geht ihm gut«, sagte er und gab ihm ein Papiertaschentuch.

»Na, das ist ja fein, wenn es deinem Bruder gutgeht. Verdreht er immer noch der Kindergärtnerin den Kopf?«

»Nein, der Kindergärtnerin nicht mehr.«

»Was ist denn mit ihr?«

»Ich weiß es nicht«, sagte er, und ihm fiel ein, dass die Kindergärtnerin schwanger war. Der Alte bestellte noch einen Wodka. Und dann noch einen. Der Kellner arbeitete flink, ein kleines Goldkruzifix hing an seinem Hals.

»Nicht wahr, mein Junge, hier gibt es eine Kirche. An der nächsten Ecke links.«

»Die besuche ich auch immer.«

»Gehen wir«, sagte der Alte, er war zufrieden, wie ausgezeichnet er sich erinnerte.

»Sie ist geschlossen«, sagte der junge Kellner an der Theke zu ihnen. »Der Pfarrer ist krank, der Messner ebenfalls. Vor zwei Tagen haben sie irgendeine Verseuchung festgestellt. Zu viele Katzen im Garten. Also ist die Kirche jetzt zu.«

Der alte Mann schob die umgestülpten Gläser hin und her, drei an der Zahl. Er zählte die Flecken auf dem Tischtuch, schnupperte am Salz- und Pfefferstreuer, spielte mit den Zahnstochern.

»Bist du nicht hungrig?«

»Nein«, antwortete der Alte.

An der Wand der Kneipe hingen verrauchte, vergilbte Bilder, ein Schiff, ein Frauenporträt, ein Krug mit Gläsern. Der Alte deutete auf den Krug.

»Was ist da drin?«

Er zwinkerte. »Wahrscheinlich Wodka.«

Der Alte nickte. Er trank einen weiteren Wodka und schwieg eine Weile.

»Ich habe in die Hose gepinkelt«, sagte er dann und leckte sich über die Oberlippe.

»Aber Vater, warum bist du nicht aufs Klo gegangen?«

»Du weißt nicht, was eine Prostata ist.«

Er blickte unter den Tisch. Unter dem Vater war tatsächlich ein dunkler Fleck. Eher eine Pfütze.

»Was machen wir denn jetzt?«

»Ich weiß nicht«, antwortete der Alte. »Wir warten, bis es trocken ist.«

»Bleib sitzen«, sagte er zum Vater, und an den Kellner gewandt: »Ich komme gleich.«

Er lief fünfzig Meter zurück, dort war ein Chinese, der spottbillige chinesische Drache. Er kaufte eilig zwei Hosen, eine größere und eine kleinere. Er eilte zurück, jemand schnauzte ihn an, er zischte zurück, ohne sich umzudrehen. Der junge Kellner stand mit dem Rücken zur Theke und stützte sich mit den Armen auf, er sah fern. Es lief eine Naturdokumentation, über Delphine. Delphine sind sehr intelligent und mutig, und sie sind soziale Wesen. Vor dem Alten stand ein weiteres Wodkaglas.

Er reichte ihm die Hosen. »Probier mal, eine davon wird sicher passen.«

Als der Alte aufgestanden war und die Toilettentür sich hinter ihm geschlossen hatte, stieß er sein eigenes Glas vom Tisch, es war noch Bier darin. Es klirrte laut, trotzdem zerbrach es nicht. Das Bier floss nicht unter den Tisch, doch nun gab es zwei Pfützen, eine große und eine kleine. Allerdings hatten auch die Füße des Alten Urinspuren auf dem Boden hinterlassen. Er bat um Eimer und Lappen und wischte selbst auf. Der Kellner sah ihm mit großen Augen zu. Sogar Rücken, Hüften oder Hintern merken es, wenn man so angesehen wird.

»Das macht nichts«, sagte er. »So etwas kann passieren. Darf ich Sie zu etwas einladen?«

Er richtete sich auf und betrachtete den Kellner. Das ließe sich vorstellen, dass er mit ihm. Einfach nur so. Doch das Kreuz an seinem Hals. Was würde das Kreuz machen, wenn sie es machten? Oder nimmt er es dann ab? Legt er sein kariertes Taschentuch darauf oder eine Serviette? Der Kellner wurde rot, als würde er seine Gedanken lesen. Der Alte kam vom Klo zurück, ohne Hose in der Hand.

»Vater, wo ist die andere?«

»Ich habe beide angezogen.«

»Aber warum denn?«

»Zwei sind nicht so schnell durchnässt.«

Sie liefen noch eine Zeitlang durch die Gassen, jetzt war es am heißesten, der Alte schwitzte, er roch immer stärker, doch er wollte die Suche nicht aufgeben. Die Kirche war tatsächlich geschlossen. Am Fuß der Umzaunung hatte man weißes Pulver gestreut, auch innerhalb, im Garten, unter den Bäumen. Was für eine Verseuchung mochte das sein?

»Ich werde es finden«, sagte der alte Mann, er war schweißüberströmt.

»Das nächste Mal, Vater.«

Er gab auf, war bereit, zum Auto zu trotten, stieg ein und gurtete sich ohne Aufforderung an. Er keuchte, wie ein kreuzlahmer Hund. Seine Nase tropfte. Der Sohn tauschte den Lufterfrischer aus, auch für hinten hatte er einen besorgt, beim Chinesen, mit Blumenwiesenduft. Kurz hatte er überlegt, ob Tannen- oder Meeresduft nicht besser wären, sich dann aber für Blumenwiese entschieden.

»Stinke ich etwa?«, fragte der Alte.

»Du hast doch gesagt, dass einer hergehört.«

Nur langsam, im Kriechtempo des nachmittäglichen Stoßverkehrs kamen sie aus der Stadt heraus, die Autos wanden sich umeinander herum. Sie hörten Nachrichten. In Nepal hatte die Erde gebebt. Tausende waren umgekommen. Es würde einen Wetterumschwung geben, eine Kaltfront näherte sich mit Wind, Regen und Abkühlung. Eine Regierungsumbildung würde kommen. Die Einführung der Todesstrafe würde kommen. Als sie die Stadt verlassen hatten, große Lagerhallen und gewaltige Einkaufszentren sich aneinanderreihten, wo alles zu bekommen war, wo man die ganze Welt hätte kaufen können, beendete der Alte das Schweigen.

»Es war doch ein schöner Tag, nicht?«

»Das war es, Vater.«

Der alte Mann warf ihm einen scheuen Blick zu.

»Sag es deiner Mutter nicht.«

»Was?«

»Dass ich es nicht gefunden habe.«

Er wusste nicht, was er antworten sollte.

»Du weißt doch, Mutter ist tot, Vater.«

Der Alte nickte, er zappelte unruhig hin und her.

»Aber du redest mit ihr auf dem Friedhof.«

»Da gehst du doch auch immer hin, oder?«

»Sicher, doch mich hört sie nicht. Dir hört sie zu. Sag es ihr nicht, ja?«

»Ich sage es ihr nicht, Vater.«

Noch einmal fragte er:

»Was hast du gesucht, Vater?«

Der Alte fummelte am Lufterfrischer herum, schnupperte.

»Ein guter Duft. Tanne?«

»Wunderbaum. Was hast du gesucht, Vater?«

»Woher hast du gewusst, dass ich den am liebsten habe?«, fragte der Alte zurück, dann gab er ihm einen Wink, denn sie näherten sich einer Tankstelle.

Tips für Hundehalter

Den Hund im Arm, riss er fluchend die Tür auf. Lange ging er auf und ab, dann beruhigte er sich allmählich und stellte das Tier neben dem Schreibtisch auf seinen Platz. In das eine Schüsselchen goss er Wasser, in das andere streute er Hundefutter, dann hockte er sich hin, um die Verletzungen zu begutachten. Der elende Köter hatte sich das seidige schwarze Fell an mehreren Stellen aufgerissen. Die Flanke des Hundes war offen, die Füllung war zu sehen, seine Augen schillerten so kummervoll, als hätten Schmerz und Demütigung ihn wieder zum Leben erweckt.

»Sei nicht traurig«, er strich ihm über den Schädel. »Ich nähe es, du wirst schöner sein als zuvor! Aber nicht jetzt, erst morgen. Ich werde Nadel und Zwirn besorgen.«

Da fiel ihm ein, dass er ja keine Wohnung mehr hatte. Er stand unschlüssig da, dann zog er sich den braunen Arbeitsmantel über, nahm Mull aus der Erste-Hilfe-Box und verband den Hund. Das genügte fürs Erste. Er setzte sich neben den Tisch, starrte die zahnlückigen Bücherregale an, er erinnerte sich gar nicht mehr, wann er sie das letzte Mal geordnet hatte. Er hatte sich hier einquartiert, da kostete es mehr Mühe, die Ordnung in der Bücherei aufrechtzuerhalten. Er besaß keine Wohnung mehr, seit einiger Zeit lebte er hier.

Das war jetzt sein Zuhause.

Es hatte damit begonnen, vor einigen Monaten, oder vielleicht war es schon ein Jahr her, dass sein Gehalt nicht gekommen war. Geduldig wartete er zwei Wochen, dann begab er sich in die Zentrale, wo man ihm sagte, dass irgendein Fehler in der Verwaltung passiert sei. Sie würden sich selbstverständlich darum kümmern. Er solle beruhigt sein, sie würden das korrigieren. So drückten sie sich aus, korrigieren. Während er die Marmortreppe der Zentrale hinuntertrottete, dachte er darüber nach, wie ein Fehler in der Verwaltung passieren kann.

Jemand vergisst eine Akte ins andere Zimmer zu bringen.

Ein Knopf wird nicht gedrückt.

Ein Schriftstück wird nicht unterschrieben.

Er wartete noch ein Woche, doch da er sein Gehalt weiterhin nicht aufs Konto bekam, machte er sich wieder auf den Weg in die Zentrale, wo man ihm diesmal sagte, es handele sich nicht nur um einen Fehler in der Verwaltung.

Er nickte, das hatte er geahnt.

Auch der Betrag für die Betriebskosten der Bücherei sei nicht auf dem Konto eingegangen, erwähnte er noch, womit auch die Finanzierung der Heizung, der Reinigung sowie sonstiger mit dem Bücherbestand verbundener Tätigkeiten nicht gewährleistet sei, geschweige denn der Ankauf neuer Werke.

Darauf antworteten sie ihm, dass eine Umstrukturierung im Gange sei, und zwar auf allen Ebenen.

»Was für eine Umstrukturierung, und was ist bitte mit den Ebenen gemeint?!«, fragte er und dachte, dass man von Ebene zu Ebene neu strukturieren kann, doch auf allen Ebenen zugleich, das ist unmöglich, und während er der Frau ins Gesicht blickte, gab sie zurück, dass ein neues System eingeführt werde. Er fragte, ob er auch in dem neuen System ein Gehalt bekommen werde. Sie machte ein Gesicht, als hätte sie in dieser Situation mehr Verständnis erwarten dürfen, sie antwortete, man müsse warten, bis man an die Reihe komme, viele Kollegen hätten nämlich ähnliche Unannehmlichkeiten, das sei eine Begleiterscheinung des neuen Systems, nur jammere nicht jeder herum und komme zu ihr gelaufen, um sich bedauern zu lassen oder Unruhe zu stiften.

»Ich will überhaupt keine Unruhe stiften.« Kaum hatte er das gesagt, spürte er, wie er rot wurde.

»Dem Himmel sei's gedankt, es hatte schon ganz so ausgesehen.«

»Es hatte so ausgesehen?«

»Ja, aber kein Problem. Wir verstehen natürlich Ihre Besorgnis.«

Er schwieg. Wer sind wir?, das beschäftigte ihn. Er zum Beispiel gehörte nicht dazu?

»Wir werden Sie verständigen«, sie schlug die Mappe zu.

»Darüber, wann ich mein Gehalt bekomme?«

»Auch darüber. Und über das neue System. Mehr kann ich Ihnen nicht versprechen.«

»Und ... wann werde ich verständigt?«

»Bald. Vielen Dank, dass Sie sich an uns gewandt haben. Ach ja, noch etwas. Glauben Sie an Gott?«

Er war bestürzt.

»Ich verstehe nicht.«

»Es würde uns interessieren.«

»Aber ... wieso denn?!«

Sie lächelte. »Antworten Sie ruhig. Ja oder nein?«

Ohne ein Wort verließ er die Zentrale, von da an ging er nicht mehr hin, er ahnte, das System würde ihm nicht mehr helfen. Und es schien ihn vergessen zu haben. In der Bücherei gab es weiterhin elektrisches Licht und Heizung. Aus den Hähnen floss Wasser. Es kamen keine Rechnungen, er musste die Betriebskosten nicht bezahlen. Gewöhnlich fand er einige Zeitungen und Journale im Briefkasten, jedoch kam mal dieses, mal jenes, es war nicht wirklich abzusehen, mit welcher Zeitschrift regelmäßig zu rechnen war. Er hatte nichts mehr zum Leben. Seine geringen Ersparnisse hatte er aufgebraucht. Er verkaufte einige Gegenstände aus der Wohnung, die Wanduhr, den Kupfermörser seiner Urgroßmama, einen mit Tulpen bemalten Schemel, Teller, das ungeöffnete Speiseservice, die Kleider seiner Frau. Er überlegte, auch ein paar Bücher, die er für minderwertig hielt, zum Trödler zu bringen, obwohl sie viel ausgeliehen wurden, genauer gesagt, sie waren früher einmal ausgeliehen worden, als die Leute noch zu ihm kamen. Die verkäuflichen Bücher waren bald aufgebraucht, und er hatte nicht das Herz, mit Klassikern hausieren zu gehen. Die hätte der Antiquar, der brummend über die runden, blauen Stempel in den angebotenen Büchern strich, auch gar nicht haben wollen.

»Ausmusterung«, erklärte er ihm.

»Gab es schon einmal im Frühling, nicht?« Der Antiquar musterte ihn spöttisch.

»Können Sie sie nun brauchen oder nicht?«

»Wen soll ich auf den Beleg schreiben?«, fragte der Antiquar.

»Natürlich den Namen der Bücherei.«

Letztlich ist auch das Teil des neuen Systems, dachte er auf dem Heimweg. Nicht nur er war ausgemustert worden, denn daran hegte er keinen Zweifel mehr – bestenfalls konnte er sich damit trösten, dass sie ihn im Zuge der Ausmusterung vergessen hatten, vielleicht endgültig, und er würde Ruhe haben –, sondern auch die Bücher wurden ausgemustert. Er verkaufte die Wohnung. Zum halben Preis, zumindest unverhältnismäßig billig. Zu dieser Zeit war das Angebot groß, und er hungerte bereits, er verschleuderte die zweieinhalb Zimmer zum halben Preis, dieses kleine Loch, wo seine Frau gestorben war. Nur die Couch, den Fernseher und das Radio behielt er, die brachte er in die Bücherei, und von da an wohnte er dort.

Er dachte, auch dass er in der Bücherei wohnte, sei Teil des neuen Systems. Und sie hatten ihn dann ja tatsächlich in Ruhe gelassen – bis zum heutigen Tag. Doch nun geschah etwas Schreckliches. Solange es seine Wohnung noch gab, hatte er bei Regenwetter, wenn die Straßen matschig waren, den Hund auf den Armen hergetragen. Dann musste er ihn nicht mehr herbringen, sie wohnten hier, der Hund lebte zwar nicht, doch er hatte ihn so sorgfältig ausstopfen lassen, dass er sich nicht beklagen konnte. Solange es noch Leser gab, streichelten ihn manche von ihnen, anderen jagte er einen Schreck ein, der Bibliothekar lachte, nur keine Angst, Burkus ist harmlos wie eine Herbstfliege. Manchmal nahm er ihn mit in den Park vor der Bücherei, stellte ihn vor einen Strauch auf den grünen Rasen. Gerade so, als würde er ihn Gassi führen. Manchmal legte er ihn hin, Burkus liegt im Gras, Burkus reibt seinen Rücken an der Erde, Burkus fühlt sich prächtig.

Er hatte einen kleinen Ball, den rollte er ihm zu, schlenderte hin zu ihm und wieder zurück, warf ihn erneut. So spielten sie. Ja, denn zu Lebzeiten hatte Burkus gern gespielt.

Auch an diesem Tag hatten sie sich so vergnügt, gerade hatte er den vom Herbstgras verschmierten Ball eingesteckt und sich einen Moment abgewendet. Der kleine, weiße Köter hatte Burkus im Nu umgeworfen, er war nur halb so groß, wie von Sinnen biss und zerrte er an ihm herum. Nicht weit entfernt stand eine Frau, unverwandt betrachtete sie die Szene und rührte sich nicht. Sie hatte langes, graues Haar, trug einen Popelinmantel und hohe Schnürschuhe. In der Hand hielt sie die Hundeleine. Er verlor den Kopf und rannte auf den Köter zu, versetzte ihm einen solchen Tritt, dass er einfach wegflog, die Leine straffte sich in der Hand der Frau. Der Hund fiel ins Laub, zuckte ein paarmal, dann bewegte er sich nicht mehr. Die Frau sah den Hund lange an, dann drehte sie sich langsam zu ihm um. Ihr Gesicht verriet keinerlei Gefühl. Er schlang seine Arme um Burkus und eilte, ohne sich umzublicken, in die Bücherei zurück. Beim Eingang packte ihn die Wut erst so richtig, er trat gegen den Türstock. Nachdem er sich endlich beruhigt und die Erste-Hilfe-Box an ihren Platz gestellt hatte, setzte er sich hin und dachte über sein Leben nach. Da klopfte es.

Auf der Schwelle stand die Frau, sie hielt ihren Hund in den Armen, ihr weißer Mantel war blutbefleckt. Sie trat in den Vorraum der Bücherei und blieb vor seinem Tisch stehen. Sie betrachtete Burkus, der nicht lebte. Auch ihr Hund lebte nicht mehr.

»Ich habe übrigens die Polizei gerufen«, sagte sie mit

grauer Stimme, denn ihre Stimme glich ihrem Haar. Unter ihren Fingernägeln klebte Hundeblut. Die Polizei?! Das war natürlich ungemein interessant, er konnte sich nicht erinnern, dass jemals ein Polizist in der Bücherei gewesen wäre, Feuerwehr- und Bürgerwehrleute schon, in Uniform und in Ausübung ihrer Pflichten, und einmal zwei Armeeoffiziere, die hatten sich nur hierher verirrt, sie waren ein bisschen betrunken, aber trotzdem freundlich gewesen, doch einen Polizisten hatten seine Bücher noch nicht gesehen.

»Wollen Sie nicht Platz nehmen?« Er schob einen Stuhl heran.

Sie setzte sich. Da klopfte es auch schon, und bevor er noch herein sagen konnte, trat der Polizist ein.

»Sie haben angerufen?« Es war ein großgewachsener, kräftiger Mann mit blonden Haaren und vielen roten Sommersprossen.

»Guten Tag«, sagten sie beide.

Es wurde still, der Polizist musterte sie, vorläufig fragte er nichts mehr, er betrachtete den verbundenen Hund und den Schoßhund der Frau, aus dem Blut tröpfelte.

»Mein Hund ist getötet worden«, sagte die Frau leise, ihre graue Stimme klang, als hätte sie die Bemerkung gemacht, der Regen habe aufgehört.

»Aus Notwehr.«

»Hat er Sie angegriffen?!«, fragte der Polizist, sein Blick war immer noch auf den verreckten Schoßhund geheftet.

»Meinen Hund. Ohne jeden Grund. Dabei lebt er gar nicht mehr.« Der Polizist dachte nach, er trat zu den Regalen und strich mit dem Zeigefinger über die Buchrücken, wie Kinder Zaunlatten mit ihren Holzstöcken zum Klingen bringen, dann verzog er das Gesicht.

»Wenn Ihr Hund krepiert .... wenn er tot ist, wie kann man dann aus Notwehr einen anderen Hund tottreten?! Noch dazu einen kleineren?!«

»Ich habe nur einmal hingetreten«, sagte er.

»Es war ein Tritt?« Der Polizist sah die Frau an.

»Ja, nur einer. Ein sehr kräftiger Tritt.«

Sie schniefte. Noch immer tropfte Blut aus dem Hund.

»Dieser Hund, mein Hund, ist ein wertvolles Familienmitglied«, sagte er. »Das heißt natürlich, er war es.«

»Immer kommen die Leute mit so etwas, das kenne ich schon. Aber ein verreckter Hund bleibt trotzdem ein verreckter Hund.« Dem Polizisten war anzusehen, dass ihm die Situation überhaupt nicht gefiel. Er war es nicht gewohnt, sich mit so einem Mist abzugeben.

Er wiederum begann fast wie in Trance zu erklären.

»Er hieß Burkus, besser gesagt, er heißt noch immer so. Auch an jenem Tag war er bei mir. Als meine Frau starb, zu Hause. Es gab keine Anzeichen, dass sie krank war, dass Unheil im Anzug gewesen wäre, es war eine Embolie, die kann jeden treffen, ich fand sie, als ich am Abend heimkam. Sie lag in der Küche auf dem Fußboden. Sechs Eier waren aufgeschlagen. Genau sechs. Das Gas brannte. Verzeihung. Das ist nicht wichtig. Aber der Hund, Burkus, war an dem Tag unruhig gewesen, in dem Moment, als meine Frau vermutlich starb, begann er zu winseln. Ich konnte ihn kaum bändigen, ich musste ihn im Hof anbinden, denn damals ... damals gab es noch Leser. Burkus winselte draußen im Hof, und ich wusste, dass etwas passiert war. Dann fand ich meine Gattin ... meine Frau, in der Küche. Doch das ist es gar nicht, was ich sagen wollte. Was wäre gewesen, wenn ich meine Frau geliebt hätte. Das Gefühl gehabt hätte, dass sie wirklich zu mir gehört?! Hätte ich dann auch diese seltsame, mich gegen meinen Willen überkommende Erleichterung empfunden, als ich den verrenkten Körper auf dem Boden liegen sah?«

Er verstummte und wischte sich mit dem Taschentuch über die Stirn. Du lieber Himmel, wie viel hatte er geredet.

»Wir hatten kein gutes Leben. Irgendwie ... passten wir nicht zusammen. Es gab keinen Streit, aber wir fühlten uns nicht wohl. Auch sie nicht. Beim Begräbnis habe ich mir vorgestellt, was gewesen wäre, wenn ich sie geliebt hätte, wenn wir gut zusammengelebt hätten. Ich dachte, dass Burkus sich auch dann so verhalten hätte. Hätte ich meine Frau geliebt und bei ihrem Tod nicht Erleichterung verspürt, sondern getrauert, hätte Burkus zum Zeichen, dass etwas nicht in Ordnung war, trotzdem an meinem Knöchel herumgebissen. Ich konnte ihm gar nicht dankbar genug sein. Er war ein braver Hund. Immer zum Guten bereit. Er ist an gar nichts schuld. Verstehen Sie? Als er dahinging, habe ich ihn von einem hervorragenden Fachmann, der früher öfter zu uns gekommen war, präparieren lassen.«

Die Frau erhob sich, setzte sich wieder.

»Deshalb muss man ein anderes Lebewesen nicht umbringen!« Sie hatte etwas lauter gesprochen. »Ich möchte Anzeige erstatten. Wegen Tierquälerei«, sie sah den Polizisten an. Der nickte und zog ein Notizbuch hervor. Sie mussten ihre Namen und sonstige Angaben mitteilen. Als sie ihren Namen sagte, fiel ihm etwas ein, er trat rasch zum Ausleihekatalog und begann fieberhaft darin zu blättern.

Er blickte zu ihr auf. »Sie sind uns noch ein Buch schuldig.« Die Frau wurde rot, dadurch begann sie zu leben, sogar ihr Haar schien Farbe zu bekommen.

»Sie haben recht«, sagte sie leise.

»Sie haben es vor zwei Jahren ausgeliehen, auf den Monat genau vor zwei Jahren. *Tips für Hundehalter*, das ist der Titel. Sie haben es nicht zurückgegeben. Die Leihfrist beträgt zwei Wochen. Ich habe drei Mahnungen geschickt. Sie haben sich nicht gerührt.«

Er hob die Stimme nicht, langsam und bedacht zählte er die Vorwürfe auf.

»Wissen Sie, was für eine Strafe ich Ihnen auferlegen muss? Mit den Zinsen mehrere zehntausend Forint.«

»Ich ... ich wollte es zurückbringen«, beteuerte sie flehentlich. Der Polizist blickte von einem zum anderen. Der Mund blieb ihm offen stehen, na so eine Scheiße, murmelte er in sich hinein.

»Aber Sie haben es nicht zurückgebracht.«

»Nein.«

»Warum?« Jetzt fühlte er sich irgendwie stark, sein Selbstbewusstsein war zurückgekehrt. Schade nur, dass er den braunen Arbeitsmantel anhatte. Vielleicht machte es auch nichts. Der Mantel drückte Amtlichkeit aus.

»Weil ... weil ...« Sie blickte auf den Hund in ihrem Schoß. »Pinschi hat es zerfetzt. Damals wollte ich das Buch zurückbringen, habe es aber versehentlich auf dem Teppich liegenlassen, und ... und da kam Pinschi.«

Der Polizist rieb sich mit beiden Händen das Gesicht, als wollte er aus einem absurden Traum erwachen.

»Na schön, das machen Sie untereinander aus«, sagte er heiser.

Er nickte. »Gewiss, Herr Kommissar.«

»Dann entferne ich mich«, der Polizist sah die Frau an.

»Gut«, sagte sie. »Bitte sich ruhig zu entfernen.«

»Auf Wiedersehen«, grüßte der Polizist und ging.

Sie blieben mit den beiden toten Hunden zurück, von denen der eine noch blutig war. Doch er blutete nicht mehr. Die Frau war verlegen, sie hatte den Schaden erlitten und war dennoch zur Beschuldigten geworden.

Er dachte nach.

»Sehen Sie, gnädige Frau, ich weiß schon, dass ein solcher Verlust schwer zu ersetzen ist. Es tut mir leid. Wirklich. Ich will von der Erhebung einer Strafgebühr absehen. Ich jedenfalls sehe davon ab. Sie ist nicht von Belang. Ich schlage vor, Sie lassen diesen ... den Pinschi hier. Ich lasse ihn ausstopfen, in Qualitätsarbeit. Wenn er fertig ist, nehmen Sie ihn mit heim. Oder Sie können ihn auch hierlassen. Er wird sich mit Burkus zusammen wohlfühlen, und Sie können jederzeit kommen, um ... um ihn sich anzusehen. Oder um Erinnerungen nachzuhängen.«

Sie stand zögernd auf, dann legte sie Pinschi vor Burkus hin. Der schien den kleinen Hund anzusehen.

»Machen wir es so«, sagte sie.

»Wie?«

»Lassen Sie ihn ausstopfen, ich werde gelegentlich vorbeikommen.«

Er ließ Pinschi ausstopfen, der genauso lebensecht blieb wie Burkus. Und die Frau kam tatsächlich, um sich Pinschi anzusehen, einige Tage später klopfte sie wieder an, bis ihre Besuche schließlich zur Regel wurden und immer länger dauerten, dabei goss sie häufig die Blumen, fegte, staubte Bücher ab oder tischte mitgebrachte Sandwiches auf. Eines Tages, während sie die Hunde betrachteten und sich den Erinnerungen hingaben, berührte er sie an der Schulter.

»Berta, benehmen wir uns nicht wie auf dem Friedhof?! Gehen wir doch mit ihnen spazieren!« Sie nahmen Burkus und Pinschi mit in den schneebedeckten Park hinaus, sie stellten sie neben die Sträucher in den Schnee, während eine Spatzenschar zwischen den Blättern des immergrünen Efeus in Panik geriet. Kinder quietschten und bewarfen einander mit Schnee. Vor der Bücherei drehte ein lärmender Schneepflug seine Kreise. Der Bibliothekar warf den Ball nun auch für Pinschi.

»Pinschi! Pinschi!«

»Gut gemacht, Pinschi!«

Dann gingen sie hinein, um sich aufzuwärmen, sie stellte Tee auf, die Hunde stellten sie neben den Heizkörper, damit ihre Pfoten trockneten. Der Bauch von Pinschi war ganz durchweicht.

Sie saßen da, sahen die Hunde an und erinnerten sich. Das Ganze war so schön. Unter Pinschis Bauch bildete sich eine Pfütze, die das Licht der Glühbirne auf sich zog. Und während er nach Bertas Hand griff, fiel ihm ein, dass er auch die *Tips für Hundehalter* ins Antiquariat gebracht hätte. Die hätte dieser Mistkerl sicher haben wollen.

Heimat

Ein leises Land

Er hat über ihn sagen hören, er hätte getötet. Oder gesehen, wie andere töten. Er sei beim Aufhängen dabei gewesen, in der Schule tuschelten die anderen darüber. Die Leichen seien geschlagen, die leblosen Körper angespuckt worden. Sie wagten nicht, laut darüber zu reden, sie tuschelten. Oder vielleicht hatte der Vater auch gar nicht gesehen, dass sie töteten, sondern wie alle ringsum, im Haus und in der Nachbarschaft, von solchen Dingen nur gehört. Das allein genügte schon, um Unheil auf sich zu ziehen. Das allein konnte genügen. Was der Vater auch tat, er war nicht in Sicherheit. So sagten sie, nicht in Sicherheit. Und dann, nicht lange nach den Kämpfen, ging er fort. Während der Kämpfe und auch noch danach roch er nach Naphthalin. Der Geruch blieb den ganzen Winter an ihm haften, auch wenn er von der Straße kam, brachte er ihn mit, wie einen schweren, kaffeebraunen Schleier. Das Kinn des Vaters war immer blau von Bartstoppeln. Morgens hellblau, abends dann veilchenblau oder metallfarben. Weder der Pulvergeruch des Oktobers noch der Dezembernebel, noch die Januarkälte, die hässliche Blumen auf die Flurfenster kratzte, konnten das Naphthalin auslöschen.

Es war Februar, ein strahlend heller, kalter Tag, als sich der Vater in der Tür noch einmal umdrehte.

»Du wirst mich jetzt eine Weile nicht sehen«, sagte er, sein Blick wanderte durch den Raum. Die hastige Rasur hatte Barthaare übriggelassen, er fuhr sich durchs Haar, die Finger zitterten, und dann war er tatsächlich fort. Die Tür quietschte nicht. Obwohl sie immer quietschte.

Er schlief einige Tage bei Verwandten, weil die Mutter erklärt hatte, die Wohnung müsse renoviert werden. Es wird gebohrt und gemeißelt, was Lärm macht. Die Arbeiter sind auch nachts zugange. Die Mutter sprach mit heiserer Stimme, sie hatte einen Kloß im Hals, dabei strich sie dem Kind mit den Fingerspitzen übers Gesicht, als wolle sie seine Haut davon überzeugen, ihr zu glauben.

»Die Dinge ändern sich ein bisschen«, sagte sie, und ihr Mund verzog sich zu einem bangen Lächeln.

Noch im November hatte ihr Haus einen Treffer abbekommen. Der Hof war voller Steine und Ziegel, eine Umfriedungsmauer war eingestürzt. Das wird in Ordnung gebracht. Auch an den Hausmauern, in den Wohnungen, im Keller, am Eingangstor und auf der Treppe wird gearbeitet werden. Er dachte, wie interessant es wäre, wenn jemand den leisen Hammer erfände. Man könnte die leise sägende Säge erfinden, den leisen Meißel, die lautlose Feile, die stumme Werkbank, das leise Bauen. Keiner würde hören, wenn ein Haus gebaut wird! Man dreht sich um, und siehe da, dort schlängelt sich eine Straße, dort liegt eine Stadt, das ganze, in aller Stille aufgebaute Land.

Die Mutter behielt recht, denn eine Woche später, als er von den Verwandten heimkam, wirkte alles kleiner. Die Renovierung war larifari gemacht worden. Der Staub wollte sich nicht setzen, auch in der Nacht tanzte er, es war ein schwerer, übler Staub, er hatte einen bitteren Geruch. Die Dinge hatten sich in der Tat geändert. Kleinere Möbel, kleinere Fenster und Türen erwarteten ihn. Oder vielleicht war er auch nur gewachsen. Die Welt war nicht leiser geworden, nur kleiner.

»Haben wir wirklich hier gewohnt?«, fragte er.

Die Mutter verzog den Mund, na sicher.

Ihre Augen waren so müde. Sie trug keinen Ehering mehr. Bevor der Vater fortgegangen war, hatte sie gesagt, er werde bald ein Geschwisterchen bekommen. Nun würde er keines mehr bekommen.

»Hat Vater getötet?«

»Ich weiß nicht«, sagte die Mutter.

»Hat er es nicht gesagt?«

»Nein.«

»Und du?«

»Was ich?«

»Was glaubst du?«

»Er musste gehen.«

»Sieht man es jemandem an, wenn er getötet hat?«

»Ich weiß nicht.«

»Kann man es hören?«

»Ich verstehe nicht.«

»Sie töten so leise, dass man es nicht hören kann.«

Die Mutter schwieg, und er erwartete, sie würde in Tränen ausbrechen. Doch sie weinte nicht. Es machte nichts, dass alles kleiner war. Dann würden sich eben eine Weile kleine Straßen unter einem kleinen Himmel schlängeln.

Es brauchte nicht viel Zeit, bis er Teil einer Stille wurde, die immer größere Dimensionen annahm. Er begann unerschütterlich auf die Abendzeit zu warten, auf die hereinbrechende schmerzerfüllte Stille, wenn das Licht den Kampf aufgibt und hinschwindet. Trotz der wachsenden

Besorgnis seiner Mutter und des regelrechten Entsetzens, das sie schließlich packte, saß er dann lange in seinem Zimmer, kauerte am Bettrand und machte kein Licht. Vielleicht hatte er Angst, dennoch tat es gut. Und während er Angst hatte, dachte er, dass wenn sie den leisen Hammer, die leise Säge und das leise Bauen erfinden, dann werden sie sicher auch den leisen Krieg erfinden. Wer getötet wird, stirbt so leise, dass es niemand hört.

Da wusste er schon, dass er nicht allein war. Er hörte ihn nicht, er hörte ihn nie. Er hörte nicht, wie er atmete, wie er sich bewegte, dass er lebte. Er hörte ihn nicht, doch er wusste, dass er da war, dass er in der Nähe war. Mitten im Zimmer stand dieses andere, das geheimnisvolle Wesen, mit dem sie zusammenlebten, und er wusste, dass es ihn sogar hätte berühren können. Er wusste, dass es ihn beobachtete. Er hatte keine Angst vor ihm. Manchmal, wenn er ins Zimmer trat, grüßte er es.

»Guten Abend!«

Es stand mitten im Zimmer, und allmählich schien die Dunkelheit auch ihn zu entkleiden. Seine Sachen schienen entschieden geneigt, in eine andere, unbekannte und geheime Geschichte einzutreten und auch jemand anderem zu dienen, nicht nur ihm. Als aus dem Lichthof nur noch Dunkelheit hereinströmte, einem stummen Fluss gleich, dem nur einzelne verirrte Blitze den Rücken schmücken, da spürte er, dass er vielleicht nie mehr allein sein würde. Nach einigem Grübeln und Feilschen bot er dem unsichtbaren und unhörbaren anderen das ganze Reich seiner Existenz an. Er gab ihm alles, was er hatte, die Zimmermannsstifte, die bunten Steine und Mineralien, die Schneckenhäuser, die Kupferdrähte, die Nägel, die Radiergummis, das bauchige Tintenfass und die paar Bleifiguren, die, meist beschädigt und mit abgeblätterter Farbe, auf dem Tisch neben den Abenteuerromanen standen. Er begann vor Freude laut zu rufen, auch das gehört dir, auch das. Dann besann er sich und riss nur noch stumm den Mund auf, hier, meinen Bleistiftspitzer, mein Tintenfass, nimm.

In der Schule befahl man ihm, aufzustehen.

Er stand auf und durfte sich bis zum Klingeln nicht setzen.

Einige grinsten, später beachteten sie ihn nicht mehr. Er war stolz, denn er wusste, dass er so leise zwischen seinen rechnenden, lesenden, vor sich hin murmelnden Kameraden stand, dass man ihn gar nicht bemerkte. Die Stunde ging zu Ende, der Lehrer rauschte davon, ohne zu sagen, mein Kind, du kannst dich setzen.

Am Abend nach dem Lichtausmachen flüsterte ihm die Mutter etwas ins Ohr.

»Vater ist in einem anderen Land.«

»Was macht er dort?«

»Dort ist ein Lager.«

»Dort lebt er?«

»Vorübergehend.«

»Kommt er heim?«

»In ein paar Wochen«, flüsterte die Mutter.

»Er kommt nicht heim«, flüsterte er zurück.

»Doch, er kommt heim.«

»Nein.«

»Willst du nicht, dass er heimkommt?!«

Es kam vor, dass er früher als gewöhnlich zu Hause war. Der Unterricht endete vorzeitig, die Lehrer nahmen an einer Schießübung oder Beratung teil, er hätte im Wäldchen oder auf der Insel herumstreunen können, doch er ging lieber nach Hause. In der Wohnung war die stumme Gegenwart des anderen zu spüren. Vom Wohnzimmer bis in die Küche duftete es nach ihm, selbst die Möbel fühlten sich nun wärmer an, der Lehnstuhl hatte die Umrisse eines Körpers bewahrt, das Tischtuch die Form der Hand, die lange darauf gelegen hatte, und im Vorzimmerspiegel vermeinte er verwaschen das Gesicht zu erkennen, das sich darin gemustert hatte. Er ließ ihm Zeit, auch wenn er früher als gewöhnlich eintraf. Er stocherte so lange im Schloss herum, bis er sicher sein konnte, dass der andere es geschafft hatte, in die Welt zurückzukehren, aus der er sich hergewagt hatte. Er blieb im Vorzimmer stehen, lauschte auf ein vereinzeltes Knarren und Seufzen und ging dann weiter in die Wohnung. Er wusste, dass ihn keine Überraschung erwartete. Nichts bewegte sich, der Staub schwebte friedlich herab, auf dem Blatt der Zimmerpalme zitterte ein Lichtfleck. Er ließ sich in den Polsterstuhl fallen. Lange saß er still da, gleichmäßig atmend, glücklich.

Er hatte ihm Bücher hinterlassen, die bei sicher nicht zufällig gewählten Kapiteln aufgeschlagen waren. Nicht immer dieselben Seiten. Lesespuren waren sichtbar. Er hatte ihm die Bibel hingelegt, denn er hatte auch eine Bibel, nur durfte er sie nicht in die Schule mitnehmen beziehungsweise gar nicht aus der Wohnung tragen, nur zu Hause darin lesen. Einmal hatte er das Matthäus-Evangelium bei den folgenden Zeilen offen liegen lassen:

»*Du aber geh in deine Kammer, wenn du betest, und schließ die Tür zu, dann bete zu deinem Vater, der im Ver-*

borgenen ist. Dein Vater, der auch das Verborgene sieht, wird es dir vergelten.«

Er begann, ihm auf andere Weise Botschaften zu hinterlassen, offensichtlich und schamlos, er ließ ein leeres Blatt Papier mit Bleistift auf dem Tisch liegen. Nicht ohne Erfolg. Ein winziger Punkt in der Ecke des Blattes war auszumachen. Wellenlinien, kaum erkennbare Kratzer, Zeichen, an ihn gerichtet. Auch die Blumen wussten von ihm, sie wussten von dem anderen Menschen. Wenn der Pflanzenkörper erschlafft, wenn er allmählich das Wasser verliert, das den Zellen Festigkeit verleiht, dann beginnt die Blume runzelig und weich zu werden. Das wusste er. Das hatte er gelernt. So hatte er es gelernt. Die Mutter war vergesslich, Pflanzen interessierten sie nicht, und er goss sie absichtlich nicht. Er gab den Kletterpflanzen, den Gottesaugen, den langblättrigen Palmengewächsen, den Kakteen und den Philodendren kein Wasser. Trotzdem trocknete ihre Erde nicht aus. Es war absurd, dass die Mutter das nicht bemerkte.

Sie sandten einander Botschaften mit dem Sucher des Radios. Er drehte den Knopf auf Prag. Der andere gab aus Paris ein Zeichen. Er reiste von Paris nach London, der andere kehrte nach Luxemburg zurück. Das war bereits eine unkaschierte Konversation.

Eines Tages kam er nicht allein nach Hause. Im Laden an der Ecke, wo er manchmal saure Drops kaufte, war er schon öfters jenem Mann begegnet. Meistens verlangte der Mann Zigaretten, er ließ die weiße Schachtel zwischen den Fingern rotieren, sie machte keinerlei Geräusch. Das konnte er wunderbar. Der Mann lächelte ihn an. Er hatte lange, gelbe Haare, auch seine Finger waren gelb, das Nikotin hatte sie verfärbt, und das war so seltsam, dass er den Blick nicht von ihnen wenden konnte. Der andere bemerkte das, und er musste lachen.

»Was lachst du?«

»Ich lache nicht«.

»Du lachst sogar jetzt noch.«

»Stimmt nicht.«

»Ich kann es aber hören.«

»Sie hören es?«

»Du lachst nicht, doch ich höre es.«

Er schüttelte nur den Kopf.

»Ich höre, wie du lachst.«

»Ich lache nicht.«

»Du lachst, ich höre alles.«

Als er den Tabakwarenladen verlassen wollte, griff der Mann nach ihm. Nicht grob, aber entschlossen. Seine Hand war schnell, sie kam dem Blick zuvor.

Am Abend sah er die Mutter an, sie saßen beim Abendbrot, die Gabel klapperte gegen den Teller, stocherte zwischen den bleichen Stücken des Kartoffelbreis. Er spielte gern mit Kohletabletten, kreiste Gabel, Messer und Teller ein. Manchmal lutschte er eine.

»Mutter, hörst du, wenn ich lache?«

»Ich verstehe dich nicht.«

»Wenn ich lache, hörst du es?«

»Du lachst nicht. Du hast schon lange nicht mehr gelacht.«

»Hättest du es gehört, wenn ich gelacht hätte?«

»Natürlich.«

»Hast du es jetzt gehört?«

»Ich verstehe nicht, wovon du redest.«

»Ich habe gelacht, Mutter.«

»Ich habe es nicht ... doch, ich habe es gehört.«

»Du hast es nicht gehört, das sagst du nur.«

»Iss.«

Eines Tages lud er den Mann mit den gelben Haaren, der gesagt hatte, er höre alles, in die Wohnung ein. Sein langer, heller Mantel schien aus weicher, schmutziger Watte genäht, er selbst war klein, vor dem Eintreten nahm er den Hut ab. Er stand auf der Schwelle und schüttelte den Kopf. Als würde er sagen, oje oje. Er lächelte.

»Schön«, sagte er im Nähertreten, sein Blick wanderte umher.

»Was ist schön?«

»Schön habt ihr es hier«, sagte der Mann.

»Ich weiß nicht«, antwortete er, er wusste nicht, wie das ist, es schön haben. Sie stehen auf, verlassen die Wohnung, kommen nach Hause, legen sich hin. Man konnte Fabriksirenen, Straßenbahnquietschen und Autos hören. Oder das Radio lief, es gab ein Fußballmatch, dann durfte man es lauter stellen. Der Nachbar klopfte an, bat um dieses und jenes, das kleine Nachbarsmädchen spähte aus dem Gangfenster, war das schön? Die Bilder an der Wand waren schön. Großpapa, Großmama, Papa. Auch das Bild von Vater hing dort, die Mutter hatte es nicht abgenommen, einmal wollte sie, doch sie hängte es zurück.

»Scheiße«, sagte die Mutter, als sie den Vater wieder hinhängte. Doch sie staubte ihn nie ab. Den Großvater und die Großmutter staubte sie immer ab, den Vater nie. Die Mutter berührte den Vater nicht.

»Hier lebst du also.«

»Hier wohne ich.«

Der Mann benahm sich wie jemand, der sich in derlei Dingen auskennt. Er musterte und inspizierte die Gegenstände nicht, registrierte sie nicht einzeln, sondern sah durch sie hindurch, blickte hinter sie und in sie hinein. Sein Blick glitt langsam über die Wohnung hin, sein Blick tastete und streichelte, und er wurde ganz aufgeregt, wie dieser Mensch zu sehen verstand. Auch er würde lernen, so zu sehen, so durchdringend, so still. Dort in der Schublade lag die Bibel, bestimmt sah er auch sie. Er trat zum Tisch, doch der andere fuhr ihn an.

»Nicht die Schublade aufmachen.«

»Warum nicht?«

»Ich weiß, was drin ist.«

»Woher wissen Sie das?«

»Ich sehe es.« Jetzt lächelte der Mann nicht mehr. Er zog eine Packung Zigaretten aus der Tasche und klopfte sich eine in die Hand. Die anderen blieben drinnen, so war es richtig. Er steckte sie in den Mundwinkel, zündete sie aber nicht an. Er wiederum beobachtete, wie beim Sprechen das Zigarettenende hin und her wackelte.

»Bist du allein zu Hause?«

»Mutter arbeitet.«

»Und dein Vater?«

»Der ist fort.«

»Wo ist er?«

»Ich weiß es nicht.«

»Warum ist er fortgegangen? Und wenn ich dir helfen würde, ihn zurückzuholen? Wenn wir ihn gemeinsam zurückholen würden?!« Seine Augen blitzten schelmisch. Er steckte die Hand in die Hosentasche, stand bereits in der Tür, das vom Hof eindringende Licht gab seiner Gestalt etwas Unwirkliches. Sie schien über der Schwelle zu schweben. Später hatte er den Gedanken, dass bei diesem Besuch etwas sehr Wichtiges geschehen war. Langsam konnte er die Bedeutung der Angelegenheit ermessen. Nun begann eine Periode der Unordnung, nun begann das Chaos, denn dieser geheimnisvolle und unhörbare andere, seine diskrete und doch bedeutungsvolle Existenz, in der Geheimnisse und alltägliche Bewegungen gleichermaßen Platz hatten, begann auf andere Weise zu leben. Von nun an gingen jede seiner Bewegungen, auch die einfachsten Manifestationen seines Daseins mit Geräuschen einher. Er begann ihn auf bedrückende Weise zu hören. Kaum dass der gelbhaarige Mann die Wohnung betreten hatte, hörte er seinen Herzschlag, der sich fast zu einem Dröhnen steigerte. Er hörte, wie er keuchte, er hörte das seltsame kleine Knirschen, wenn er sich auf die Faust biss, um nicht vor Angst aufzuschreien. Der Gelbhaarige entfernte sich. Er ließ einen Geruch zurück, einen schweren, beunruhigenden. Er öffnete die Fenster weit, machte Durchzug, die Vorhänge blähten sich selig. Es war still, die Vorhänge sahen aus wie gewaltige Flügel, und sie beide flogen. Doch die Ordnung hatte sich aufgelöst. Er hörte den anderen. Er hatte das Gefühl, davon zu ertauben. Er war enttäuscht. Dann kam die Mutter heim, endlich war Abend, auf dem Gang wurde es leise, auch die Radios verstummten. Geschirr klapperte, dann hörte auch das auf. Nur das Atmen, das Herzklopfen des anderen hörte nicht auf. Er hatte das Gefühl zu ertauben.

»Was ist«, flüsterte die Mutter in die Dunkelheit, »was ist los?!«

»Ich weiß nicht«, flüsterte er zurück.

Am nächsten Tag übte er lange, so zu zeichnen, dass man es nicht hörte. Doch jetzt hörte er auch das. Er hob den Kopf und hörte die Tränen, der andere Mensch weinte in der Nähe.

Dieser andere starrte jetzt vor sich hin und schluchzte. Seine Tränen flossen. Er wagte nicht, sie fortzuwischen. Sie tropften von seinem blauen Kinn.

Viel zu laut.

»Vater hat geschrieben«, flüsterte die Mutter am Abend im schon dunklen Zimmer, ihre Worte waren warm, sie schienen von einem fremden Planeten zu kommen. »Er lebt in einer riesigen Stadt, wo die Häuser bis zum Himmel reichen. Vaters Haus ist rot, an seiner Außenwand schlängelt sich eine schwarze Feuertreppe in die Höhe. Übrigens ist die ganze Straße rot. Überall gibt es rote Häuser und schwarze Feuertreppen. Die Busse sind gelb und blau. Und Vater umarmt dich.«

Am Morgen sah er sich Vaters Bild an. Es war nicht staubig. Die Mutter wischte es nicht ab, trotzdem war es nicht staubig.

Als er am Nachmittag heimkam, stand der Gelbhaarige im Haustor. Er war nicht allein. Ein etwas größerer Mann mit grauem Gesicht und ähnlichem Mantel und Hut begleitete ihn. Ein wenig abseits von ihnen stand auch ein Arbeiter.

»Mutter?«, fragte er unwillkürlich.

»Sie wird schon kommen«, sagte der Gelbhaarige. »Sie kommt später. Wir werden uns ein bisschen mit ihr unterhalten.«

Sein Begleiter sagte nichts. Er betrachtete sie mit unbewegter Miene. Der Arbeiter trat verlegen von einem Bein auf das andere. Er hüstelte, räusperte sich, wagte aber nicht auszuspucken. Lieber schluckte er schwer. Der Gelbhaarige neigte den Oberkörper ein wenig vor.

»Es geht nicht um deine Mutter, sondern um deinen Vater.«

»Vater«, sagte das Kind.

Der Arbeiter rückte seine Baskenmütze zurecht. Er nahm sie ab, setzte sie wieder auf.

»Seien Sie doch nicht so nervös, Genosse.«

»Jawohl«, sagte der Arbeiter.

»Haben Sie noch nie eine Mauer abgetragen?«

»Doch, Genosse.«

Der mit dem grauen Gesicht starrte ihn wortlos an.

»Willst du, dass dein Vater heimkommt?«, fragte er. Der andere, der schon bei ihnen gewesen war, lächelte nur flüchtig und bedeutete, das sei ganz überflüssig. Das habe keinen Sinn mehr.

»Er ist hinter dem Schrank«, sagte er ihnen.

Seltsam, es war, als hätte er es hinausgebrüllt. Als hätte die ganze Welt es gehört.

»Das wissen wir«, sagte der Gelbhaarige.

»Warum hast du es verraten?«

»Er war zu laut«, antwortete er.

»Wir werden auch nicht leiser sein«, sagte der Gelbhaarige. »Von nun an wird alles lauter.«

»Ich weiß.«

»Gehen Sie voran«, der Gelbhaarige winkte dem Arbeiter, sie traten durch das Tor, wandten sich zur Treppe und stiegen hinauf. Schmierereien, bröckelnder Verputz, Unrat. Teller klapperten. Ein Radio spielte. Im ersten Stock blieb der Arbeiter stehen.

»Wo lang?«

»Nach links.«

Sie standen vor der Tür, öffneten.

Der Vater saß in der Küche, er rauchte und sah sie lächelnd an. Er trommelte mit den Fingern auf dem Tisch. Und er selbst fühlte sich plötzlich glücklich. So glücklich wie lange nicht mehr. Das Trommeln von Vaters Fingern hörte er nicht.

Wintermorgen

Mein Sohn rief an, ich solle sofort kommen.

Ich sagte, ob nicht besser er kommen könne, ich kann mich kaum noch bewegen.

Gut, er werde mich mit dem Wagen abholen. Ich müsse mir ansehen, was er heute früh gefunden habe.

»Was denn?«

Ich würde schon sehen.

Seine Stimme klang, als spreche er mit vollem Mund. Ich überlegte, was das denn sein könnte, das ich unbedingt sofort sehen müsse. Hatte er etwas in der Erde gefunden? Um diese Zeit grub man nicht mehr um. Oder war er auf dem Dachboden auf irgendwelche alten, vergessenen Gegenstände gestoßen, auf eine geheime Hinterlassenschaft? Es war viel darüber geredet worden, dass der Vorbesitzer das Haus nicht zufällig so hastig verkauft habe. Mein Sohn hatte den Kauf vor einigen Jahren getätigt. Der Vorbesitzer hatte ihm versichert, er mache ein außergewöhnlich gutes Geschäft. Seitdem waren allerdings einige unangenehme Dinge aufgetaucht, es gab Probleme mit den Leitungen, mit den Drähten und der Isolierung, und auch der Heizkessel musste ausgetauscht werden. An einem Frühlingstag kam heimtückisch glitzernd das Grundwasser zum Vorschein. Doch das Haus stand. Und es gehörte ihm. Das Haus meines Sohnes. Jetzt hatte er dort etwas gefunden. Als ich an dem Punkt angelangt war, ertönte die

Hupe. Der Ford meines Sohnes, der Motor lief. Was für einen weißen Rauch er aushustete. Die Nachbarn spähten hinter dem Vorhang hervor. Ich setzte mich hinein, wie immer war es zu warm, und er benutzte den Duftspender, von dem mir übel wurde.

Nächstens werde er Bananenduft nehmen, sagte er, sein Blick war seltsam. Nur ein paar Straßen weiter, und schon waren wir da.

»Du hast die Fahne rausgetan?«

Mein Sohn bejahte.

»Warum?«

Sie sei schön, antwortete er. Und sie mache sich gut, fügte er hinzu.

Ich ließ mich auf keine Diskussion ein. Sie machte sich wirklich gut neben dem Fenster zur Straße. Dann sagte er nichts mehr, sondern nahm mich beim Arm und führte mich nach hinten. Als ob ich davonlaufen wollte. Ich sah, dass er einen neuen Gartenzwerg hatte. Die Schaukel war gestrichen, er hatte Schotter und Kalk kommen lassen. Neben der Einzäunung für die Hühner lag ein Körper. Der Körper eines Menschen. Zuerst glaubte ich, er schlafe. Doch er schlief nicht. Er war tot. Daneben lag der Spaten. Ein neuer Spaten, registrierte ich. Die Hühner legten die Köpfe schief und betrachteten den Körper neugierig. Eines steckte den Kopf durch das Drahtgeflecht und pickte neben den Fingern herum.

»Das hast du gefunden?«

»Genau.«

»Wie kann man so etwas finden?«

Als wir ins Haus traten, stieg uns der Duft der frisch zubereiteten Suppe in die Nase. Stimmt, fiel mir ein, es ist ja Sonntag. Gleich läuten die Glocken. Früher bin ich oft bei meinem Sohn Mittag essen gewesen, dann blieb ich weg. Manchmal machte ich am Tor wieder kehrt, wenn mir einfiel, ich bin ja gar nicht eingeladen. Sie hatten mir nicht Bescheid gesagt. Sie hatten es vergessen. In dieser Zeit kochten sie nicht. Ich weiß nicht. Doch siehe da, sie kochen. Als ich die Schuhe auszog, denn bei meinem Sohn muss man sich die Schuhe ausziehen, kam meine Schwiegertochter aus der Küche, sie wischte sich die Hände an der Schürze ab und grüßte höflich.

»Grüß dich, mein Kind.«

Sie werde mir etwas davon im Einmachglas mitgeben, für zu Hause. Fasansuppe.

»Fasan?«

Zoli habe ihn gebracht. Beim Gutshof habe es eine Jagd gegeben, sagte mein Sohn.

Ich weiß nicht, wann ich das letzte Mal Fasan gegessen habe. Ich fragte mich, ob meine Schwiegertochter wusste, dass draußen ein Toter lag. Sie lächelte, schön war sie. Das hat mich immer in Staunen versetzt, wie schön eine Frau sein kann. Mein Sohn winkte, gehen wir ins Wohnzimmer. Auf dem Teppich war Spielzeug verstreut, kleine Bauklötze. Einmal war ich auf so etwas draufgetreten. Es tut mehr weh als ein Nagel. So ein Bauklötzchen ist heimtückischer. Ein Nagel tarnt sich, dann der Stich. Das Bauklötzchen lächelt, und dann will es der Knochen in deinem Fuß sein, das tut mehr weh. Der Fernseher war leise gestellt.

»Ich habe die Kleine zum Nachbarn rübergebracht«, sagte mein Sohn.

»Ich verstehe«, antwortete ich. »Warum?«

»Für den Fall, dass sie raus in den Hof will. Manchmal überfällt sie vor dem Mittagessen der Bewegungsdrang.« Er schnitt ein sorgenvolles Gesicht. »Sie will im Hof spielen.«

Ich nickte.

»Wann hast du ihn gefunden?«

»Am frühen Morgen.«

»Und?«

»Ich habe Lärm gehört und bin rausgegangen.« Der Fremde stand noch im Hof, es dämmerte gerade erst. Nur der Hahn war lebendig, er krähte. Und einige Schweine in der Umgebung. Er war hereingeklettert oder gegangen. Egal, er war drin.

»Und?«

»Er hat was gefragt.«

»Und?«

»Er redete in einer fremden Sprache oder irgendeinen Kauderwelsch, es war zu früh, jedenfalls habe ich ihn nicht verstanden. Er quatschte einfach nur. Und fuchtelte rum. Er kam näher«, sagte mein Sohn. »Immer näher.«

»Kanntest du ihn?«

»Ich hatte ihn noch nie gesehen.«

»Hast du ihn gefragt, wer er ist und was er will?«

Er nickte. »Habe ich, mehrmals sogar.«

»Hat er geantwortet?«

»Er hat was gesagt.«

»Und dann hast du zugeschlagen.«

»Es ist geschehen«, sagte mein Sohn und trat zur Vitrine. Er nahm die Whiskyflasche heraus, sie war halbleer. Früher hatte mein Sohn nur mit mir Whisky getrunken. Zu Weihnachten, zu Ostern oder beim gemeinsamen Fernsehen. Ich hörte die Fahne draußen knattern. Bei Kälte klingt es anders, als wenn es warm ist. Wenigstens wussten wir, dass Wind aufgekommen war.

»Was sollen wir jetzt machen?«

»Keine Ahnung. Zum Wohl, Papa.«

Wir tranken. Ich glaube, ich mag Whisky nicht. Doch als der Alkohol sich in mir ausbreitete und mich zu wärmen begann, erzählte ich ihm, wie wir einmal ein verletztes Reh gefunden hatten, er war noch ein Kind gewesen. Das Reh hatte sich das Bein gebrochen.

»Erinnerst du dich?«

Er erinnerte sich.

»Als wir zu Hause ankamen, war das Reh schon tot. Wahrscheinlich war es nicht nur am Bein verletzt gewesen. Und du wolltest es begraben. Wie du es damals gesehen hast, bei deinem Großvater und deiner Großmutter, meinen Eltern. Du hast gequengelt, wir sollen einen Rehsarg zusammennageln. Und es darin begraben.«

»Ich erinnere mich«, sagte er. »Zum Wohl, Papa.«

»Wir haben es zwischen den Kirschbäumen begraben. Aber weißt du, dass der Rehsarg leer war?«

»Inzwischen weiß ich es.«

Ich betrachtete das Foto meiner Frau an der Wand. Wir gehen auf den Friedhof, doch aus irgendeinem Grund jeder für sich. Ich sage ihm nicht, wann ich gehe. Auch mein Sohn sagt mir nicht Bescheid. Er war beschäftigt, und offenbar war es ihm lieber, allein zu gehen.

»Das Reh haben wir gegessen«, sagte ich.

»Ihr habt es mir zu essen gegeben«, nickte mein Sohn. »Zum Wohl, Papa.«

Draußen knatterte die Fahne. Der Teppich war mit bunten Bauklötzen übersät. Aus der Küche drang der Duft der Fasansuppe herein. Ich hätte mir gerne eine Zigarette angezündet. Doch ich rauchte nicht mehr. Der Arzt hätte es mir verboten.

»Was sollen wir jetzt machen?«

»Ich weiß es nicht«, sagte mein Sohn.

Ich stand auf und spürte einen stechenden Schmerz im Kreuz.

»Jetzt hätte ich nur noch eine Frage«, sagte ich.

Sein Blick war ausdruckslos, er strich über die Tischdecke. Er schenkte sich ein, trank, schenkte auch mir ein. So darf er nicht fahren, fiel mir ein. Er kann mich nicht zurückbringen. Mein Sohn bringt mich nicht heim. Ich werde zu Fuß gehen, an der Kirche vorbei ist es kürzer. Es geht ein bisschen bergauf, aber es ist kürzer. Die Gottesdienstbesucher sind schon nach Hause gegangen. Das ist gut. Mein Kreuz tut weh, macht nichts. Ich werde in aller Ruhe nach Hause gehen.

»Warum hast du ...«, ich wählte die Formulierung erst nach kurzem Nachdenken, »diesem Menschen etwas getan?«

»Er ist mir zu nahe gekommen«, sagte mein Sohn.

Er sei mit dem Gesicht dicht vor seinem gewesen. Und habe geredet, immerzu geredet. Und ihn an der Schulter und am Arm gepackt, geschüttelt.

Jetzt könne man das Gesicht dieses Menschen nicht mehr erkennen, sagte mein Sohn, doch auf einmal sei ihm bewusst geworden, wie sehr er mir ähnlich sehe. Deshalb eben.

Der Sturz

Dabei hatte ich nur den Dachziegel zurückschieben wollen. So geschah es, dass ich von der Leiter stürzte, die noch mein Großvater mütterlicherseits aus uraltem Atlasholz gezimmert hatte. Ich blieb liegen wie ein vergessener Haufen Scheiße. Ich war auf den Rücken gefallen, etwas hatte gekracht, es tat gar nicht weh, doch ich konnte mich nicht mehr bewegen. Seither habe ich mich nicht mehr bewegt, auch sprechen kann ich nicht, nur meine Augen leben, vielleicht sind sie als Einziges unversehrt geblieben. Seitdem sehe ich wie der morgendliche Luftozean mit seinem einzigen, weltumspannenden Auge. Auch ich habe einen Blick, doch man sieht nicht, dass ich sehe. Das ist einfach interessant, ich erzähle es nicht, um mich zu beklagen. Erzählen möchte ich es aber doch. Wem? Mir selbst. Und Gott. Jemand anders hört es ohnehin nicht. Gott ist der treueste Zuhörer. Er muss sich auch dann alles anhören, wenn es ihn nicht gibt, wenn er nur erfunden ist. Auch ich weiß nicht, ob es ihn gibt. Ich rede nur mit ihm, und das ist ja doch wohl besser, als mit niemandem zu reden.

Mein Sohn heißt Herr Móric und ist ein sehr zuverlässiger Mensch, denn ich habe ihn zu Redlichkeit und Anstand erzogen. Ich mag an ihm, dass seine Augenbrauen zusammengewachsen sind und dass er auch in den schwierigsten Zeiten nie ins Haus gekotzt hat. Er ist auf dem Gutshof angestellt, als Lagerarbeiter. Auch ein Gehalt hat er, und Arbeitskleidung, Gummistiefel und eine geregelte Arbeitszeit. Er war es, der mich neben der Hausmauer fand, an der Bordsteinkante. Er blieb vor mir stehen, und ich sah, dass er überhaupt nicht betrunken war.

Er stand da und starrte mir ins Gesicht.

»Was ist, Papa?«

Ich antwortete nicht, erwiderte den Blick wie eine Wolke.

»Scheiße, der ist vom Baum gefallen«, murmelte mein Sohn.

Dann wurde es ein bisschen hektisch. Nach kurzer Zeit traf der Hausarzt Doktor Vadai ein, im Dienstkombi. Auch er ist ein sehr zuverlässiger Mensch. Einmal wurde ihm der Führerschein abgenommen, doch er bekam ihn zurück. Doktor Vadai war sogar noch zuverlässiger als mein Sohn, montags war er allerdings immer betrunken, wegen Sonntag. Trotzdem kam er. Auch er sah mich an, brummte, tastete mich ab, sah mir ernst in die Augen und drehte mich geschickt auf den Bauch.

»Ich muss Ihrem Vater einen Einlauf machen, Herr Móric«, sagte er.

Doktor Vadai richtete sich sorgenvoll auf. Er zündete sich eine ausländische Filterzigarette an. Mein Sohn legte die Stirn in tiefe Falten. Lange nachdenken musste er trotzdem nicht.

»Herr Doktor, verdammt, ich finde, Sie sollten ihm keinen Einlauf machen.«

»Gut, aber dann einen Aderlass«, erklärte Doktor Vadai, und in seiner Hand blitzte bereits ein hübsches kleines

Skalpell auf. Der Doktor war ein tatkräftiger Mann, sogar in betrunkenem Zustand. Darin glich er dem Schicksal, er wusste selten, was er tat, doch er tat es.

»Ginge es nicht auch mit Blutegeln?«, fragte mein Sohn, der häufig im *Schatzkalender* las, somit wusste er dies und das aus der medizinischen Wissenschaft.

»Der Blutegel ist ein geschütztes Tier«, beendete Doktor Vadai die Diskussion.

Den Zigarettenstummel schnippte er neben die Leiter und machte sich an den Aderlass. Während mein Blut quoll, erkundigte sich mein Sohn vorsichtig, ob ich wieder gesund werden würde, worauf Doktor Vadai tief seufzte und antwortete, aber sicher, diese Möglichkeit besteht immer. Doch mein Sohn fragte weiter, und was ist, wenn Papa verdammt noch mal nicht gesund wird, Herr Doktor. Für kurze Zeit schwiegen sie. Und Doktor Vadai antwortete, auch diese Eventualität lässt sich nicht ausschließen, lieber Herr Móric.

»Wenn Ihr Papa nicht wieder gesund wird, Herr Móric, dann bleibt er so.«

»Bewegungsunfähig, verdammt noch mal?«

»Bewegungsunfähig.«

»Und wie lange?«, fragte mein Sohn.

»Für immer«, rechnete Doktor Vadai aus, dabei war er betrunken.

Ich wurde nicht gesund. Ich blieb so, wie ich war, bewegungsunfähig, wie ein Misthaufen, der höchstens größer werden kann. Alles rückte in die Ferne und alles war überaus klar. Zum Beispiel, was wichtig war und was nicht. Ich lag im hinteren Zimmer, unter unserem Hochzeitsfoto, im knarrenden Ehebett. Hier war sie gestorben, meine bessere Hälfte. Meine Frau war auf schöne Weise dahingegangen, hatte nachts noch ein paarmal gezuckt, ich machte das Licht nicht an, ich stand nicht einmal auf, weil ich an ihrem Röcheln hören konnte, dass es ohnehin schon egal war.

»Gott segne dich, Mari«, sagte ich und streichelte sie.

Zur Antwort röchelte sie.

Am Morgen betrachtete ich sie eingehend, sie lebte tatsächlich nicht mehr. Ich sah, dass sie nicht sehr hatte leiden müssen. Ich sah es daran, dass ihre Augen geschlossen waren. Nun lag ich also hier in diesem Bett. Ich starrte die Zimmerdecke an und die Fliegen. Manchmal machte ich in die Hose, denn die Scheiße will auch raus, wenn man sich nicht bewegt. Scheiße ist immer in Bewegung, wie der Sonnenstrahl. Meine Schwiegertochter war ein rechtschaffenes, hübsches Frauenzimmer, sie machte mich sauber. Wie einen Säugling. Schließlich kamen, wie es sich gehört, auch die Verwandten, ein paar Leute aus der Nachbarschaft und die Bekannten aus dem unteren Dorf, sie standen um das Ehebett herum, brummten und nickten verlegen, sie sahen mir nicht in die Augen und flüsterten nur. Doch mein Sohn machte ihnen klar, dass ich nichts hörte.

»Papa, hörst du mich?«, brüllte er.

»Verdammt, er hört es nicht«, sagte er, an seine Schwägerin gewandt.

Meine Schwiegertochter nickte im Hintergrund. Die Schwägerin rang die Hände, Tränen in den Augen.

An einem Sonntagnachmittag blieb meine Schwiegertochter in der Tür stehen, legte den Kopf schief und beobachtete mich lange. Währenddessen trocknete sie etwa dreimal die Suppenschüssel ab. Sogar eine Fliege verharrte lange auf ihrem Gesicht. Dann drehte sie sich zu meinem Sohn um, der in der Küche Kreuzworträtsel löste, denn so vertrieb er sich nach dem Mittagessen gewöhnlich die Zeit. Oder er studierte den *Schatzkalender*, den er sich im vorigen oder vorvorigen Jahr im Gutshof ausgeliehen hatte.

»Bleibt der jetzt so, Móric?«, fragte meine Schwiegertochter.

»Ich weiß es nicht, verdammt«, sagte mein Sohn.

Auch ich wusste nicht, was werden würde, denn ich konnte nur beobachten. Für mich war das nicht unangenehm. Angenehm allerdings auch nicht. Im übrigen begannen mein Sohn und meine Schwiegertochter sehr ernsthaft zu rechnen. Sie saßen draußen in der Küche und rauchten. In unserer Gegend raucht man immer in der Küche, wenn man eine Kalkulation machen muss. Und sie tranken auch. Ich hörte, wie der Wein in die Gläser rieselte, mein eigener guter Sandwein. Sie rechneten, Rente, Trinkgeld für Ärzte, Medikamente und solche Sachen.

»Für ihn greife ich jeden Tag in die Scheiße«, sagte meine Schwiegertochter.

Sie schwiegen, rauchten und tranken.

»So geht das wirklich nicht weiter, verdammt«, sagte mein Sohn schließlich.

»Sie kaufen alles«, schnurrte meine Schwiegertochter.

»Verdammt noch mal, wer würde ihn denn so nehmen?«

»Sie nehmen ihn. Lass es uns versuchen!«, beharrte sie.

»Wenn er wenigstens sprechen könnte«, knurrte mein Sohn, doch ich spürte, dass er schon klein beigegeben hatte.

Ich wusste schon, dass vom Markt die Rede war. Bei uns kann man auf dem Markt alles kaufen und alles verkaufen. Turnschuhe aus Kambodscha, Taschenrechner aus Vietnam, Käsewurst aus Derecske, Krokodileier und rumänische Margarine. Einmal hat irgendein ausländisches, radebrechendes Volk sogar eine iranische Goldperücke feilgeboten, einige Melkerinnen vom Gutshof haben sie anprobiert, doch am Ende hat Herr Kemenesi sie gekauft, ein Geschäftsmann, der konnte einem erklären, was die Börse ist, der war in Häusern gewesen, wo man in die Arschlöcher der Mädchen küssen kann. Doch darum geht es nicht. Unser Markt ist wie das Paradies. So weit das Auge reicht – alles da. Was nicht da ist, kann man hineinphantasieren. Und ich weiß, dass Phantasieren nur dort möglich ist, wo Freiheit das Herz des Menschen regiert. Denn wo Sklaverei herrscht, gibt es nur Sehnsucht. Auch das sage ich nicht grundlos. Kurz, an einem Samstagmorgen kochte meine Schwiegertochter Mokka, ich merkte am Duft, dass er kräftig war wie Bergmannsspucke. Und meine Schwiegertochter trank ihn langsam und ernst, dann legte sie mich trocken, rasierte mich mit besonderer Sorgfalt, rieb mir die Wangen mit Aftershave ein, besprühte mich gründlich mit dem Feiertagsdeo meines Sohnes, und schließlich zerrte sie mir meinen Hochzeitsanzug über. Als wir fertig waren, rief sie meinen Sohn.

»Sag du es ihm, Móric!« Sie ging in die Küche. Und mein Sohn kam zögernd zu mir herein. Wie einer, der sein Ein und Alles in der Küche zurückgelassen hat. Na, irgendwie war es auch so. Lange sah er mich mit seinem ernsthaften Augenbrauenblick an. Er räusperte sich wie ein Traktorfahrer, trat von einem Bein aufs andere. Auf einmal sprach er es sehr leise aus.

»Papa, wir bringen dich auf den Markt und verkaufen dich.« Und dann ging er gleich hinaus. Ich hörte, wie er einen Zug aus der Schnapsflasche nahm. Also haben sie auch die gefunden, Himmelherrgottsakra, sie haben meinen Trester gefunden! Ich hatte ihn doch so gut versteckt.

»Ich habe es ihm gesagt, verdammt«, hörte ich meinen Sohn.

»Und?«

»Er hat es gar nicht gehört«, räusperte sich mein Sohn verdächtig.

Es war Samstag, Großmarkttag. Noch am selben Tag brachten mich mein Sohn und meine Schwiegertochter zu den Zelten hinaus, bezahlten das Standgeld und begannen mich feilzubieten.

»Papa zu verkaufen!«, wiederholte mein Sohn immer wieder und starrte dabei zu Boden.

»Lauter, Móric!«, mahnte meine Schwiegertochter und stieß ihn in die Seite.

Die Sonne stand schon hoch, es war weit nach zehn Uhr, doch niemand wollte mich haben. Das verstand ich nur zu gut. Hätte ich mich so gesehen, hätte gewiss auch ich nicht in die Tasche gegriffen. Die Gemüsehändler packten bereits zusammen. Anfangs hatte mein Sohn fünftausend für mich verlangt. Am Ende taxierte er mich nur noch auf tausend. Doch das ist nicht die ganze Wahrheit. So ein Schlitzäugiger, ein Vietnamese oder Chinese, ich kann diese Nationalitäten nicht auseinanderhalten, also, so ein kleiner gelber Mann wollte mich kaufen. Ich sah meinen Sohn fest an, also einem Chinesen, das geht zu weit. Und da spürte er, dass das wirklich nicht schön wäre. Einem Chinesen steht das nicht zu.

Er nickte. »Zwanzigtausend.«

Der kleine gelbe Mann griff sich an den Kopf und brach in Tränen aus. Mir war es unerklärlich, wie aus den engen Spalten seiner Augenöffnungen so viel Wasser hervordringen konnte. Er drehte seine Taschen um. Er rannte weg und kam zurück. Er warf sich neben mich in den Staub und verfiel in Zuckungen, er habe nur zehntausend bei sich. Sie mögen mich doch für zehntausend und ein Paar Sportschuhe hergeben. Ich wusste, dass mein Sohn schon seit langem auf ein Paar chinesische Sportschuhe scharf war.

Plötzlich verdüsterte sich sein Blick. »Untersteh dich, um einen ungarischen Bauern zu feilschen, Ho-Chi-Minh!« Und ich wurde ruhig wie das Wasser in der Tränke zur Abendstunde. Auch dass er Bauer gesagt hatte, tat mir gut. Dabei war ich zeitlebens nur Arbeiter in der LPG gewesen. Allerdings sah ich auch, dass meine Schwiegertochter äußerst erbost war, sie biss auf ihren Lippen herum, als wäre es frische Presswurst, sagte jedoch nichts. Sie führten eine gute Ehe, ich ahnte es schon lange.

»Woher wusstest du, wie er heißt?«, fragte sie, nachdem sich der Gelbe getrollt hatte.

Mein Sohn antwortete nicht.

»Papa zu verkaufen«, rief er mit rotem Kopf.

Schließlich kaufte mich Herr Kemenesi, der Großunternehmer, für siebenhundertzehn Forint. Auch meine Schwiegertochter konnte zufrieden sein, denn sie bekam als Dreingabe eine gebrauchte iranische Goldperücke. Abschied nehmen oder etwas in der Art, das gab es nicht.

Mein Sohn wandte sich ab, und meine Schwiegertochter wandte sich ab. Es war bereits Mittag, der Markt leerte sich, nur die Vietnamesen tranken ungarisches Bier im Rudel. Vielleicht zwanzig kleine Ho-Chi-Minhs. Herr Kemenesi hob mich in seinen Lieferwagen und transportierte mich zu seiner Niederlassung neben dem Gutshof. Ich gehe nicht ins Detail. Am nächsten Morgen brachte er mich nach Budapest. Wir fuhren noch bei Dunkelheit los, hinein in den Schatten des Taus. Bald sah der Himmel aus wie Paprikahuhn mit Nockerln. Pappeln liefen am Auto vorbei, und die Gegend war gespickt mit neonbeleuchteten Tankstellen. Ich lag zwischen Kartoffelsäcken und Paprikakisten. Herr Kemenesi lenkte den Lieferwagen und redete in einem fort. Die Goldkette an seinem Handgelenk klirrte vernehmlich.

»Weißt du, Alterchen, in diesem Land gibt es zwei Sorten von Menschen. Die einen betteln, die anderen geben Almosen. Schenken ist leichter als bekommen. Deswegen soll derjenige, der gibt, vom Bettler etwas zurückbekommen, denn so ist das gerecht.«

Als wir in Budapest ankamen, legte mich Herr Kemenesi an einer belebten Ecke ab, in der Podmaniczky-Straße, wie ich bald erfuhr. Er hängte mir eine Tafel um den Hals, ich sei an Aids erkrankt und wohnungslos. So vergingen die Tage. Manchmal wurde ich angespuckt und getreten. Betrunkene Saufbrüder umstanden mich und pinkelten mich an, das war wenigstens warm. Einmal steckten Schulkinder mich in Brand, und das war schon übertrieben warm. Bis zum Abend kam aber doch immer einiges Geld zusammen. Manchmal musizierten Indianer um mich herum, Zeugen Jehovas und Glaubensjünger spielten Gitarre, einmal sang sogar die Heilsarmee. Wenn mich der Regen nicht abwusch, war ich selbstreinigend. Ich lag auf dem Lehel-Platz, auf dem Blaha und dem Vörösmarty und sogar vor dem Stadion eines beliebten Fußballklubs. Am Abend kam Herr Kemenesi, er zählte das Geld, dann nahm er mich mit auf den Markt und schloss mich im Käfig ein, zwischen Paprika- und Melonenhaufen. Das Gemüse, das war das Beste. Darauf liegen. Wegen seines Geruchs. Ich war daheim, es war wie im Garten oder in der Hauswirtschaft. Oder ich weiß gar nicht, warum. Und auch die Orangen waren gut. Doch nur die spanischen, wenn sie schon ein bisschen angefault waren und so weich wie Dung von diesem Jahr. Das war dann wie Urlaub, unvergleichlich. Ich gehe nicht ins Detail. Es war eine schöne und ruhige Zeit, dann ging sie vorbei. Eines Tages blieben auf dem Vörösmarty-Platz zwei Gestalten in bunten Kleidern vor mir stehen. Geld gaben sie nicht, aber sie unterhielten sich lange. Künstlertypen. Ich kannte die Sorte schon. Sie hielten auch mich für einen Großstädter.

»Meinst du, er stinkt schon genug?«, fragte der Kahlköpfige.

»Schade, dass die Beine noch dran sind«, sann der Bärtige.

»Ich finde es besser so«, widersprach der Kahlköpfige.

»Sieh mal, ich will nicht, dass es zu realistisch wird.«

Schließlich nahmen sie mich mit, sie akzeptierten, dass ich Beine hatte. Ich landete in der Kunsthalle, in einer Ausstellung. So kam ich mit der sogenannten modernen Kunst in physischen Kontakt. Ich lag zwischen Bildern und allen möglichen Objekten, roten Drähten, blauen Schubkarren und Perpetuum-mobile-Konstruktionen, denn wenn ich die Sache richtig verstand, war ich selbst ein Kunstobjekt. Übermäßig brüsten will ich mich aber nicht. Ein Kunstobjekt zu sein ist ein ziemlich langweiliger Zustand, wenn man noch am Leben ist. Doch ich lernte auch das. Ich bildete mich aus. Besucher kamen, ich hörte zu, wie sie redeten. Dass die Kritik mich lobte oder nicht lobte. Wenn sie mich lobte, war das gut. Wenn sie mich nicht lobte, kränkte es mich, ich war richtig beleidigt, konnte tagelang nicht schlafen, während ich mich selbst überhaupt nicht mehr verstand. Warum diese neuen Gefühle in mir waren. Eitelkeit oder was auch immer. Allabendlich schlurfte der Aufseher durch den Saal, ein alter Mann wie ich, und kontrollierte, ob ich noch da war. Klar war ich noch da, ich war immer da. Ich war auch versichert, um mein Handgelenk hatte man einen Draht gebunden, die elektrische Alarmanlage. Ich besaß, wenn ich richtig informiert bin, einen ideellen Wert. Der Kahlköpfige und der Bärtige hatten alle möglichen Freunde in der Filmbranche. Manchmal verliehen sie mich für die eine oder andere Produktion. Auch Filme wurden mit mir gedreht, und wenn der Held ein Bettler war, doubelte ich. Mal musste ich eine Leiche, mal einen sterbenden Greis darstellen. In einem Märchenfilm war ich der greise Gott. Ich kam auch ins Radio. Einmal nahm ein Reporter auf, wie ich atmete. Und mein Atmen wurde die Kennmelodie. Ich muss sagen, auch das war eine gute Zeit. Aber die Theater waren mir trotzdem lieber. Manchmal wurde ich auch dorthin ausgeliehen. Im Theater war es warm, es gab ein Büfett. Ich spielte in Shakespeare-, Beckett- und Gorki-Stücken, leichte Operetten wären auch fein gewesen, aber dafür brauchte man mich nicht. Manchmal liehen mich die Fernsehnachrichten aus. Ein Vertrag wurde gemacht, sie verluden mich in einen Kombi und fuhren mit mir davon. Schließlich hatte auch das ein Ende. Denn alles ist einmal zu Ende, wie die Rente. Wozu ins Detail gehen. Ich wurde nicht mehr benötigt, die Ausstellung wurde geschlossen, auch die Nachrichten hatten genug über mich gedreht. Der Kahlköpfige und der Bärtige brachten mich auf den Vörösmarty-Platz zurück, und nun gab es keinen Herrn Kemenesi mehr, der sich in der Nacht um mich gekümmert und mich zwischen Gemüse und kubanische Orangen gelegt hätte. Andere kamen, grobe, kräftige Bettler, sie traten mich fort bis zum Deák-Platz, bis zum Klauzál. Dort lag ich Tag und Nacht auf dem Gehsteig oder im Gebüsch und dachte, dass es nun immer so sein wird. Dass es aus ist. Manchmal fiel mir mein Sohn ein, wenigstens ihm mochte es jetzt gut gehen. Sieh an, auch den Trester hat er gefunden. Ein tüchtiger Junge. Er lebt in einer guten Ehe, und vielleicht habe ich auch schon einen kleinen Enkel. Ein kleiner Enkel. Er kommt aus der Schule und zündet mich an. Was hätte ich darum gegeben, dass mein Enkel johlend dahergelaufen käme und mir Benzin auf den Kopf träufeln würde. So machte ich mir meine Gedanken und hatte Sehnsucht, bis eines Nachts etwas Entscheidendes geschah. Damals gab es schreckliche Kälteperioden. Mein Rotz tropfte auf den Gehsteig und war auch schon gefroren. Und in einer solchen Nacht legte sich jemand neben mich. Er stank wie ich auch, nur irgendwie süßer. Wie wenn man in eine Schüssel Rumpunsch hineinkackt. Mir kam der Gedanke, dass so nur eine Frau stinken kann. Sie spuckte aus und zog den Rotz hoch, und ich hörte, wie sie sich übergab. Sie wälzte sich viel herum, und das ging mir etwas auf die Nerven. Vor allem, dass sie mich schließlich auf sich draufzog, um nicht so zu frieren. Das störte mich, ich war menschliche Nähe nicht mehr gewohnt. Ich dachte, sollte sie das wollen, wird sie eine gründliche Enttäuschung erleben, denn ich bin auch kein Mann mehr. Über mir der eisblumenübersäte Budapester Himmel, unter mir ein süß stinkender Lumpenhaufen. Und auf einmal regte sich etwas in mir. Seit ich von der Leiter meines Großvaters gestürzt war, hatte ich so etwas nicht mehr gespürt. Die Frau rutschte hin und her, wie eine, der es gefällt. Heiliger Himmel, ich spürte, dass ich steif wurde. Dass mein Schwanz sich in die Höhe reckte, mein Gott, er stand wie das Horn eines Stiers. So eine teigige Holzherdwärme breitete sich plötzlich aus. Ich hätte gerne hingegriffen und erfühlt, ob er tatsächlich stand, dass er tatsächlich in die Höhe ragt, meine liebe, teure Rute. Ich spürte, dass er sich einen Weg bahnte durch die ineinander verhedderten, schmierigen Lumpen, durch das halbgefrorene Gewebe, die Nylonstückchen und die Pappkartons, unaufhaltsam bewegte sich mein Schwanz voran, drängte und bohrte, manövrierte, wich zurück, stieß vor, glitt und zappelte, bis er auf einmal tatsächlich in einer großen, unmenschlichen Wärme angekommen war. Die Frau bewegte sich wie toll, als wäre ihre Wonne so groß, dass es sogar weh tat. Mein Samen floss, er strömte aus mir heraus. Dann wurde es Morgen, wie es üblich ist, hier in Budapest. Denn es ist eine Weltstadt. Viele Leute, auch glücklichere, der ganze vollgespuckte Asphalt. Und der Morgenhimmel, wie ist der? Graues Paprikahuhn, ohne Nockerln. Das

Licht ist über die Stadt gebreitet wie eine Soldatendecke, und nächtliche Ruhestörungen habe ich schon öfter erlebt. Logisch, dass es mir mit ihr nicht anders erging als mit meiner Frau, die ebenfalls neben mir den Geist aufgab. Sie hatte nicht mehr Leben in sich als ein Stein. Die Zunge hing ihr aus dem Mund, auch die Augen hatte sie offen, dankbar sah sie mich an, das verriet mir, dass sie glücklich gestorben war. Minuten später begann jemand zu kreischen. Dann kamen die Polizisten. Mit Sirenen, zumindest hatten sie die Sirenen an. Rasch stellten sie fest, dass ein Mord geschehen war und dass ich der Tat dringend verdächtig war, weil ich kein Alibi hatte. Ich gehe nicht ins Detail. Das Alibi ist eine wichtige Sache, wie der Tierarzt oder der Gemüsegarten. Später untersuchte mich auch der medizinische Sachverständige, und er stellte fest, dass ich, wiewohl ich mich nicht bewegen könne, in meiner Wahrnehmungsfähigkeit nicht besonders eingeschränkt, also normal sei. Das heißt schuldfähig. Die Mordanklage wurde durch Steuerbetrug ergänzt, denn im Zuge der Ermittlungen stellte sich heraus, dass ich die von Herrn Kemenesi, von der Filmgesellschaft, einer Reihe von Theatern, beziehungsweise von Fernsehen und Radio erhaltenen Bezüge nicht versteuert hatte. Sie zeigten mir die Unterlagen, so viel Geld hier, so viel Geld da. Ich gehe nicht ins Detail. Ich war froh, dass ihnen nicht auch noch sexuelle Nötigung einfiel. Bei der Verhandlung war nur die Schwägerin meines Sohnes anwesend. Doch sie weinte nicht wie sonst. Sie hatte ihr ganzes Leben geweint, weil Weinen guttut. Denn wenn du weinst, liebt dich wenigstens dein Rotz. Doch jetzt weinte sie nicht.

»Dein Sohn schämt sich so für dich«, sagte sie in der Pause.

Ihre Augen waren so trocken wie Kükenfutter.

»Auch Herr Kemenesi schämt sich.«

Sie seufzte tief.

»Das ganze Dorf schämt sich für dich.«

Ich gehe nicht ins Detail. Ich bekam fünf Jahre, sie verurteilten mich zu vollen fünf Jahren und transportierten mich sogleich ins Gefängnis, in einem gepanzerten Gefangenentransporter. Anfangs lebte ich mit einem Häftling namens Raffaelovics in einer Zelle. Raffaelovics war eine ziemlich seltsame Gestalt, sein parfümiertes Haar trug er mit Seitenscheitel, und, auch wenn ich mich nicht beklagen will, er kujonierte mich ziemlich. Mehrmals täglich legte er mich auf den Bauch und bestieg mich.

»Warte auf mich, Charlotte, warte auf mich!«, schrie er dabei. Auch an das gewöhnte ich mich, bis es schon fast gut war. Denn am Ende wird alles gut. Eines Tages brachten sie einen neuen Häftling. Er war der Kleinkiller, er wog anderthalb Zentner und war am ganzen Körper tätowiert. Allabendlich sah er sie sich an, die vielen Tätowierungen. Wie eine Fernsehserie. Im übrigen war er ein stiller, verschlossener Mensch, er stank fast so schlimm wie ich. Doch schon in der ersten Nacht passierte etwas. Raffaelovics konnte seine Sinne nicht bezähmen, er kroch zu mir herüber und legte mich auf den Bauch.

»Warte auf mich, Charlotte, warte auf mich!«, schrie er. Plötzlich trat Kleinkiller zu uns und legte Raffaelovics seine gewaltige Hand auf die Schulter, während er ihn leise, fast zischend bat, mit dieser Handlung aufzuhören.

»Bist du hier vielleicht der Oberchef, dass du mich rumkommandieren willst?«

Kleinkiller antwortete nicht, er drehte mich wieder auf den Rücken, dann zog er Raffaelovics' nach Eau de Cologne stinkenden Kopf sanft unter die Achsel, griff ihm in den Mund und brach ihm so, nur mit zwei Fingern, einen Schneidezahn heraus. Raffaelovics wimmerte noch im Morgengrauen.

»Ach, meine Sarlotte, ach meine süße Sarlotte!«

Ich gehe nicht ins Detail. Von da an nahm mich Kleinkiller, wie man hier zu sagen pflegt, unter seine Fittiche, er hielt die Hand über mich. Er wurde mein Schutzengel, ich glaube, Engel sind tatsächlich so. Er brachte mich zum Mittagessen und ins Bad, er wechselte mir die Kleider und das Schuhwerk. Beim Spaziergang, bei kulturellen Aktivitäten oder wenn Sportnachmittag war, trug er mich unter dem Arm. Er schrieb mich auch in der Bibliothek ein. Er trug mich in den Kraftraum hinunter. Dort sah ich, was er auf den Rücken tätowiert hatte. Und auch ich sah seinen Rücken an, wie eine Fernsehserie.

»Wenn du lebst, dann stirbst du!«

Ich gehe nicht ins Detail. Die Jahre vergingen, und es geschah nicht einmal, was war. So ist das Gefängnis. Es kümmerte mich nicht mal mehr, wer ich bin und woher ich gekommen war. Manchmal kam mir die Frau in den Sinn, meine letzte Liebe. Gerne hätte ich Kleinkiller davon erzählt, ich spürte, dass er mich verstanden hätte. Immer häufiger setzte er sich neben mich auf die Pritsche und sah mich an wie einen Fernseher. Ich dachte, die Tätowierungen seien ihm langweilig geworden. Ich hatte keine Ahnung, woher diese verteufelt große Anhänglichkeit kam, später erfuhr ich auch das. Es wurde Frühling, wir wurden amnestiert. Oder das Strafmaß wurde gekürzt, ich weiß es nicht. Auf einmal waren wir frei. Die Freiheit. Der Moment, wo du durch das Gefängnistor trittst. Es ist so, als würdest du über die Schwelle der Zeit treten. Ich trat über gar nichts mehr. Kleinkiller trug mich unter dem Arm aus dem Gefängnis. Er ging lange mit mir spazieren, auf einem Platz, den ich nicht kannte, sah er sich lange um, betrachtete die Schaufenster, das Kinoprogramm, das palmenbestückte Büro der ungarischen Fluglinie. Dann setzte er sich mit mir auf eine schmutzige Bank. Um uns herum knospende Bäume, Fliederbüsche, neu angelegte Blumenbeete. Mütter in Strickwesten schoben Kinderwagen. Bei den Schaukeln hüpfte ein gepunkteter Ball. Ein Würstchenverkäufer war auch in der Nähe. Kleinkiller kaufte vier Hotdogs, und während er sie verspeiste, starrte er mich an wie einen Fernseher.

»Alter, wir sterben sowieso«, sagte er und biss ein halbes Hotdog weg. Ketchup spritzte mir ins linke Auge.

»Weißt du, Alter, ich töte gerne.« Wieder biss er ein Stück ab. Jetzt spritzte mir Ketchup ins rechte Auge. Ich konnte nichts mehr sehen. Es wurde dunkel, ketchupdunkel. Das sage ich nicht, um mich zu beklagen. In diesem Moment regte mich nicht einmal mehr auf, dass ich nicht sehen konnte. Wenn nicht, dann eben nicht. In dem Park wehte eine laue Brise, ich fühlte sie auf dem Gesicht. Ich hörte, wie der Kleinkiller versonnen vor sich hin schmatzte.

»Für dich ist es besser und für mich auch«, schmatzte er.

Ich verstand, was er sagen wollte. Ich hätte genickt, hätte ich nicken können.

»Ciao, Alter«, sagte Kleinkiller und senkte seine gewaltigen, schützenden Hände auf mein Gesicht.

Der Panther schläft ein

Er stellte sich neben die Küchentür, das Gesicht zum Türrahmen, und prüfte, wieviel er gewachsen war. Die eine Handkante hielt er sich an die Stirn, die andere drückte er gegen das Holz. Dann trat er ein wenig zurück. Er war kein Stückchen gewachsen. Jede Woche musste er sich hinstellen, der Vater legte ihm das Holzlineal an den Kopf und maß, wie viele Zentimeter dazugekommen waren. Es kam vor, dass er ein, zwei Monate lang kein bisschen gewachsen war. Das Gesicht des Vaters verdüsterte sich, es wurde grau, er begann zu stottern. Stotternd sagte er, so was gibt es doch nicht, ver-ver-verfluchte Scheiße, dass du nicht wächst, so iss doch gefälligst mehr, iss Fett, jeden Tag einen Löffel, lauf, spiel Fu-Fu-Fußball oder was weiß ich, aber wenn du so klein bleibst, und er sagte es nie zu Ende. Was sein würde, wenn er so klein bliebe. Seit drei Monaten war er nicht gewachsen. Er bekam es mit der Angst zu tun, er mogelte. Er reckte sich in die Höhe, dass die Knochen knackten. Viel konnte man nicht mogeln, der Vater befahl ihm, die Sandalen ausziehen, und wenn ihm danach war, auch die Socken. Denn einmal, als er wusste, dass ihn der Vater messen würde, hatte er vier Paar Socken übergestreift.

»Was ist mit ihm?«, fragte er die Mutter, die gebeugt neben dem Küchentisch saß. Im Radio liefen Nachrichten. Ein Ozeandampfer war auf Grund gelaufen. Irgendwo tobte ein Tornado. Im Zirkus war ein Trapezkünstler abgestürzt.

»Als ob du das nicht wüsstest«, bemerkte die Mutter.

Er wusste es. Er passte auf. Der Trapezkünstler ist nicht tot, man hat ihn ins Krankenhaus gebracht. Doch man weiß noch nicht, was mit ihm werden wird. Ob er je wieder imstande sein wird, sich zu bewegen. Er steht jetzt unter Beobachtung. Der Zirkus bedankt sich für die Blumen und die Kerzen.

»Unverändert?«

»Unverändert.«

Sie strich sich die schwarzen Reiskörner in die Hand. Die warf sie weg. Die weißen Reiskörner tat sie zurück in die Packung. Jedes einzelne Korn schien sie zu zählen. Sie hatte die Angewohnheit, sie auszulesen. Dann prüfte sie das Mehl, den Grieß und die Brösel.

»Diese Scheißkäfer, diese Scheißmotten«, sagte sie. »Willst du eine Brotrinde?«

Der Junge nahm sie und dachte daran, wie gern er in den Garten hinausgehen würde. Oder auf die Straße. Es wäre so schön, einfach wegzugehen und erst in der Nacht zurückzukommen. Wenn die anderen schon im Bett liegen. Hier zu sein, wenn der Vater aus dem Zimmer kommt, ist nicht ratsam. Er geht hinaus, er wird nicht da sein, der Vater wird ihn nicht finden, wird sich allmählich beruhigen, seine zur Faust geballte Hand wird schön locker werden, er wird ihn nicht schlagen.

»Und wenn er einmal nicht herauskommt?«, fragte der Junge.

»Er kommt heraus. Immer.«

Er schnitt eine Grimasse. Er glaubte der Mutter nicht so recht.

»Ich möchte nicht, dass er herauskommt. Wenn er herauskommt, schlägt er mich.«

»Das ist nur eine Ohrfeige«, sagte sie. »Schläge hast du noch nicht bekommen. Euch schlägt man nicht mehr. Woher sollst du wissen, wie das ist, wenn man geschlagen wird?«

Das konnte der Junge absolut nicht ausstehen. Dieses Gerede, was ist und was war. Jeder beschissene, faule Tattergreis kam ihm damit, mit seiner vergeudeten Zeit. Die waren gar nicht fähig, sich vorzustellen, was jetzt vor sich ging, was mit ihm vor sich ging.

Die Mutter lächelte. »Weißt du was? Gehen wir hinaus.«

»Wohin?«

»Ich zeig dir was.«

»Und wenn er inzwischen herauskommt?«

»Das wäre doch gut, nicht? Wenn er inzwischen herauskommt.« Sie warf sich die Weste über und winkte ihm, er solle seine Trainingsjacke anziehen. Im T-Shirt könne man noch nicht hinaus. Er schnürte bereits hastig seine Sportschuhe, er freute sich. Lieber wäre er ohne die Mutter gegangen, doch auch so war es ihm recht. Während sie fort waren, würde der Vater herauskommen und sich beruhigen.

»Du warst noch nie im Zirkus«, bemerkte die Mutter auf der Straße.

»Stimmt.«

»Damals bei deinem Onkel in Budapest ...«

»Das war der Tiergarten, Mama, habe ich doch schon gesagt.«

Auf dem Stromkasten an der Ecke waren Plakate angeschlagen. Menschengesichter lächelten herab. Vor kurzem waren Wahlen gewesen. Auf Plakaten lächeln immer alle, dachte der Junge. Wenn es Wahlen gibt, muss man lächeln.

»Mama, warum hast du den Zirkus erwähnt?«

Mit einem stumpf blickenden, einfenstrigen Haus endete die Straße, sie waren am Stadtrand angelangt. Die Mutter deutete in alle Richtungen. Hier war einmal der Tiermarkt. Die Leute aus der Umgebung verkauften Schweine und Rinder. Hühner und Hasen, im Käfig. Auch Ziegen konnte man kaufen, Ziegen, schwarz wie der Teufel. Hier ist immer ein Zirkus hergekommen. Verstehst du? Ein richtiger Zirkus. Dein Vater ist noch im Zirkus gewesen. Das musst du wissen.

»Ich werde auch in den Zirkus gehen«, sagte das Kind trotzig.

»Jetzt kommen sie nicht mehr her«, sagte sie nach einer Weile.

»Warum nicht?«

»Vielleicht unseretwegen.«

»Kommt dieser hundserbärmliche Zirkus wegen mir nicht mehr?«

»Nicht wegen dir.« Sie setzte sich ins Gras und zog den Jungen neben sich. Auf der Wiese vor ihnen erblühte bereits rot der Klatschmohn. Wie um mit ihm zu schäkern, mischte die Kornblume ihr Blau hinein. Im lauen Wind nickten die Zichorien.

»Dort war früher die LPG«, sagte die Mutter. »Im Sommer konnte man Johannisbeeren pflücken. Sie zahlten gut. Essen durfte man auch. Du weißt gar nicht mehr, was Johannisbeeren sind.«

»Erzähl mir vom Zirkus.«

»Es war so«, sagte sie träumerisch und richtete sich das Haar, »dass dein Vater in Wirklichkeit gar nicht in den Zirkus reinkam. Nur fast. Alle Karten waren verkauft, er wurde nicht mehr eingelassen. Er flehte und bettelte, weinte und jammerte, doch da war ein Feuerwehrmann, der sagte, nein, das sei aus Sicherheitsgründen nicht möglich. Dabei kannte er deinen Großvater und deine Großmutter. Vielleicht gerade deswegen. Deswegen ließ er es nicht zu. Er rächte sich für irgendetwas. Denn er war ein Kommunist. Oder deine Großeltern waren Kommunisten, ich weiß nicht mehr. Sicher ist aber, dass irgendwer Kommunist war.« Sie kratzte sich an der Schläfe. »Der Feuerwehrmann berief sich auf die Vorschriften.«

»Was ist das, ein Kommunist?«

»Scheiße, verdammte«, sagte die Mutter.

»Mein Vater war Kommunist?«

Sie schwieg.

»War er es?«

»Ich weiß nicht, wer Kommunist war. Ich weiß auch nicht, wer es geblieben ist.«

»Kann es sein, dass auch ich ein Kommunist bin?«, fragte das Kind.

»Ich weiß es nicht.«

»Warum ist Vater nicht ein andermal gegangen? Ich meine, in den Zirkus.«

»Sie kamen nicht wieder. Niemals mehr. Damals war der Zirkus zum letzten Mal hier.«

Der Junge schwieg, er beobachtete die Biene, die mit ihrem Hinterleib selbstvergessen zwischen den Blütenblättern manövrierte.

»Das ist alles?«

»Nein, das ist noch nicht alles«, sie schüttelte den Kopf. »Denn dein Vater setzte sich an die Zeltwand und hörte sich den Applaus an. Und die Musik. Und den Trommelwirbel. Die Aufschreie. Die Seufzer. Und das Lachen. Er sagte, er versuchte sich vorzustellen, was drinnen vor sich ging. Und dass es ihm gelang. Und weißt du, was geschah?«

»Er nahm allen Mut zusammen und stahl sich hinein«, sagte der Junge und stand vor Aufregung auf. Seine schwitzenden Hände wischte er an der Hose ab.

»Ein Panther steckte seine Schnauze unter der Zirkusplane hervor.«

»Was?«

»Ein echter schwarzer Panther«, nickte die Mutter. »Er kam aus dem Zirkus heraus. Er kroch unter dem Zelt hervor. Mit langsamen, weichen Schritten ging er auf deinen Vater zu, streckte sich neben ihm aus und legte den Kopf in seinen Schoß. Er zitterte. Dein Vater hatte keine Angst, er streichelte ihn. Er sagte, er hätte kein bisschen Angst. Der Panther hechelte, ein paar heftige Zuckungen liefen durch seinen schwarz glänzenden Körper. Dann war er eingeschlafen. Auf einmal atmete er nicht mehr. Rufe ertönten, und dein Vater sah, wie sich um ihn herum Menschen ansammelten. Der Dompteur war da, der Clown, der Kartenabreißer. Sie schrien, was hast du mit dem schwarzen Panther gemacht. Nichts, sagte dein Vater. Aber er ist doch tot! Er ist nur eingeschlafen. Krepiert ist er, verdammt, schrien sie. Sie tobten. Und dann bekam er ein paar hinter die Löffel.«

»Das heißt, sie haben ihn geschlagen?«

»Ja«, sagte die Mutter. »Aber nicht nur der Gewichtheber hat ihn verdroschen, das wäre noch angegangen. Sondern auch der Zwerg.«

»Was war mit dem Zwerg?«

»Der Zwerg hat ihn mit den Füßen getreten. Mehrmals. Verstehst du? Und das kann dein Vater nicht vergessen. Oder selbst wenn er es vergisst, nach einiger Zeit fällt es ihm wieder ein. Deshalb geht er in sein Zimmer.«

»Ich verstehe. Ein Zwerg, also deswegen.« Er lief ein wenig am Graben herum, die Mutter sagte nichts mehr.

»Gehen wir nach Hause«, sagte der Junge plötzlich, er zupfte sich ein paar Kletten ab. Die Mutter sah erschrocken zu ihm hoch.

»Aber er ist sicher noch drin.«

»Gehen wir«, sagte er und machte sich schon auf den Weg.

Der Vater war noch immer im Zimmer. Der Junge nickte unwillkürlich. Er trat zur Tür und drückte die Klinke hinunter. Er sah ins Zimmer, als würde er in ein Bergwerk hineinblicken. Bitte lächeln, verdammt. Er trat ins Dunkel und zog die Tür hinter sich zu. Er glitt am Polstersessel vorbei, tappte nach einem Stuhl und setzte sich, schob sich näher heran. Der Vater atmete asthmatisch, raspelnd. Als hätte er eine Säge in der Kehle. Auch seinen Geruch nahm er wahr. Den Nikotingeruch. Den Alkoholgeruch. Die Uhr tickte – wie weit eine Sekunde von der nächsten entfernt ist. Über dem Ehebett hing ein Bild. Jesus, auf einem Berg sitzend. Auf einem blauen Berg. Undeutlich zeichnete sich sein weißes Gewand in der Dunkelheit ab.

»Ich bin kein Zwerg«, sagte der Junge leise.

Alles war still. Er bekam keine Antwort.

»Und ich möchte dir noch sagen«, fuhr er fort, »wenn du herauskommst, schlag mich so, dass ich daran sterbe. Wenn du es nicht tust, so schlage ich dich. Aber dann stirbst du, Vater. Denn ich bin kein Zwerg. Verstehst du, Vater?«

Auch jetzt antwortete der Vater nicht.

»Willst du den Kopf nicht in meinen Schoß legen?«

Der Polsterstuhl knarrte. Der Körper des Vaters kippte vor, auf den Jungen zu. Seine Stirn lag auf dem Schoß des Kindes. Der Junge griff hin. Die Stirn war nasskalt. Die Raspel arbeitete, sie arbeitete sehr.

Der Junge kam aus dem Zimmer.

Die Mutter stand in der Küche.

»Was ist passiert?«

»Er kommt nicht mehr heraus«, sagte der Junge. Er ging aus dem Haus. Allein. Als er die Tür hinter sich schloss, lächelte er, denn er hatte das Gefühl, er habe bereits zu wachsen begonnen.

Meine Putzfrau Elena

Es gab nichts an ihr auszusetzen. Sie arbeitete ordentlich. Sie kam nicht zu spät und ging nicht zu früh. Meine Putzfrau war ein verhältnismäßig rechtschaffener Mensch, nur arbeiteten eben die Verhältnisse gegen sie. Und anscheinend war auch ich den Verhältnissen ausgeliefert. Als wir aus dem Konzert nach Hause kamen, das Stadtorchester hatte das Violinkonzert von Alban Berg gespielt, empfing uns eine blitzblanke Wohnung, sogar der Rahmen unseres Hochzeitsfotos war abgestaubt, ich stand da, legte nicht einmal den Mantel ab, so kann das nicht weitergehen, dachte ich und sprach es auch aus.

Wie bitte, fragte mein Mann, er schenkte sich einen Drink ein, meinst du uns beide, fragte er und lächelte.

Ich antwortete nicht.

Meine Putzfrau ist Ausländerin. Das war ihr auf den ersten Blick anzusehen, ihre Haut ist blendend weiß, sie hat schwere Knochen und einen breiten Kiefer, sie beherrscht unsere Sprache nur unvollkommen. Allerdings sagt sie auch nicht viel. Meist schweigt sie, wäscht stumm die Teller ab, gelegentlich fragt sie nach etwas, Waschmittel, Lappen, Bürste, sonst sagt sie nichts. Sobald sie den Mund aufmacht, fühle ich mich persönlich gekränkt. Dabei weiß ich, es gibt Putzfrauen, die können keine Minute lang den Mund halten, sie trällern blöde Liedchen vor sich hin, plaudern beim Bügeln alle Einzelheiten ihres uninteressanten, aber natürlich komplizierten Lebens aus. Oder stellen dauernd Fragen, geben sich Mühe, biedern sich an, erpicht darauf, zur Familie zu gehören, schmeicheln sich bei den Kindern ein oder, das ist das Infamste, schäkern mit dem Ehemann. Meine Putzfrau ist nicht so. Dennoch tut es mir körperlich weh, wenn sie sich in unserer Sprache äußert. Schon als sie das erste Mal zu uns kam und sich vorstellte, taten ihre Worte mir weh, doch der plötzliche Schmerz verwirrte mich damals nur, und ich führte dieses Gefühl nicht auf die ausländische Putzfrau zurück. Ich fragte sie nach ihrem Namen, sie sagte ihn mir auch, doch schon am nächsten Tag hatte ich ihn vergessen. Bis heute weiß ich nicht, wie sie heißt. Das ist unangenehm. Warum hat sie einen Namen, den man vergessen kann. Noch einmal fragen kann ich sie nicht, sie würde mich mit ihren großen, ahnungslosen Augen ansehen und in Verlegenheit bringen, den habe ich Ihnen doch schon gesagt, gnädige Frau. Ich suchte das Empfehlungsschreiben des Büros, auf dem musste ihr Name stehen, doch ich hatte es verlegt, weggeschmissen, oder, was das Wahrscheinlichste war, sie selbst hatte es in den Müll befördert. Sie hatte es weggeworfen, denn sie war ja schon hier. Sie war bei mir. Sie putzte, bügelte, sie machte alles.

Am Tag nach dem Konzert ging ich zu meinem Psychologen, um ihm von meinen Problemen zu erzählen. Mein Psychologe ist ein älterer Herr mit graumelierten Schläfen und feinen Händen, er nickte, heraus damit, ich solle es ruhig sagen. Zu meiner größten Überraschung nickte er, als ich ihm mein fast schon unbezähmbares Verlangen schilderte, meine Putzfrau umzubringen. Ob sie Ausländerin sei, fragte er. Natürlich, antwortete ich. Dieses Verlangen überrasche ihn überhaupt nicht, auch ihm sei es schon ähnlich ergangen, auch er habe eine Putzfrau und habe schon einmal daran gedacht, sie umzubringen. Letztendlich habe er es nicht getan. Obwohl er nahe daran gewesen sei, einmal habe er heimlich ein Messer gekauft. Aber was soll ich nur tun, Herr Doktor?, fragte ich verzweifelt, worauf er nach einigem Überlegen antwortete, ich solle versuchen, ihr näherzukommen, sie über ihr Leben ausfragen, denn einem Menschen, zu dem wir eine seelische Beziehung aufbauen, für den wir Solidarität, Mitleid oder etwas wie Neugierde empfinden, wollten wir nicht so leicht ans Leben, obwohl, und hier dachte er ein wenig nach, sicher sein könne man sich in dieser Hinsicht leider nie. Man liebe einen anderen so sehr, dass man ihm eine Kugel in den Kopf jage. Ihn erwürge. Vergifte. Ihm die Kehle durchschneide. Versuchen müsse man es dennoch, erklärte mein Psychologe, jeder Mensch komme in seinem Leben einmal an einen, wenn man so will, kritischen Punkt, wenn das ganze Lebensgebäude ins Wanken gerate, wenn sämtliche Werte und Leistungen relativ und nutzlos würden.

»Bin ich depressiv, Herr Doktor?«

Darauf er, es sei noch verfrüht, irgendetwas zu sagen, gnädige Frau. Aber wie es ihm denn gelungen sei, fragte ich dann. Wie ich das meine. Wie es ihm gelungen sei, das Problem mit seiner Putzfrau zu lösen. Er lächelte. Er habe sie zu seiner Geliebten gemacht, sagte er, er sei jung gewesen, sie wiederum schon älter, eine Ausländerin, wie er bereits gesagt habe, es sei lange her, er habe mit ihr geschlafen. Sie hätten gevögelt, ich müsse verzeihen. Danach habe er sie nicht mehr töten wollen, denn es sei besser geworden. Sie habe ihn sogar bestohlen. Dennoch sei eine fröhlichere Zeit angebrochen. Schließlich sei sie von allein gegangen.

Ich war ein wenig erstaunt, doch ich ließ es mir nicht anmerken, ich konnte nicht glauben, dass sich kritische Situationen so leicht lösen lassen.

Am nächsten Morgen kam die Putzfrau, weil es ein ungerader Tag war. Sie grüßte und zog sich auch schon aus. Meine Putzfrau zieht sich vor der Arbeit um, wenngleich ich keinen großen Unterschied zwischen ihrer Arbeits- und ihrer Straßenkleidung erkennen kann. Beides ist abgetragen. Sie sagte, sie würde Fenster putzen. Gut, sagte ich, nur zu. Während sie die beiden Flügel des großen Wohnzimmerfensters putzte, stellte ich mich hinter sie und fragte, ob sie Familie habe. Zwei Kinder, sagte sie. Sie drehte sich nicht nach mir um. Und Ihr Mann? Der arbeite, antwortete sie, ohne mit dem Wischen der Scheibe aufzuhören. Was er denn arbeite. Er putzt, sagte sie, ihr Mann putze in einer Fabrik, aber in der Heimat. Sie sagte den Namen des Landes, aus dem sie kam. Ich verstehe, sagte ich. Es war nicht leichter geworden. So viel hatten wir noch nie miteinander geredet. Ich versuchte es weiter. Ihre Eltern? Sie schwieg, offenbar überlegte sie, was sie sagen sollte, sie leben nicht mehr, sagte sie dann. Ihre knochige Hand fuhr auf dem Glas hin und her. Sie hätte mir leidtun müssen. Vater und Mutter lebten nicht mehr, ihre Familie war fern, und bestimmt trank ihr Mann. Denn wer in der Fabrik arbeitet, das weiß ich nur zu gut, der säuft wie ein Loch. Grobe Kerle sind das, die am Abend nach Knaster und Bier stinken. Das ist im Ausland nicht anders. Ich sagte, sie solle mitkommen, ich würde ihr etwas zeigen. Zögernd folgte sie mir zum Kleiderschrank, ich nahm ein paar alte Fetzen heraus. Ich sagte, sie solle das anprobieren. Sie sah mich an wie ein Kind, schüttelte den Kopf, sie verstand nicht. Sie war misstrauisch. Auch das ist typisch Ausländer, immer sind sie misstrauisch. Nur Mut, sagte ich, ich glaube, ich brachte sogar ein Lächeln zustande. Mit linkischen Bewegungen zog sie sich aus, schließlich stand sie in Unterwäsche vor mir, die Sachen waren abgetragen, aber sauber. Sie rührte sich nicht. Ihr Körper war groß und kräftig, breite Hüften, das Schlüsselbein wie ein Ast. Unter dem Saum der Unterhose kringelte sich ihr aschblondes Schamhaar. Ich berührte sie an der Schulter. Sie sind schön, mein Liebling, sagte ich. Sie schwieg, sah mir in die Augen und verstand nichts. Ich kam näher und umarmte sie, ich nahm ihren Geruch wahr. Sie verströmte den Duft eines billigen Deodorants und Schweißgeruch, ein ausländischer Geruch. Sie solle keine Angst vor mir haben, sagte ich zu ihr, ich wolle nichts, als dass es gut für sie sei. Es sei auch nicht schlecht für sie, hauchte sie in meine Schulter. Eine Berührung wie mit einem lauwarmen Spültuch. Ich berührte ihre Brust, sie wollte aufschreien, ich hielt ihr mit der anderen Hand den Mund zu, ich wolle ihr nichts Böses, beruhigte ich sie. Ihr Körper versteifte sich. Unter meiner Hand wurde ihre Brustwarze hart wie eine Nuss.

Ich verfolgte die Bewegungen ihrer Zunge, sie machte es besser als mein Mann oder mein einstiger junger Liebhaber aus dem städtischen Orchester, der dann fortging, um auf einem Schiff zu spielen, und bei Gibraltar ins Wasser fiel. Beim Berg-Konzert war einer der Geiger erkältet gewesen. Vielleicht kaufe ich mir einen Hund. Nur nicht zu laut werden.

Ich kochte Kaffee. Sie probierte meine alten Kleider an, eines stand ihr schlechter als das andere, sie war ratlos, ich sagte, sie solle sich eins aussuchen. Ich würde ihr gern etwas schenken. Weil sie eine so patente Arbeitskraft sei. Sie arbeite gut. Sei vertrauenswürdig. Keine weiteren Erklärungen. Als sie fortgegangen war, hörte ich Musik. Erst Mozart, dann Bach, *Das Wohltemperierte Klavier.* Mein Mann kam nach Hause, er mixte einen Drink, stell dir vor, sagte er, ganz in der Nähe ist ein Unfall passiert, irgendeine Ausländerin hat ihn verursacht, ein Frontalzusammenstoß, dass es keine Toten gegeben habe, sei ein unerhörtes Glück. Ich ließ ihn ausreden, dann fragte ich ihn, ob er nicht mit der Putzfrau schlafen wolle. Daran habe er noch nicht gedacht, sagte er lachend. Ich wusste, dass er log. In der Nacht stand ich auf und suchte in der Küche ein Messer aus. Ich nahm es beim Holzgriff, die kühle Klinge tat meiner Handfläche gut. Dann entschied ich mich für den Hammer, den ich in der Rumpelkammer fand, im Werkzeugkasten meines Mannes. Es war, nebenbei, ein ausländischer Hammer, ich habe ihn mir gut angesehen, aus dem Ausland, aber ein guter Hammer.

Als wieder ein ungerader Tag war, sagte ich ihr, sagte ich meiner Putzfrau, sie solle ihre Kinder anrufen. Es war Nachmittag, sicher seien sie schon daheim. Sie stand nur da, mit hängenden Armen, natürlich war sie in meinem Kleid gekommen, und sagte, das könne sie nicht. Ob das nicht eine Ungehörigkeit sei und dass sie das Telefonat nicht bezahlen könne. Sie schreibe Briefe und Ansichtskarten, das sei billig, und telefoniere nur einmal im Monat, mehr könne sie sich nicht leisten. Ich sagte, sie solle sich keine Sorgen machen, für uns sei das keine Ausgabe, sie möge ihre Kinder ruhig anrufen. Nachdem sie sich mehrmals verwählt hatte, sprach sie mit ihrem Sohn und ihrer Tochter, in dieser haspelnden, rollenden fremden Sprache, manchmal machte sie ein besorgtes Gesicht, rief etwas aus, und wenn die Erklärungen am anderen Ende der Leitung zu lange dauerten, warf sie mir einen fragenden Blick zu, ob sie denn nicht übertrieben lange telefoniere, ich bedeutete ihr, sie solle ruhig alles Notwendige besprechen, Schule, Krankheiten, Geburtstage, was sie nur wolle. Ich dachte daran, dass ich sie umbringen muss. Sie redet mit ihren Kindern oder vielleicht auch gar nicht mit ihnen, sie redet mit einem Mann, mit ihrem Geliebten, warum sollte sie als Ausländerin keinen Geliebten haben. Die Ausländerinnen haben Geliebte, das ist so. Bevor sie wegging, fragte sie, wo mein Sohn sei. Sie habe sein Bild gesehen und schon öfter abgestaubt, wieso er denn nicht bei uns sei. Weil er in New York lebt, antwortete ich. Verstehe, sagte sie. Doch ich hatte keine Ahnung, was sie versteht, was eine Ausländerin daran verstehen kann, dass das Kind in New York lebt. Ich gab ihr Geld, drückte ihr eine größere Banknote in die Hand, sie solle ihren Kindern etwas kaufen. Und ihrem Mann, setzte ich hinzu.

Dann rief ich meinen Psychologen an und sagte ihm, dass ich völlig verzweifelt sei, ich hätte alles ausprobiert, doch es funktioniere nicht, ich sei dem Untergang geweiht, ich würde meine Putzfrau umbringen. Er gab mir den Rat, sie zu entlassen. Ich könne sie nicht entlassen, sagte ich, ich hätte keine Kraft dazu. Wenn sie putze, solle ich turnen gehen. Oder auf den Markt, Gemüse einkaufen. Gemüse mache einen sanfter.

Am nächsten ungeraden Tag ging ich nicht turnen. Auch nicht zum Gemüsehändler. Ich wartete auf sie. Blass war sie und groß, eine riesige, ausländische Putzfrau. Ich fragte, ob sie krank sei. Sie sagte nichts. Schüttelte den Kopf. Stimmt etwas nicht, fragte ich und sah sie unverwandt an, während sie sich umzog. Alles in Ordnung, sagte sie. Ich ging ihr hinterher, aber irgendetwas habe sie doch. Sie antwortete nicht. Ob ich sie gekränkt hätte. Sie schüttelte den Kopf. Sie putzte, wischte Staub, schüttelte die Vorhänge aus, polierte. Sie redete nicht mit mir, sie wollte mich demütigen. Ich kippte in der Küche einen Cognac, dann schnell noch einen, und griff nach meinem Hammer. Sie war beim Staubsaugen. Ich sah ihr zu, wie sie sich bewegte, vor, zurück, vor und wieder zurück, dann richtete sie sich plötzlich auf und schaltete den Staubsauger aus. Sie rührte sich nicht. Minutenlang rührte sie sich nicht, als wollte auch sie, dass ich zuschlage, ich spürte, wie ich immer heftiger atmete, und sie stand nur da, sie war größer als ich, größer und stärker, trotzdem drehte sie sich nicht um, entwand mir nicht den Hammer, sie hätte es tun können, sie war Ausländerin, sie war stärker, doch nein, sie wartete nur. Als wollte sie tatsächlich sterben.

Ich schlug ein einziges Mal zu.

Da lag sie auf dem Teppich, den sie ein paar Minuten zuvor gesaugt hatte, sie lag auf dem sauberen Teppich und befleckte ihn mit Blut. Ihre Augen waren offen. Der Mund weit aufgerissen. Ich rief meinen Psychologen an, um ihm mitzuteilen, dass ich es getan hatte. Er schwieg eine Weile. Dann sagte er, es tue ihm sehr leid, aber jetzt müsse ich die Polizei rufen. Gut, sagte ich, das würde ich tun. Ich rief die Polizei an. Sie wollten es nicht recht glauben, doch schließlich versprachen sie, einen Wagen zu schicken. Keine zehn Minuten später waren sie da. Der junge Polizist sah sich die Leiche genau an, dann schüttelte er den Kopf.

»Du lieber Himmel«, sagte er mit geweiteten Augen, »wer ist das?«

»Meine Putzfrau«, sagte ich und setzte hinzu: »Natürlich eine Ausländerin.«

»Warum?«, fragte er und griff unwillkürlich nach ihrer Handtasche, er entnahm ihr den Reisepass und blätterte darin. Er starrte in den Ausweis, dann auf die Tote, dann betrachtete er wieder den Ausweis. Das Haar hing ihm ins Gesicht.

»Wie heißt sie?«, fragte ich. »Mit Vornamen?«, setzte ich noch hinzu und wies auf die Tote. Jetzt sah der Polizist mich mit großen Augen an, der Ausweis erzitterte in seiner Hand, Ihre Putzfrau, gnädige Frau, hieß Elena. Ihr Name war Elena. Und als werde ein Wunder an mir getan, als streichele mich eine riesige warme Hand, durchströmten mich heitere Ruhe und Frieden, denn nicht im Traum wäre ich darauf gekommen, dass meine Putzfrau denselben Namen haben könnte wie meine Mutter und wie ich. Sie hieß Elena, gut, danke. Nun musste ich nur noch herausfinden, in welchem Gefängnis man Hunde halten darf.

Der Tod meines Nachbarn

Jeder weiß, dass ein anständiger Nachbar so einen Filzhut besitzt, wie Jan Gielespiele in *Harter Einsatz* einen getragen hat. Deshalb fragte ich meinen neuen Nachbarn bei der ersten sich bietenden Gelegenheit, ob er so einen Hut besitze, worauf der Typ leichthin mit der Schulter zuckte, auch er sehe keinen solchen Hut auf meinem Kopf, worauf ich zurückgab, bis dato hätte ich keinen Nachbarn gehabt, weshalb verständlich sei, dass ich einen Hut, wie Jan Gielespiele in *Harter Einsatz* einen getragen habe, bisher nicht benötigt hätte.

Sie jedoch, ich sah ihm in die Augen, haben genau gewusst, dass Sie einen Nachbarn haben würden, als Sie dieses Grundstück und das Haus darauf kauften.

Wozu über einen Hut streiten, sagte mein Nachbar lächelnd und trug die Kleiderbügel ins Haus.

Das Wetter war trüb, Amseln scharrten unter den Buchsbäumen, ich finde, der Tod ist auch von der Art, er scharrt, stöbert ständig herum, und schließlich rauscht er, den sich ringelnden Wurm im Schnabel, mit langsamen, doch kraftvollen Flügelschlägen über den Garten hinweg. Natürlich kaufte ich den Hut noch am selben Tag, genau so einen, wie ihn Jan Gielespiele in *Harter Einsatz* getragen hat. Dann spazierte ich demonstrativ ein paarmal vor dem Haus meines Nachbarn auf und ab. Warum isst du wie die Juden mit dem Hut auf dem Kopf, fragte meine

Frau während des Abendessens. Ich warne gerade unseren Nachbarn, antwortete ich, dass er das Ausspähen lassen soll. Sie ließ erstaunt den Löffel sinken, o je, flüsterte sie, wieso glaubst du, dass er uns beobachtet?!

Weil ein Nachbar beobachtet, mein Liebling. Einer, der nicht beobachtet, ist gar nicht dein Nachbar, das ist existentiell, genau dieses Wort gebrauchte ich, es wäre absurd. Sieh dir nur an, ich hob den Finger, was sich am Balkan abspielt, wie die Völker sich dort belauern, auch die Araber und Juden belauern sich in einem fort, von den Amerikanern gar nicht zu reden, die haben die meisten Nachbarn, denn offensichtlich betrachten sie den ganzen Erdkreis als Nachbarn!

Wenn also dieser Mann, der neben uns eingezogen ist, sinnierte meine Frau, denn sie machte die Dinge gerne kompliziert, dich nicht beobachtet, mich und dich, warf ich ein, also uns nicht beobachtet, fuhr sie fort, dann ist er nicht unser Nachbar?

Nur hat er seinen Wohnsitz genau auf dem Nachbargrundstück genommen, somit beobachtet er, ob er will oder nicht. Zum Beispiel dich, mein Liebling, wenn du dir die Fußnägel lackierst, wenn du das Lifestyle-Magazin liest oder einfach nur daliegst, während ich in der Werkstatt bastle.

Dann warnst du ihn umsonst, dass er nicht beobachten soll, warf meine Frau ein, du forderst ihn auf, nicht zu beobachten, doch er belauert uns nach wie vor, weil er unser Nachbar ist. Er kann gar nicht anders, meine Frau lächelte, weil sie so klug war.

Leider kann auch ich nicht anders, wenn ich nun mal sein Nachbar bin, antwortete ich etwas missmutig.

Am nächsten Tag regnete es erneut, mir fiel auf, dass das Wetter, seit mein Nachbar mein Nachbar war, launischer geworden war. Feindselige, hinterlistige Pfützen warfen hinter mir Blasen, als ich zu ihm hinüberging. Ich musste nicht lange klopfen. Mein Nachbar öffnete überrascht die Tür, was kann ich für Sie tun, fragte er, ich kam sogleich zur Sache, Sie beobachten uns, sagte ich, jedes Wort ein wenig betonend, Herr Nachbar, setzte ich noch mit Schärfe hinzu, worauf er ein überraschtes Gesicht machte, was wollen Sie damit sagen, fragte er.

Ich will damit sagen, dass Sie kein Auge von uns lassen, und das wird früher oder später zu Komplikationen führen, antwortete ich trocken.

Was für Komplikationen?

Das weiß ich noch nicht, aber mit Sicherheit keine angenehmen, sagte ich.

Sie irren sich, antwortete der Nachbar und schlug mir einfach die Tür vor der Nase zu. Fürs Erste hatte er mich abgeschüttelt, doch ich war nicht ungeduldig, ich hatte Zeit. Auch die Amseln waren nicht ungeduldig, sie scharrten ausdauernd im nassen Laub. Ich wusste, dass mein Nachbar mich auch in diesem Moment beobachtete, deshalb schritt ich demonstrativ langsam von der Veranda hinunter, und bevor ich das Gartentor mit den Engelsfiguren, die den Eingang übrigens schon vor dem Auftauchen meines Nachbarn geziert hatten, hinter mir zuzog, blickte ich bedeutungsvoll zurück.

Nicht lange danach liebten wir uns, meine Frau und ich. Warum soll ich es leugnen, ich mag es, wenn wir uns lieben, an einem ruhigen Sonntagnachmittag zum Beispiel würde es mir auch dreimal hintereinander gefallen. Leider ist meine Frau dazu nicht bereit. Während des zweiten Durchgangs, wenn ich mich so ausdrücken darf, hört sie meistens auf. Vielleicht hatte sie in ihrem Lifestyle-Magazin gelesen, dass zu viel Sex nicht empfehlenswert ist, weil man leichter zunimmt, die Haut früher runzelig wird, Trübsinn droht oder vielleicht traurige Schuppen auf die Schultern schneien. Ich weiß es nicht. Manchmal kann ich sie immerhin dazu bewegen, dass wir es zweimal machen, dreimal gelang es mir nur bei einer Gelegenheit, als sie erfuhr, dass ihre Schwester, die sie seit ihrer Kindheit hasst, sich scheiden lässt. Also wir liebten uns gerade, meine Frau und ich, als mir mein Nachbar einfiel. Ich glaube, es ist verständlich, dass ich sogleich aufhörte, ich sagte zu ihr, Liebling, mir ist unser Nachbar eingefallen, ich gehe sofort zu ihm hinüber.

Verstehe, sagte sie, was wirst du ihm sagen? Seltsamerweise schien sie nicht überrascht zu sein. Ich sah sie an, worauf sie unwillkürlich die Decke über ihren Schoß zog.

Ich fordere ihn nur auf, uns nicht auszuspähen, antwortete ich. Beobachten kann man auf vielerlei Weise, aber sogar dabei, das ist schon übertrieben, setzte ich in ruhigem Ton hinzu und band mir schon die Schuhe, wenn nämlich der Nachbar auch jetzt auf der Lauer liegt, ist das nicht nur empörend und heimtückisch, sondern auch ungesund, und als ich aufstand, reichte mir meine Frau das Hemd. Im Garten scharrten die Amseln, und so schön bogen sich die Äste der Sträucher mit dem Zittern der grünen Blätter daran, dass ich stehen bleiben musste. Mir kam der Gedanke, dass alles, was im Leben mein war, mir in diesem Augenblick genügte. Ich wollte nicht mehr und nicht weniger, von mir aus hätte ich auf der

Stelle sterben können. Noch nie hatte das, was ich von der Welt erwartete, und all das, was sie mir gab, mit einer so heiteren Harmonie, mit solchem Frieden ineinandergepasst. Ich wusste genau so viel, wie ich wissen musste, ich hatte alles getan, was ich hatte tun müssen. Nirgends ein überflüssiger Blick, ein unnötiger Seufzer, eine missglückte Bewegung, o ja, und im Garten des Nachbarn scharrten gerade so viele Amseln, wie dort auch hingehörten. Und da presste mir ein eisiger Schrecken das Herz zusammen. Denn er, mein Nachbar, sieht das auch, er beobachtet, dass ich hier in seinem Garten stehe, wie seelenruhig, vielleicht sogar glücklich ich bin, denn so etwa muss wohl das Glück sein, wenn es einerlei ist, ob du noch lebst oder stirbst, genauer, der Schmerz fuhr in mich hinein, so wäre es gewesen, denn ich musste mich ja doch zu ihm, zu meinem Nachbarn bemühen und mit ihm reden.

Also klopfte ich energisch.

Vor fünf Minuten habe ich noch mit meiner Frau geschlafen, sagte ich meinem Nachbarn, als er die Tür öffnete.

Er zog die Brauen hoch, ich verstehe, und?

Sie täten besser daran, uns nicht auch noch dabei auszuspähen, ich hob den Zeigefinger, und diese Bewegung konnte auch als Drohung aufgefasst werden.

In Ordnung, seufzte mein Nachbar, ist schon in Ordnung, wiederholte er.

Ich verstand nicht, was er meinte, was in Ordnung war, deshalb sagte ich ihm, dass ich morgen getreu meiner Gewohnheit in die Kirche gehen würde und es mir ganz und gar nicht recht wäre, wenn er mich auch dann ausspähen würde. Sein Gesicht erhellte sich, er gehe ja auch in die

Kirche, warum könnten wir nicht zusammen gehen, unterwegs könnten wir diese merkwürdige Sache besprechen, so sagte er, diese merkwürdige Sache, wobei er offenbar das Ausspähen meinte, doch ich durchschaute seine Absicht, ich antwortete ihm, mein Herr, in die Kirche geht man allein, und obwohl mich meine Frau anfangs begleitet hat, lasse ich sie neuerdings zu Hause, damit sie lesen, kochen oder putzen kann, ich bete für sie mit. Im Übrigen sind Sie, ich sah ihm in die Augen, auch in der Kirche mein Nachbar, weshalb Sie mich offensichtlich auch dort ausspähen. Ich rate Ihnen nicht, dass ich es bemerke, sagte ich noch und entfernte mich mit finsterem Blick.

Anderntags bat ich meine Frau, vom Küchentisch aufzustehen, vorsichtig ans Fenster zu treten und den Vorhang beiseitezuziehen. Das tat sie auch. Unser Nachbar stand vor unserem Haus und starrte in unseren Garten, er stand da wie eine Statue. Er hatte einen Hut auf dem Kopf, genau in der Art, wie Jan Gielespiele in *Harter Einsatz* einen getragen hat. Aber so einen Hut hatte ich selbst, somit erreichte er gar nichts damit. Mit diesem Hut konnte er mich weder einschüchtern noch überraschen.

Siehst du auch, was er macht, fragte ich meine Frau, du lieber Himmel, flüsterte sie, ihre Lippen zitterten, er sieht die Amseln an, flüsterte sie. Ich glaube, er zählt sie. Und ... und ... Na spuck es schon aus!

Es sieht aus, als würde er beten.

Es war überhaupt nichts Überraschendes daran, dass ich am nächsten Tag bei der Liebe abermals aufhörte. Sichtlich beklommen setzte sich meine Frau auf, sie zog ihre Schenkel nicht zusammen. Ihre Scham war so schön, wie ein leichter, schwarzer Pinselstrich.

Hast du keine Lust auf mich?, fragte sie leise. Ich dachte daran, dass unser Nachbar nicht nur beobachtete, sondern auch phantasierte. Das Schreckliche war, dass ich kein Mittel hatte, einen Nachbarn daran zu hindern, sich in schändlichen Phantasien zu ergehen, sich zum Beispiel die Scham meiner Frau vorzustellen, genau so, wie ich sie gerade sah, als warmes und weißes, aus sich herausgekehrtes, malerisches Fleisch, während er vielleicht denkt, dass ein über alles herrschendes, das sogenannte einzige Wort im Schoß meiner Frau wohnt, weswegen mein Nachbar genauso für die Scham meiner Frau schwärmt wie ich, mehr noch, er ist praktisch verrückt danach, und eines Nachmittags, wenn ich in der Kirche bete oder hinten bastle, würde er zu uns herüberkommen, er kommt herüber und spritzt das ganze furchtbare Universum der Nachbarschaft in die Gebärmutter meiner Frau, deshalb ist es gar nicht verwunderlich, dass ich, als mir all das in den Sinn kam, mit der Liebe aufhören musste. Ich bat meine Frau, sie solle sich keine Sorgen machen, ich hätte unheimliches Verlangen nach ihr, mehr als je zuvor, nichtsdestoweniger sei ich besorgt, hätte große Angst um sie, ich sagte ihr, sie möge mir glauben, noch nie hätte es mich mit solch verliebter Leidenschaft nach ihr verlangt, nichts würde ich lieber tun, als das Zusammensein mit ihr fortzusetzen, wir würden auch gleich weitermachen, nur würde ich zuvor noch zu meinem Nachbarn hinübergehen und diesen Sauhund umbringen.

O weh, flüsterte meine Frau, ist es sicher, dass du das tun musst?

Ich sei überzeugt davon, sagte ich, denn auch sie, meine Frau, könne ermessen, dass unserem Nachbarn nichts heilig sei, von nun an würde er jeden Moment seines elenden Lebens damit verbringen, uns zu beobachten. Ich könne nichts anderes tun, als ihn umzubringen. Natürlich müsse ich damit rechnen, verurteilt zu werden, sagte ich. Es sei natürlich auch nicht ausgeschlossen, fuhr ich fort, dass ich am Ende des Verfahrens freigesprochen würde, weil das Gericht einsehe, dass ich ihn habe töten müssen, diesen ständig auf der Lauer liegenden, niemals ruhenden Nachbarn, dass mir einfach keine andere Wahl geblieben sei. Dennoch bereite es mir Sorgen, sagte ich, während ich meine Pistole aus der Schublade nahm und ins Licht hielt, dass jeder Nachbar eine Verwandtschaft habe, sicherlich auch unserer, eines solchen Glücks, einen Nachbarn ohne Verwandtschaft zu haben, könnten nur wenige Menschen sich rühmen, und diese Verwandten, wie das zu sein pflege, würden im Falle seines gewaltsamen Todes Rache schwören.

Und, fragte meine Frau entsetzt, was wird dann werden?

Es sei mit der Maßlosigkeit und der Ungerechtigkeit der Rache zu rechnen, antwortete ich, denn ich wollte nicht lügen. Leider seien Verwandte meist rachsüchtig. Oder unser Nachbar habe einen entfernten Bekannten, und der, obwohl er keinen besonderen Grund dazu habe, dürste am allermeisten nach Rache. So wie Nachbarn ständig beobachteten, erklärte ich, könnten die Verwandten und Freunde der Nachbarn es kaum erwarten, sie, das heißt, das an ihrem Verwandten begangene Unrecht zu rächen, wenn es die Situation mit sich bringe. Somit seien nicht nur ich und sie, meine Frau, in Gefahr, sondern wohl auch unsere Verwandtschaft, denn die Verwandtschaft unseres Nachbarn, wenn sie einmal ernsthaft Rache nehmen wolle, begnüge sich nicht unbedingt mit unserem Leben, nämlich mit dem meinen und dem meiner Frau, sondern sie würden versuchen, sich gleichermaßen an unserer Verwandtschaft zu rächen, auch an der Schwester meiner Frau, da helfe ihr auch ihre Scheidung nichts, ein gewisses abschreckendes Moment könne bestenfalls darin bestehen, dass ich oder meine Frau in gleicher Weise Rache übten, wenn einem von uns ein Unrecht widerfahre, doch das tröste den Betroffenen kaum, leider sei die Natur der Rache nun mal so kompliziert. Willst du diesen Menschen trotzdem töten?, fragte meine Frau, die ohnehin schon komplizierte Dinge gerne noch komplizierter machte. Um sie zu schützen, täte ich alles, sagte ich und ergriff ihre Hand, und als ich in ihr mädchenhaft erschrockenes, bleiches Gesicht sah, verspürte ich von neuem ein unwiderstehliches Verlangen, ihre Scham zu berühren, meinen Mund an ihr geliebtes Fleisch zu drücken, doch ich konnte es nicht, ich musste zum Nachbarn gehen, der all das ohnehin ausgespäht hätte.

Im Garten scharrten meine Amseln, sie scharrten immerzu. Die Buchsbaumblätter glänzten und glitzerten. Ich wusste gar nicht, wann es geregnet haben mochte. Zu meiner großen Überraschung stieß ich vor dem Haus meines Nachbarn auf eine Menschenansammlung, ein Polizist war vor dem Gartentor postiert, gerade wurde die Tragbahre in den Krankenwagen geschoben, jemand sagte, sie sei überflüssig. Mein Nachbar hatte sich erhängt, erfuhr ich von einem Sanitäter. Ein Polizist trat zu mir und fragte mich, ob ich der Nachbar sei. Lachend sagte ich, ja, ich sei der Nachbar, worauf mich der Polizist fragte, warum ich eine Pistole bei mir hätte, ich antwortete, wegen meines Nachbarn, ich hätte Angst vor ihm gehabt, er sei ein höchst seltsamer Mensch gewesen, der Polizist nickte, ich hätte wohl recht, dann hielt er mir einen dicken, verschnürten Packen mit hartem Deckel, eigentlich ein Buch, unter die Nase, ich solle mir nur vorstellen, sagte er nachdenklich, mein Nachbar habe ein Buch geschrieben, mit dem Titel:

»Der Tod meines Nachbarn.«

Das kann ja nur von Ihnen handeln, sagte der Polizist und nickte jemandem hinter mir zu, offenbar war meine Frau mir gefolgt. Großartig, wandte er sich, die Augenbrauen hebend, wieder an mich, ich habe auch so einen Hut, er wies auf meinen.

Jan Gielespiele, sagte ich.

Harter Einsatz, antwortete er.

Da begannen wir zu lachen.

Der Polizist trat zu Seite. Noch immer lächelnd blätterte ich in dem dicken Manuskript. Ich bemerkte, dass es nicht vollendet war. Das Buch war nicht ganz fertiggeschrieben. Wie der jäh unterbrochene Flug einer kleinen Amsel war der letzte Satz ins Stocken geraten, und das unangetastete Weiß der unteren Hälfte der Manuskriptseite und die übrigen leeren Blätter schienen auf mich zu warten, auf mich allein.

In Ordnung, dachte ich ruhig, ich werde es weiterschreiben.

Doch da packte mich die Angst. Auch wenn ich dieses Buch weiterschreibe, auch wenn ich es vollende, wird mich mein Nachbar beobachten. Er wird uns belauern, uns ausspähen, er wird den Blick nicht von uns wenden, ob er nun unter der Erde oder im Himmel ist, denn wo er sich auch befindet, er wird nun für immer und ewig mein Nachbar bleiben.

Bestarbeit

Der Taxifahrer rief an. Seine Nikotinstimme teilte ihm mit, dass ein Ehepaar aus dem gelben Eckhaus verreist sei, mittleren Alters, nein, keine Kinder, seiner Meinung nach hätten sie gar keine, sie hätten Koffer geschleppt, prallvolle. Die Wohnung sei leer und warte auf ihn. Seiner Meinung nach eine Goldgrube, sagte der Taxifahrer. Der Mann sei noch wegen der Tickets zurückgelaufen, die er auf dem Küchentisch vergessen hatte. Sie hätten einander angeschrien. Der Mann sei davongestürmt. Die Frau habe mit den Fingern auf das Armaturenbrett getrommelt. Ja, die Reise ging nach London, er war ihnen zum Flughafen gefolgt. Wer zu einer Maschine nach London eilt, der reist nach London, oder?, sagte der Taxifahrer. Der junge Mann entgegnete, in London könne man auch umsteigen, oder? Der Taxifahrer hob die Stimme, er solle keinen Scheiß bauen. Wenn er wieder Scheiß baue, verdammt, lasse er ihn zurückschaffen. Letztes Mal sei es auch nicht seine Schuld gewesen, widersprach der Junge, es habe geheißen, es gebe keine Alarmanlage. Nein! Sie hätten gesagt, es sei nicht sicher, dass es eine gebe. Nicht sicher bedeute nicht, dass es keine gebe. Es bedeute, es sei möglich. Vielleicht! Dass man vorbereitet sein müsse.

Der Junge schaltete das Handy aus.

»Leck mich, du Arsch.«

Zwei Tage lange hatte er das Haus beobachtet, zuvor hatte er sich unter den Anzeigen des benachbarten Immobilienbüros eine Wohnung wie die seine ausgesucht. So sagte er immer, seine Wohnung. Während er vor dem Maklerbüro stand, prägte er sich ein, wie viele Räume sie hatte, wo was war. Er schloss die Augen und stand nachts auf, um zu pinkeln. Im Geiste fand er den Weg aus dem Schlafzimmer, er musste sich gar nicht an der Wand vorantasten. Er musste nicht mal Licht anmachen. Nun wusste er, dass die Wohnung etwa dreißig Millionen wert war. Zwei Tage blieben die Vorhänge unbewegt, das war gut, zwei Tage lang alles unverändert. Auch der Briefkasten wurde nicht geleert. Er spähte aus, wann der Briefträger kam und wann die Müllabfuhr.

Die Vormittage waren ihm am liebsten. Dann erledigte er es meistens. So drückte er sich am liebsten aus, er werde es erledigen. An den Vormittagen sah man alles klarer, es war die leerste Tageszeit. Auch wenn es trüb war oder regnete, es war die leerste. Der Vormittag war leer und genau. Es war leichter, sich etwas von ihm zu nehmen. Vom Ungenauen zu nehmen war viel schwerer. Du weißt nicht immer, was du nimmst und wie viel. Vom Trüben nimmst du oft so viel, dass du es gar nicht tragen kannst. Es erdrückt dich. Es bringt dich um.

Er trat ins Haus, eine beleibte Grauhaarige manövrierte mit ihrem Einkaufsroller nach draußen, der junge Mann grüßte lächelnd und klapperte mit der umgehängten Werkzeugkiste. Bis auf ein paar Kieselsteine war sie leer. Außer ein paar Dietrichen brauchte er nichts. Die Frau lächelte zurück. Erste Etage rechts, er nahm die Treppe. Ein Fußabtreter mit Kätzchen, was sonst. Die Tür knackte dreimal, und auf war sie, die Hornochsen glauben, dass ein Querriegel was bedeutet. Er verschloss sie, wie er sie geöffnet hatte. Natürlich schloss er sich ein. Das war ein wenig gefährlich, denn wenn er abhauen musste, verlor er Zeit, doch wenigstens gab es etwas Sicherheit. Er atmete tief ein, seine Nasenflügel bebten. Er mochte es, den Geruch fremder Wohnungen zu erschnuppern, was für eine Frau es war, ob der Mann eine große, kräftige Statur hatte oder ein Beamtentyp war, den Duft der Möbel. Kindergeruch machte ihn immer nervös. Kinderspielzeug war gefährlich, es lag verstreut herum, man konnte darüber stolpern und machte Lärm. Einmal hatte er eine Lesebrille mitgenommen, sie lag neben dem Kopf einer schlafenden alten Frau. Dreitausend Forint hatte er dafür bekommen, dabei dürfte sie dreißigtausend wert gewesen sein. Er hatte sich in einer Optikerfiliale umgesehen, deshalb wusste er, wie viel so eine Brille kostete. Über die alte Frau gebeugt, hatte er den Duft der Kuchenreste auf dem Nachttisch nicht wahrgenommen. Ihr Geruch hatte ihn verdrängt. Auch der Schlaf hat einen Geruch und das Wachsein auch.

Er war drin und empfand sogleich etwas Bedrohliches. Hundegeruch? Nein, das hätte er gewusst, ein Tier lässt man nicht so zurück. In der Diele lag ein dicker, roter Teppich auf dem Parkett. Vorsichtig ging er bis zur angelehnten Wohnzimmertür, schob sie mit der Fingerspitze an, lautlos öffnete sie sich. Durchschnittliches Mobiliar, ein Polstersessel, die riesige Lehne ihm zugewandt, ein volles Bücherregal mit unregelmäßigen Lücken, die Rolläden zur Hälfte heruntergelassen, der Staub tanzte. Er lächelte, am Vormittag tanzt sogar du, Miststück. Ich möchte dich mal am Nachmittag sehen. Ein geöffneter Kleiderschrank. An der Wand hingen jede Menge Bilder, Familienfotos, Strandaufnahmen, Hochzeitserinnerungen, Zusammensein mit Freunden. Ein paar Bilder schienen entfernt worden zu sein, das verrieten die dunklen Ränder. Wie er solche Dinge hasste. Dann sah er auch in die beiden anderen Zimmer, auch dort Unordnung, Spuren von Hast. Eine Damensocke lag auf dem Parkett, wie ein kleines Fragezeichen. In der Küche fand er ein angebissenes Butterbrot auf einem Porzellantellerchen. Der Kühlschrank summte, er sah hinein. Sein Blick fiel auf eine Flasche Bier, plötzlich bekam er Lust darauf. Er öffnete sie mit den Zähnen, wie er es drinnen gelernt hatte. Es zischte, die Verschlusskappe rollte über den Tisch, blieb aber am Rand liegen. Der Schaum lief über, er leckte sich die Finger ab. Neben dem Rohr des Heizkörpers lag ein Schraubenschlüssel. Wieder überkam ihn ein ungutes Gefühl.

»Wer ist das?«

Er wich ein wenig zurück und griff nach dem Schraubenschlüssel.

»Wer ist da?!«

Es war eine alte, zittrige Stimme. Sie kam aus dem Wohnzimmer, ein Schlurfen, Augenblicke später stand der Mann in der Küchentür. Er hielt sich mit seiner leberfleckigen Hand am Türstock fest, seine Knie schlugen immer wieder zusammen. Ein Greis. So ein steinalter Hosenscheißer. Der junge Mann verstand nicht. Wo kam der denn her?

»Das ist mein Bier«, sagte der Alte.

Der Junge nahm einen Schluck und stellte die Flasche

auf den Tisch. Er wies mit dem Schraubenschlüssel Richtung Wohnzimmer.

»Gehen Sie zurück. Auf der Stelle!«

»Wohin?«, fragte der Alte.

»Wo Sie hergekommen sind.«

»Glaubst du, ich habe Angst?« Der alte Mann sah ihn auf eine Weise an, dass der Junge nicht entscheiden konnte, ob er ihn verarschte oder wirklich Angst hatte. Gestank breitete sich aus. In solchen Momenten schlug man gewöhnlich zu. Wenn jemand einem blöd kam oder große Angst hatte. Und nicht überlegt und weil man es wollte. Man überlegt gar nicht. Die Mehrheit will nicht zuschlagen. Wer zuschlägt, ist ein Idiot. Da ist keine Überlegung dabei, jemandem den Schädel einzuschlagen, einmal und noch einmal, nicht aufhören zu können damit. Das ist nicht geplant.

Er holte tief Luft, er versuchte sich zu beruhigen. Der Alte schlurfte zurück ins Wohnzimmer. Der Junge betrachtete ihn genau, er trug Cordsamt, wie Mihály, der Erzieher. Eine Cordhose mit dicken Rippen und ein Jackett mit blankgewetzten Ellenbogen. Der Junge folgte ihm, dem Geruch nach.

»Wo ist das Geld?«

»Was für Geld?« Der alte Scheißer drehte sich nicht einmal um.

»Sie sagen mir, wo es ist, und ich bin schon weg.«

»Es ist keines da. Wenn sie zurückkommen«, er deutete mit dem Kopf zur Eingangstür, »dann ist wieder was da. Die Rente kommt in drei Wochen.«

»Erzähl mir bloß nicht, verdammt noch mal, dass du hier keinen blanken Heller hast.«

Der Alte stützte sich auf den Polstersessel. Der Junge ging auf ihn zu, wieder stieg ihm der Geruch in die Nase. Er rieb sich die Schläfen. Er wartete, bis sich der Alte im Polstersessel niedergelassen hatte, dann trat er zum Wandschrank und zog scheinbar aufs Geratewohl ein paar Schubladen heraus. Man durfte nie mit der obersten Lade beginnen. Dort fand sich nur Scheißdreck. In die oberste Lade taten sie nichts. Die Spuren des Packens konnte er jedenfalls erkennen. Dass sie die Schachtel und das da ausgeräumt hatten. Dann fand er ausgerechnet in der obersten Lade eine große, flache Metallkassette. Sie war schwer, klapperte. Irgendwas muss es hier doch geben, er grinste. Als er das Seidenband, das herumgeschlungen war, durchgebissen und den Deckel aufgeklappt hatte, blieb ihm die Spucke weg. Es waren Auszeichnungen. Alle möglichen Auszeichnungen, roter Krimskrams, Medaillen, kleine Dinger mit Ketten. Rote Büchlein. Urkunden.

»Was sind Sie denn, Kommunist?«

Der Alte überlegte.

»Ich weiß es eigentlich gar nicht mehr.«

»Wenn ich Kommunist wäre, würde ich das schon noch wissen«, lachte der Bursche.

»Du glaubst, du bist dies oder jenes. Dabei bist du gar nichts«, sagte der alte Mann nachdenklich.

Der Junge wurde ärgerlich, er verplemperte seine Zeit mit Blödsinn.

»Ich frage Sie zum letzten Mal, wo ist das Geld!«

»Wenn sie zurückkommen, sagen sie es. Sie wissen es. Ich bin einfach nur hier. Dort ist mein Zimmer«, sagte er. »Hierher komme ich, wenn sie es erlauben. Sie erlauben es nicht immer. Sie ermuntern mich nicht dazu. Aber jetzt sind sie weggefahren. Da bin ich eben rausgekommen.«

»Was machen Sie denn hier?« Der Junge sah sich um. Hier ist ganz bestimmt kein Tablet oder Laptop zu holen.

»Ich bin einfach nur hier.«

Der alte Mann griff nach der Kassette. Der Bursche reichte sie ihm unwillkürlich, der Alte begann darin herumzustöbern. Er nahm einen kleinen roten Klimbim heraus.

»Steck dir das an.«

»Warum?«

Der Junge nahm die Auszeichnung und steckte sie sich an die Brust.

»Steht dir gut«, nickte der Alte. »Wie gut sie dir steht.« Er deutete hinter ihn. »In dem Schrank da ist eine Schachtel. Oberstes Fach. Dort ist immer das Geld für die Schwester und die Sicherheitsreserve drin. In der Schokoladenschachtel. Hast du sie? Sie haben gesagt, wenn es alle ist, schicken sie welches.«

Der Bursche sah in die Schokoladenschachtel. Ein Dreck war da drin. Er sah zwei Rechnungen und einen zerknitterten Einzahlungsschein.

»Du alter Bock, sag, wo das Geld ist, und ich gehe. Ich tu dir nichts, versprochen.« Er dachte schon daran, das Ganze in den Wind zu schreiben. Sie würden ihn fertigmachen, trotzdem, es hatte keinen Sinn mehr.

»Ich weiß nicht, ob da Geld ist.« Der Alte zuckte mit den Schultern und wischte sich seine tropfende Nase ab. Dann sagte er: »Geh nicht weg.«

Der Bursche glaubte, nicht recht zu hören.

»Bleib noch ein bisschen, wenn du schon da bist.«

Er hielt immer noch den Schraubenschlüssel in der Hand. Er hatte mal Zicheltern gehabt, die mit so was die Gasflaschen aufschraubten. Einmal war Onkel Kálmán so betrunken gewesen, dass er vergaß, den Dichtungsring draufzusetzen. Er hatte den Gasgeruch bemerkt, er hatte immer schon einen guten Riecher gehabt. Sie hätten in die Luft fliegen können, die Tante war gerade dabeigewesen, Hackfleisch zu braten. Sie kreischte, doch nur so lange, bis Onkel Kálmán ihr eine knallte. Da war sie still und redete ein paar Tage nicht mehr. Mit dem Mund wäre das auch schwierig gewesen. Doch ihn schlug sie wie immer. Die Schläge der Tante waren schnell und heimtückisch. Ihre Handflächen waren wie Brennesseln. Sie ließen ein Brennen zurück und Scham. Er hätte das gerne erlernt. Doch es gelang ihm nie, so zu schlagen, dass es brannte. Wenn er zuschlug, krachte es. Jedes Mal.

In der Küche knackte der Heizkörper. Der alte Mann wischte sich mit seinem riesigen Taschentuch die Nase ab. Er tastete sein altes Jackett ab, fand aber nichts.

»Ich habe kein Geld, hier gibt es nichts mehr, aber bleib doch trotzdem da.«

Es läutete. Der Alte lächelte.

»Mach auf!«

»Verfluchter Scheißkerl, wen hast du mir auf den Hals gehetzt?«

»Sie werden die Tür aufbrechen. Willst du das?«

Der Junge schüttelte den Kopf.

»Wer ist das?«

»Das Mittagessen.«

»Du lügst, verdammt, doch nicht um diese Zeit.«

»Mittwochs kommt es früher.«

»Das ist nicht das Mittagessen«, flüsterte der Junge, er war kalkweiß geworden.

»Okay, mach auf. Immer mit der Ruhe. Auch wenn es nicht das Mittagessen ist, wir finden eine Lösung. Aber es ist das Mittagessen. Riechst du es nicht?«

Der Junge holte tief Luft, er ging zur Tür und spähte hinaus. Es waren keine Polizisten. Zwei Personen standen draußen, ein stämmiger Mann von dunkler Hautfarbe und eine korpulente junge Frau, sie trugen einen Henkelmann. Er dachte fieberhaft nach. Okay, es ist doch das Mittagessen. Aber wieso kamen sie zu zweit. Es konnte eine Falle sein oder eine Situation, die man intuitiv lösen musste. Erster Stock. Er konnte aus dem Wohnzimmerfenster springen. Er nahm den Schlüssel vom Haken und öffnete die Tür.

»Guten Tag«, sagte er. »Zu wem wollen Sie?«

»Mittagessen«, sagte die Frau.

»Wer zum Teufel bist du denn?!«, fragte der Stämmige. Er blies sich auf wie ein kampfbereiter, riesiger Hamster. Der Bursche sah, dass er nicht gefährlich war. Er könnte ihm ohne weiteres das Gesicht zertreten.

»Immer mit der Ruhe«, sagte hinter ihm der alte Mann, der herausgeschlurft war. »Das ist Béla, der Verwalter. Margit, die Krankenschwester.« Er deutete mit seinen rotzigen Fingern auf ihn. »Ein Verwandter. Laci. Er hat den Heizkörper repariert. Jetzt knackt er nicht mehr so. Hörst du, Béla, jetzt ist er still wie ein Grab. Laci ist ein geschickter Junge.«

Béla musterte den Burschen.

»Können wir reinkommen?«

»Natürlich«, sagte der alte Mann, »kommt nur.«

Sie traten ein, der Bursche musste bis zur Wohnzimmertür zurückweichen. Der Alte keuchte hinter ihnen her.

»Ich weiß von keinen Verwandten«, bemerkte Béla und fixierte die Auszeichnung.

»Mein Sohn vergisst alles.«

»So geschickt bist du, Laci, dass du einen Orden bekommen hast?«, fragte Béla.

Der Bursche nickte. »Du kannst dir gar nicht vorstellen, Béla, wie geschickt ich bin.«

Béla ließ nicht locker, nun fragte er den Alten.

»Und wie lange bleibt dieser ... Laci noch hier?«

»Wie lange bleibst du?«, fragte der alte Mann den Burschen.

»Die Hähne müsste ich mir noch ansehen. Auch unter dem Waschbecken tropft es, nicht?« Der Alte lächelte und säuberte sich mit der Zunge die Zähne. Dem Burschen lief es kalt über den Rücken.

»Bringen Sie das Essen in die Küche«, sagte der alte Mann zu der Frau. Nun bemerkte der Bursche, dass sie rotgeweinte Augen und ein geschwollenes Gesicht hatte. Als wäre sie die ganze Nacht auf gewesen, hätte gestritten, getrunken und geweint. Richtig schlimm war sie nicht geschlagen worden, hatte höchstens ein paar Ohrfeigen kassiert. Sie zuckte die Achseln und ging hinaus. Der Junge spürte, dass der Alte das Kommandieren gewöhnt war. Dass diese brüchige, kaputte Stimme noch zu herrschen verstand. Sie konnte befehlen, dirigieren oder in leisem Ton etwas so sagen, dass es Gewicht hatte. Dass diese Stimme, dieser zittrige Mund und die Worte, die ihn verließen, etwas verändern konnten in der Welt. Oder die

Illusion hatten, etwas zu verändern. Möglich, dass sie etwas veränderten, aber den Menschen nicht. Darum geht es ja. Und darum, dass sie ihn fertigmachen würden. Sie würden ihn fix und fertig machen. Die Frau rief aus der Küche, hier stinke was. Sie schaue mal im Kühlschrank nach, ob da etwas verfault. Und sie werde das Fenster kippen. Die Medikamente stelle sie auf den Couchtisch, die müsse er heute einnehmen.

»Ja, welche denn morgen?«, fragte der alte Mann und zwinkerte Béla zu, der am Türrahmen lehnte.

»Morgen müssen Sie die einnehmen, die ich morgen hinstelle.« Die Frau kam herein, ungewollt entschlüpfte ihr ein Lachen. Sie fuhr sich nervös durch die Haare und bückte sich nach einer davongerollten Pille, der Junge sah ihre Schenkel, auf denen sich dünne Krampfadern abzeichneten. Er hätte gerne hingefasst.

»In den Treppenhäusern sind Zeugen Jehovas unterwegs«, bemerkte Béla. »Es kann aber auch sein, dass es gar nicht Zeugen Jehovas sind, sondern diese Volkszähler, oder wenn nicht die Volkszähler, dann die Unterschriftensammler. Man braucht sie nicht hereinzulassen.« Béla starrte dem Jungen zwischen die Augen. »Man braucht nicht jeden reinzulassen. Denn was wird dann daraus. Man lässt ihn rein, und dann will er nicht mehr gehen.«

Der Junge lächelte, sachte pendelte der Schraubenschlüssel in seiner Hand.

»Wann gehst du doch gleich, Laci?«, fragte Béla.

»Ich sage doch, dass ich mir noch die Hähne ansehe«, antwortete der Junge.

»Vielleicht bleibe ich so lange da«, nickte Béla. »Ich habe massenhaft Zeit.«

»Nicht nötig«, warf der alte Mann ein und hob sich ein Stück aus dem Polsterstuhl. »Sag, Béla, kannst du mir nicht einen Fünftausender leihen? Wenn die Rente da ist, kriegst du ihn zurück. Du weißt, dass du ihn zurückkriegst.«

Béla holte tief Luft und stieß sie aus, als täte sie ihm weh. Offenbar war dem auch so. Man meinte seine Rippen knacken zu hören. Fünftausend können verdammt wehtun. Der Junge schlenkerte mit dem Werkzeug, seine Hand hatte sich mit dessen Gewicht schon angefreundet. Er taxierte die Gegebenheiten, wie man zuschlagen müsste, mit welchem Schwung und wie dann den Körper zur Seite stoßen und rennen. Der Alte steckte das Geld ein. Die Frau stand in der Tür zum Flur und rauchte.

»Ist es okay, wenn ich gehe?«

Sie erwartete keine Antwort.

»Sie wissen ja, ich habe es eilig heute«, sagte sie und blies den Rauch zur Seite. »Komm, Béla.«

Béla sah den Alten an.

»Soll ich wirklich gehen, Genosse Vas?«

»Aber sicher.«

»Du kannst ruhig gehen, Béla«, sagte der Bursche.

»Soll ich nicht anrufen?«, fragte Béla.

»Ruf nicht an, Béla«, sagte der Alte.

»Ich möchte trotzdem anrufen«, Béla schüttelte den Kopf, den Blick auf den Orden geheftet.

»Kannst du ruhig«, sagte der Junge. »Ruf an, wen du willst, Béla.«

»Drohst du mir?«, fragte Béla, und jetzt fiel dem Jungen auf, dass Béla Angst hatte. Entsetzliche Angst. Hände und Mundwinkel verrieten es. Er hatte solche Angst, dass er schreiend hinauslaufen wollte. Er ließ die Schlüssel durch die Finger gleiten, als wollte er damit zuschlagen, doch er wusste, dass keine Zeit dazu war.

»Na, kommst du, Béla?«, drängte ihn die Frau, die schon in der Tür stand. In Bélas Hand rasselte der Schlüsselbund. Er lächelte. Er tat so, als würde er glauben, dass alles in Ordnung sei. Sie gingen wirklich. Der Junge wusste, dass Béla am Treppenabsatz verschnaufte, seinen Herzschlag beruhigte, sich den Schweiß von der Stirn wischte, in sein Taschentuch spuckte und zurück zur Eingangstür schlich, um zu lauschen.

»Sagen Sie, dann die Hähne«, wies er den Alten an, »also dann die Hähne, mein Sohn. Sagen Sie, jetzt die Hähne, Laci!«

»Sieh dir die Hähne an, mein Sohn«, schnarrte der alte Mann, er lächelte.

»Lauter!«

Der alte Mann wiederholte es.

»Wenn sie zurückkommen, ist das Geld da«, sagte er leiser, und der Bursche verstand, dass er die Verreisten meinte. Die dort auf der Hochzeit, auf dem Ausflug, auf der Betriebsfeier lächelten. Der Junge zeigte zur Wand, auf die dunklen Ränder.

»Wegen Ihnen kommt niemand mehr zurück«, sagte er. »Für ein, zwei Wochen nimmt niemand die Bilder mit. Und in der Küche ist alles aufgeschrieben, Strom, Gas, Wasser. Wo ist das Geld? Sie müssen welches hiergelassen haben.«

»Haben sie nicht.«

Der Bursche zappelte unruhig, schlenkerte mit dem Schraubenschlüssel. Erst jetzt bemerkte er, wie sehr auch seine Hände schwitzten.

»Wenn's kein Geld gibt, sitze ich in der Scheiße.«

Der Alte reichte ihm den Fünftausender.

»Da.«

»Ich sitze wieder in der Scheiße. Die machen mich fertig.« Der Bursche stopfte das Geld in seine Jeans und hantierte mit dem Schraubenschlüssel. Er legte ihn auf den Schoß. Streichelte ihn.

»Wer macht dich fertig?«

»Spielt keine Rolle.«

»Ich habe eine Flasche Cognac«, sagte der Alte. »Niemand weiß davon. Auch die nicht. Niemand. Ein alter Cognac. Unter dem Bett. Ich dachte, einmal wird es einen Anlass geben, ihn aufzumachen. Vielleicht ist es jetzt soweit.«

Der Bursche fand die Flasche am angegebenen Ort, einen Branntwein mit vier Sternen. Nicht überwältigend. Ganz und gar nicht überwältigend. Er dachte, dass wohl alle davon wussten. Sie wussten, dass der Alte ein Geheimnis hatte, einen versteckten Cognac, und den ließen sie ihm. Sie hatten herausbekommen oder einfach nur bemerkt, wo er ihn hingetan hatte. Mal versteckte er ihn hier, mal dort. Sie ließen es zu. Soll er ihn nur verstecken. Wer ein Geheimnis hat, der fühlt sich reicher. Die Mehrzahl der Geheimnisse ist Makulatur und einen Dreck wert. Man muss den Menschen ihre Geheimnisse lassen, dann sind sie ruhiger. Wer ein Geheimnis hat, ist gefügiger. Und dankbarer. Wem du sein Geheimnis wegnimmst, der springt dir an die Gurgel. So einfach ist das. Er schenkte ein.

»So ein beschissenes Zeug«, er hustete.

»Aber es ist da«, sagte der Alte.

Der Bursche schenkte nochmals ein.

»Haben Sie in die Hose gemacht?«, fragte er.

Der Alte nickte. »Als sie die Tür hinter sich abgeschlossen haben. In dem Moment. Als mein Sohn zurückkam, verflucht noch mal, die Tickets, das darf doch nicht wahr sein, muss ich denn an alles denken, da hatte ich die Hose schon voll.«

»Hat er etwas gesagt?«

»Wer?«

»Na Ihr Sohn, als er wegen der Tickets zurückkam.«

»Hätte er sollen?«

»Das ist doch sonnenklar, dass die Sie hier sitzengelassen haben.«

»Sie kommen zurück«, murmelte der alte Mann.

»Was machen sie in London?«

»Woher weißt du, dass sie nach London wollen?«

»Die Palastwächter dort haben irre hohe Mützen«, der Junge zeigte es.

»Richtig«, nickte der Alte. »Dort hat Marx gelebt. Verstehst du? In London.«

Der Junge zuckte die Achseln. Sie schwiegen, wieder begann der Heizkörper zu knacken. Vielleicht tropfte er auch. Der Kühlschrank summte.

»Weinst du, weil sie dich fertigmachen?«, fragte der alte Mann.

»Nein.«

»Warum dann?«

»Ich würde so gerne jemand totschlagen«, sagte der Junge, er griff nach der Cognacflasche und trank. Sein Körper wurde von einem Weinkrampf geschüttelt. Auf seiner Brust tanzte der Arbeitsverdienstorden in Gold.

Cornelia Vlad

Es war noch Vormittag, als Gruber das Telegramm erhielt. Eine Personalreferentin namens Katika, eine duftende kleine blonde Frau, brachte ihm das Kuvert hinunter in die Werkstatt. Gruber beobachtete, wie sie mit spitzen Schritten über die Ölflecken hinwegtänzelte, und sobald das gleißende Licht am Halleneingang ihre unwirklich leichte Gestalt verschlungen hatte, riss er den Umschlag mit einer einzigen schnellen Bewegung auf. Umständlich zündete er sich eine Zigarette an, um dann auf den Parkplatz des Fabrikhofs hinauszuschlendern. Lange blieb er neben einem gelben Wartburg stehen. Am Rückspiegel hing eine Teufelspuppe, sie grinste ihm ins Gesicht. Plötzlich musste er furchtbar dringend pinkeln, und ohne die näher kommenden Radfahrerinnen zu beachten, pisste er in die Hecke am Fabrikzaun. Eine der Frauen beschwerte sich lautstark, Gruber antwortete, seinen Schwanz ausschüttelnd:

»Verdammte Scheiße!«

Auf dem Rückweg ging er in die benachbarte Halle, zu Urbán, der einen Lieferwagen hatte.

»Wozu brauchst du ihn?«, fragte Urbán und kniff die Augen zusammen. Gruber sagte es ihm, dabei schluckte er schwer und wurde rot. Dann teilte er seinem Chef mit, er werde eine Woche Sonderurlaub nehmen, doch es sei möglich, setzte er leise und abermals errötend hinzu, dass mehr daraus werde. Grubers Chef nickte zögernd und klopfte ihm verlegen auf die Schulter, wie um ihn zu ermutigen. Gruber duschte ausgiebig im leeren Bad. Er war über fünfzig, gedankenverloren betrachtete er seinen Körper. Hier zu viel Fleisch, dort zu wenig, und auch das wenige begann schon zu erschlaffen, als wollte es sich von den Knochen lösen. Und diese heimtückisch launischen Schmerzen in Kreuz und Schultern, die plötzlich, ohne jedes Vorzeichen auftreten, weil sie weder mit Wetter noch mit Müdigkeit zu tun haben. Wo verkriechen sie sich sonst? Er hob die Hand vors Gesicht, er schaute die Tätowierung an, als wäre mit der Nachricht auch sie ihm verlorengegangen. Sie war nicht verlorengegangen. Der Name prangte in Blau auf seiner Hand: Margit. Gruber seifte sich unten rum ein, dass es schäumte, ihm fiel auf, dass er hier in der Fabrik noch nie um die Mittagszeit geduscht hatte. Merkwürdig, wie das Bad glänzte. Durch die Fensterreihe kam grelles Licht herein, während die Neonröhren sich blind über den fleckigen, feuchten Bauch der Decke zogen. Oder hatte er nicht doch schon mal um diese Zeit unter der Brause gestanden? Vielleicht damals, als die Nachricht kam, dass seine Frau an der Pforte wartete, weil es seiner Mutter schlechtging. Das war lange her. Sicher zehn Jahre. Doch es könnte auch sein, dass er damals nicht geduscht, sondern sich nur den Anorak übergeworfen hatte und in Arbeitsstiefeln und ölverschmiertem Overall mit dem Taxi ins Krankenhaus gefahren war. Vielleicht war es so. Man kann sich nicht an alles erinnern, das ist auch nicht nötig. Röchelnd schluckte der Abfluss den grauen Schaum. Gruber betrachtete die werkseigenen Holzpantinen, die neben der Wand aufgereiht waren.

Vierundfünfzig Paare. Er, Gruber, war zweiundfünfzig Jahre alt. Er trat aus dem Wasserstrahl und seifte sich erneut ein.

Der Pförtner winkte nur, er müsse seine Tasche nicht herzeigen. Doch er kam aus seiner Loge zu ihm auf die Straße.

»Mein Beileid, János«, sagte er und reichte ihm die Hand. Gruber ging geradewegs zur Genossenschaftskasse und stand eine halbe Stunde in der Schlange, die nur schwerfällig vorankam, er schwitzte, hatte Brechreiz und Schüttelfrost, immer wieder musste er den Prospekt lesen, der an der Wand angepinnt war und für eine bunte, auch im Ausland gültige Bankkarte warb. Als er an die Reihe kam, hob er sein gesamtes Geld ab.

»Einiges davon liegt fest«, murmelte die junge Frau am Schalter.

»Das bitte auch«, sagte Gruber und blickte über ihren kleinen Haarknoten hinweg. Nur eine Ecke weiter war das Hauptpostamt. Auf der Straße wogte eine Menge in vorfeiertäglich erregter, aufgekratzter Stimmung. Auch auf der Post musste man anstehen, jeder verschickte Ansichtskarten. Gruber starrte auf die gelben Finger eines sehr alten Mannes, der vor ihm ein Bündel Ansichtskarten durch das kleine Fenster schob. Vielleicht fünfzig Stück. Ihm kam der Gedanke, dass auf jeder dasselbe stand. Frohe und besinnliche Feiertage. Der Alte wandte sich um und sah Gruber starr ins Gesicht, als hätte er dessen Gedanken erraten. Gruber gab Telegramme auf. Eines an die Eltern, zwei an die Geschwister seiner Frau, ein weiteres an eine nahe Verwandte von ihr. Auch er gebrauchte in jedem Telegramm dieselben Worte.

Daheim trank er ein Bier, öffnete eine zweite Flasche, nahm aber nur noch einen Schluck. Endlich erbrach er sich. Lange würgte er, auf den kalten Küchenfliesen kniend, über dem halbvollen Mülleimer. Am späten Nachmittag ging er zu Urbán, um den Lieferwagen zu holen.

Urbán zog die Nase hoch. »Soll ich wirklich nicht mitkommen?«

Gruber schüttelte den Kopf. »Nicht nötig.«

»Er keucht ein wenig«, Urbán deutete auf den Lieferwagen. Mit einem Spültuch in der Hand erschien Frau Urbán im Hof. Eine kleine und dicke, doch flinke Person, in den ausgefransten Hauspantoffeln ihres Mannes. Mit großen, braunen Augen sah sie Gruber an.

»Wissen Sie, János, ich verstehe das nicht.«

»Was denn?«

Sie geriet in Verlegenheit.

»Ist es wirklich schon vor einer Woche passiert, János?«

»Vor fünf Tagen.«

»Haben Sie nicht nach ihr gesucht, János?«

»Ich habe geglaubt, sie hätte auf dem Rückweg in Püspökladány Station gemacht. Da wohnt ihre Schwester.«

Gruber saß bereits in dem Lieferwagen.

»So was hat sie auch früher schon gemacht«, sagte er vor sich hin.

»Vielleicht ein Missverständnis«, Frau Urbán wandte sich ab.

Gruber antwortete nicht. In der Nacht konnte er nicht schlafen. Er packte umständlich, schleifte seinen Schatten durch die kalte Wohnung. Er öffnete den Kleiderschrank sperrangelweit und starrte auf die Blusen und Jacken seiner Frau, nahm ihren Duft wahr. Am liebsten hätte er wieder erbrochen, doch sein Magen war leer. Wenn sich wenigstens die Kreuzschmerzen melden würden! Gerne hätte er irgendetwas anderes gespürt, als mit diesem zehrenden, ungewissen Zustand zu ringen, wie er ihn nie zuvor erfahren hatte. Nicht einmal beim Tod seiner Mutter. Was zum Kuckuck war das?

»Verdammte Scheiße«, knurrte er. Auf einmal war er hellwach, wie einer, der jeden Moment mit seinem Mörder rechnet. Er löschte das Licht, um es im nächsten Moment wieder anzumachen. In einem einzigen Zug trank er das restliche Bier aus und erbrach es gleich wieder.

Es war noch dunkel, als er losfuhr. Er wollte noch im Morgengrauen oder spätestens am frühen Vormittag in der Stadt auf der anderen Seite der Grenze eintreffen. Doch er kam langsamer voran als geplant, die Straße war voller Schneematsch, der Schlamm spritzte hoch, es taute stark. Auf der anderen Seite der Grenze ging der junge Soldat gleich zweimal um den Lieferwagen herum. Er verstand nicht, warum er leer war. Wenn er von drüben nichts mitbrachte, warum kam er dann. Immer bringen sie was mit. Und nehmen etwas mit zurück. Wer leer unterwegs war, machte sich verdächtig. Mindestens! Gruber blieb im Wagen. Der junge Soldat trat kräftig gegen die Reifen. Er bückte sich, ruckte heftig an der Karosserie. Dann trat er so nah an ihn heran, dass Gruber unwillkürlich den Kopf zurückzog.

»Zweck der Reise?«, fragte er auf Ungarisch.

»Eine persönliche Angelegenheit«, antwortete Gruber, vor sich hin starrend.

»Was heißt persönlich?« Die Frage kam bereits von einem Offizier, der vor den jungen Soldaten trat. Gruber zeigte ihm das Telegramm. Der Offizier machte eine merkwürdige Bewegung, als ob sich nicht mal mehr das Ärgern lohnte.

Der junge Soldat beugte sich hinter dem Offizier vor. »Eine Zigarette?«

Neben der buckligen Landstraße standen kahle Pappeln in Reih und Glied, die Stämme weiß gekalkt. So etwas hatte Gruber in Deutschland gesehen, das heißt bei den Ostdeutschen. Und natürlich in den Höfen der Russki-Kasernen in Ungarn, als es noch Russki-Kasernen im Land gab. Gruber verstand selbst nicht, warum es ihm so sehr zuwider war, wenn Baumstämme mit Kalk bestrichen wurden. Wenn er das sah, ekelte es ihn, ihm wurde richtig schlecht, er wusste selbst nicht, warum. Dann beruhigte ihn der ungewöhnliche Anblick der Strommasten. Es waren ebenmäßige Bäume, knorrige und von den Ästen befreite Stämme, die dennoch wie gewaltige, in die Erde gerammte Arme wirkten. Gewöhnlich waren sie mit einem, selten mit zwei Drähten verbunden. Und als unter dem schmutzig grauen Himmel die ersten Häuser am Stadtrand auftauchten, die winzigen Gärten voller Schneematsch, mit den kahlen Obstbäumen, die Schuppen im Hof, die überdimensionierten Werksgelände und die Landwirtschaftsbetriebe, in deren Höfen sich Maschinen stapelten, die nicht sehr funktionstüchtig aussahen, da fiel ihm ein, dass er eigentlich noch nie in einem ungarischen Krankenhaus gewesen war, geschweige denn in einem ausländischen. Krankenhaus? Niemals. Er war noch nie so krank gewesen, dass er ins Krankenhaus hätte gehen müssen. Mit was für einem Leiden denn? Mit Kreuzschmerzen oder Sodbrennen? Mit seinen Schwielen? Und auch seine Frau war nie so krank gewesen. Jedenfalls bisher nicht.

Gruber hatte Schlimmeres erwartet. Vor dem mächtigen, gelben Block des Spitalsgebäudes breitete sich ein endlos scheinender Park aus. Zwischen den kahlen Platanen prahlten die Fichten mit ihrem frischen, plakativen Grün. Entlang der Promenade graue Schneehaufen, die blinden Spiegel der Pfützen, weicher, kalter Morast, zusammenhängende Kiesflecken. Gruber zeigte dem Pförtner sein Telegramm, mit dem Zeigefinger tippte er ein paar Mal auf den Namen des Arztes, worauf der Pförtner in rauhem, aber freundlichem Ton zu einer Erklärung ansetzte. Gruber schüttelte den Kopf, er verstehe nicht. Der Pförtner begann ausladend zu gestikulieren, und Gruber, um diesen Menschen loszuwerden, ging mit raschen Schritten in die Richtung, die ihm der Arm gewiesen hatte, er blickte keinen Moment zurück, er hörte nur, dass ihm der Pförtner etwas nachrief, und das verriet ihm, dass die Richtung stimmte. Ein feuchtkalter Luftzug schlug ihm ins Gesicht, als er die schwere Eingangstür hinter sich zuzog. Ihm kam es so vor, als wäre er in die Massenszene eines Films geraten, wo sich alle nach irgendeiner seltsamen Regel bewegten, denn selbst die ziellos Herumstehenden oder Wartenden schienen in einer begonnenen, sich gerade vollendenden Bewegung begriffen, ob sie nun ihre Zigarette ausdrückten, sich vom Boden aufrappelten und nach einem unsicheren Gefuchtel reglos verharrten oder gerade vor einer Tür stehen blieben und mit steifem Genick das angeschlagene Plakat zu studieren begannen, als müssten sie es sich nun bis in alle Ewigkeit ansehen. Gruber dachte, dass das hier eher ein Bahnhof als ein

Krankenhaus war. Einige Leute saßen in Lumpen und schwere Mäntel gehüllt auf dem Boden. Nach wenigen Schritten war er davon überzeugt, dass es hier drinnen kälter war als im Freien. Er blieb stehen und beobachtete. Die Patienten und die Schwestern trugen dicke Frottémäntel über ihren Krankenhauspyjamas beziehungsweise Arbeitskitteln. Mehr noch, manche Patienten hatten statt Pantoffeln oder Schuhen Stiefel an. Neben dem Eingang hing eine Schultafel an der grauen Wand, Gruber entdeckte darauf den Namen des Arztes, von dem er das Telegramm erhalten hatte. Er wurde in die zweite Etage geschickt und war ganz erstaunt, dass er kaum warten musste. Die Schwester, der er am Korridor das Telegramm in die Hand gedrückt hatte, führte ihn in ein Büro. Der Arzt war klein und schwarzhaarig, unter seinem weißen Kittel trug er einen schwarzen Rollkragenpullover. Er stand nachdenklich, mit verschränkten Armen an einem Tisch, der einer Schulbank ähnelte. Auf das Telegramm warf er nur einen kurzen Blick. Er nickte flüchtig.

»Parlez-vous français?«

»Un pic pe româneşte«[1], antwortete Gruber, einen Moment lang spürte er den Schmerz in seiner Schulter. Er hatte das Gefühl, dass er lächelte. Mittlerweile war der Arzt ans Fenster getreten, die Hände in den Taschen vergraben. Er starrte nach draußen. Auf den Ästen der gewaltigen Eiche vor dem Fenster spielten Eichhörnchen Fangen. »L'artère aorte«, sagte er, und sein Blick folgte den zwischen den Ästen hin und her schnellenden roten Tierchen.

---

1 Ein wenig rumänisch.

»Acesta nu înţeleg, domnu doctor«[1], sagte Gruber.

»Son cœur. Inima.«[2]

Gruber nickte.

»A murit imediat«[3], sagte der Arzt und öffnete das Fenster. Eines der Eichhörnchen stürmte sogleich auf ihn zu, mit einem Satz war es in seiner Hand. Der Arzt hielt ihm Walnussstücke hin, kleine Gehirne. Er las sie vom Fensterbrett auf. Die frische Luft strömte Gruber ins Gesicht. Wieder nickte er nur, ja, das hatte er verstanden, sie war gleich tot gewesen.

»Ich möchte sie mitnehmen«, sagte er auf Ungarisch. Der Arzt streichelte das rappelige Tier, er war mit seinen Gedanken sichtlich woanders.

»Ncă aztăzi?«[4], fragte er.

»Aşi vrea să-l iau aztăzi«[5], antwortete Gruber.

»Je ne sais pas«, gab der Arzt zurück, er ließ das Tierchen wieder hinaus, und nachdem er das Fenster langsam und umständlich geschlossen hatte, trat er zu einem kleinen, weißen Schrank an der Wand. »Trebuie să procuri permissiunile«[6], seufzte er. »Je crois qu'il ne sera pas facile.«

Gruber wurde plötzlich unsicher.

»Ist sie obduziert worden?«

Aus dem oberen Fach des Schranks kamen bekannte Dinge zum Vorschein, eine Kunstlederhandtasche, die

1 Das verstehe ich nicht, Herr Doktor.

2 Ihr Herz.

3 Sie war sofort tot.

4 Noch heute?

5 Ich möchte sie heute mitnehmen.

6 Man muss die Genehmigungen einholen.

Geldbörse und der Pass. Auch ihre Kunstfellmütze. Die hatte sie letztes Jahr zu Weihnachten bekommen.

»Eu am făcut«[1], sagte der Arzt, während er Gruber einen Gegenstand nach dem anderen überreichte. Gruber betrachtete seine Finger. Der Doktor hatte weiche, gepolsterte Hände. Gruber schnupperte in ihre Tasche hinein. Sie duftete noch immer stark nach Kaffee. In der Geldbörse fehlte kaum Geld, es war zwar nicht mehr alles da, aber immerhin noch drei-, viertausend Forint in zerknitterten Hunderter- und Fünfhunderter-Scheinen. Gruber hielt sich ihren Ehering vors Gesicht. Seltsam, dass sie ihr auch den abgenommen hatten. Dutzendware, er wusste gar nicht mehr, ob aus Gold oder nur vergoldet. Er ließ ihn rasch in seine Tasche gleiten, doch irgendwie machte ihn diese Bewegung ärgerlich, ein Klotz schien die linke Seite seiner Jacke hinabzuziehen. Der Arzt ging um das Tischchen herum und begann am Telefon zu kurbeln, dabei fing er mit einer Schwester ein Gespräch an, als wüsste er genau, dass es lange dauern würde, die Verbindung herzustellen, und er behielt recht, denn er wiederholte die Kurbelbewegung mindestens zehn Minuten lang, fast automatisch, dabei wurde er weder gereizt noch ungeduldig, und Gruber dachte, dass er selbst den Apparat längst zertrampelt hätte. Als der Arzt endlich eine Leitung bekam, haspelte er einige Worte. Dann lächelte er Gruber zu. Kurz darauf betrat ein junger Mann mit pickeligem Gesicht das Büro. Er keuchte, den Mund weit offen. Seine schlechten Zähnen glänzten von Speichel. Er konnte nicht älter als zwanzig sein, trug aber eine breitrandige Brille,

1 Ich habe es gemacht.

dick wie Sodaflaschenglas, und eine gewaltige Fellmütze. Der Arzt winkte kurz, und Gruber heftete sich dem jungen Mann an die Fersen, der ohne sich umzusehen vor ihm her eilte, manchmal gegen einen Pfleger prallte oder einen Patienten gegen die Wand drückte, einen Rollstuhl oder Essenswagen anstieß, doch ohne haltzumachen oder aus dem Rhythmus seiner energischen Schritte zu geraten. Die mit beißendem Desinfektionsmittelgeruch geschwängerte Luft wurde immer stickiger. Schließlich erreichten sie einen halbdunklen, unterirdischen Korridor. Ihre Schritte hallten. Zu beiden Seiten des Korridors lagen Tote auf den nackten Drahtgeflechten der Krankenhausbetten. Die Handgelenke hatte man ihnen vor der Brust zusammengebunden, bei manchen einfach mit einem Bindfaden, die Glücklicheren hatten eine glitzernde Schnur bekommen. Einer Leiche waren die Handgelenke nicht zusammengeschnürt, ihr linker Arm ragte in den Korridor hinein, sie mussten über ihn steigen. Die Handfläche war nach oben gekehrt, Gruber hatte den Eindruck, sie bitte um etwas. Er stutzte.

»Vor Feiertagen ist das immer so«, sagte der junge Mann plötzlich auf Ungarisch, zum ersten Mal wandte er sich um, und zum ersten Mal sah Gruber in sein starres Gesicht.

»Volles Haus«, setzte er noch hinzu und lachte leise auf. Gruber drückte sich an die klamme Wand, um einen jungen Kerl vorbeizulassen, der unter leisem Ächzen eine tote alte Frau samt Bett hinter sich herzog. Er blieb einige Augenblicke neben Gruber stehen und verschnaufte, dann ging er weiter, ohne ihn eines Blickes gewürdigt zu haben. Auch die Leichenkammer war beinahe voll. Der Bursche nahm ein abgegriffenes Heft von der Wand, blätterte darin, murmelte Zahlen vor sich hin.

»Das ist sie«, er deutete auf eine Leiche, die in der Ecke lag.

»Die?« Gruber trat nicht näher heran.

Der Bursche zuckte mit den Achseln:

»Sie verändern sich.«

Lange betrachtete Gruber das fremde Gesicht. Sie hatte einen starken, vorspringenden Kiefer, der ihr etwas Grobes gab, ihre Nase aber war fein geschwungen, ihre Flügel schienen immer noch zu leben. Die langen Wimpern berührten die bleiche Haut, doch nur das eine Auge war ganz geschlossen, beim anderen war das Lid zur Hälfte angehoben, und Gruber dachte, dass sie ihn vielleicht sogar sah. Eine dünne, zerbrechliche Frau. Sie hatte einen selbstgestrickten Pullover und einen Wollrock an, die Strümpfe waren voller Löcher, der graue, eingerissene Nagel der großen Zehe lugte hervor. Gruber betrachtete unverwandt ihre sich berührenden, zarten Fußgelenke. Dann ihre Hände. Sie waren zusammengeschnürt. Er holte tief Luft, um zu reden. Da bemerkte er, dass das Nachbarbett leer war.

»Wer hat dort gelegen?«, fragte er wie beiläufig, auf das leere Bett zeigend. Der Bursche sah mit einem kleinen Rülpser in sein Heft.

»Warum wollen Sie das wissen?«

»Ich weiß gar nicht.« Gruber bemühte sich weiterhin, gleichgültig zu wirken. Der junge Mann entzifferte den Namen. Zweimal sagte er ihn.

»Ihre Adresse?«, fragte Gruber, worauf der andere den Blick hob und ihn durch das absurd dicke Glas fixierte.

»Fünftausend«, sagte er. »Forint«, fügte er hinzu.

Ohne zu zählen, reichte Gruber ihm das Geld, worauf der junge Mann ihm rasch die Adresse nannte und beinahe freundlich erklärte, wo das Dorf lag, welche Ausfallstraße er nehmen musste, falls er, Gruber, wirklich dorthin wolle. Gruber hörte geistesabwesend zu, während er fortwährend die tote Frau betrachtete.

»Sie wollen hinfahren?«

Gruber hob die Schultern. Sie taten nicht weh. Es wäre besser gewesen, sie hätten wehgetan. Warum taten sie nicht weh?

»Wann ist sie abgeholt worden?«, fragte er.

Erneut sah der junge Mann in das Heft.

»Vielleicht vorgestern«, antwortete er mit einem Achselzucken.

»Ich muss noch eine Kleinigkeit erledigen«, sagte Gruber. »Vielleicht kann ich erst morgen wiederkommen.«

Er gab ihm noch einen Tausender.

»Aber nicht übermorgen«, sagte der Bursche mit einem langen Blick auf das Geld.

Während Gruber sich im Krankenhaus aufhielt, hatte jemand den Rückspiegel des Lieferwagens abgebrochen. Man hätte ihn auch abschrauben können, aber die hatten nicht lange gefackelt. Offenbar hatten sie auch noch etwas anderes gemacht. Das Auto sprang nicht an. Gruber versuchte es eine halbe Stunde lang, dann ging er, vor sich hinfluchend und den Pfützen ausweichend, zurück zum Pförtner. Er fragte nach einem Mechaniker. Der Pförtner machte ein feindseliges Gesicht. Gruber zog einen Tausender hervor.

»Helfen Sie mir bitte.«

Nach einer weiteren halben Stunde tauchte der Mechaniker auf, ein großer, kräftiger, ständig lächelnder Ungar. Mit seinem alten, knallroten Ford fuhr er rückwärts an den Lieferwagen heran.

»Wieviel wird es kosten?«, fragte Gruber.

»Ich weiß nicht, was mit dem Wagen los ist.«

Gruber zog zwanzigtausend Forint hervor.

»Mehr habe ich nicht.«

Gruber übernachtete im reparierten Lieferwagen, in dem mit Autowracks und Ersatzteilen vollgestellten Hof des Mechanikers. Dank seinem Brechreiz konnte er nicht einmal frieren. Kurz vor Mitternacht kam der Mechaniker noch einmal heraus.

»Wollen Sie wirklich nicht reinkommen?«

»Nein.«

»Das kränkt uns.«

»Verzeihen Sie bitte«, schüttelte Gruber den Kopf.

Der Mechaniker steckte eine Schnapsflasche durch die Tür des Lieferwagens.

»Dann trinken Sie wenigstens.«

Der Hund lief die ganze Nacht hin und her. Gruber lauschte dem permanenten, nicht einmal für Momente aussetzenden Rasseln der Kette. Irgendwann vor Morgengrauen hielt er es nicht mehr aus. Er krabbelte aus dem Wagen und ging den Geräuschen entgegen. Ein großer, starker Körper schlug gegen seine Beine. Langsam ging er in die Hocke. Der Wolfshund hechelte ihm ins Gesicht.

»Ich bin Gruber«, sagte er. »Gruber.«

Während der Hund ihn beschnupperte, berührte die kalte Schnauze mehrmals sein Gesicht.

Er wartete den Morgen nicht ab. Als die graue Nebeldecke sich aufzulösen begann, war er schon eine Stunde unterwegs. Er verlangsamte, fuhr fast im Schrittempo. Hinter einer scharfen Kurve tauchte eine gemächliche Gruppe von Ochsen auf. Sie wiegten ihre dicken, schweren Köpfe, als würden sie sich jeden einzelnen Schritt überlegen. Das mochte vor fünfhundert Jahren nicht anders gewesen sein, dachte Gruber. Ulmen, große Buchen und verkümmerte Robinien wechselten einander an der kapriziös kurvenreichen Straße ab. Und Unmengen von Pflaumenbäumen gab es, mit schiefen, schwarzen Stämmen. Er näherte sich dem Dorf. Es war bereits Vormittag, einer jener Vormittage, halb Licht, halb Schatten. An den Straßen drängten sich mickrige, knechtblaue Häuser. Einmal, vielleicht sogar von seiner Frau, hatte Gruber gehört, dass die Mauern wegen der Fliegen so blau waren. Er wusste nicht, ob das stimmte. Die Häuser wurden von baufälligen Zäunen behütet, oder nicht einmal das, wenn hinter verwilderten Hecken und in die Erde geschlagenen Latten das Blau der Mauer hervorschimmerte. Es taute stark. Gruber dachte darüber nach, wie der Schlamm zustande kam. Wie konnten so viele Brocken und weiche Schlammgebirge auf die Straße gelangen? Warum so viele? Warum bei diesem Wetter die Erde aufwühlen? Er musste Lehmklumpen von Melonengröße umkurven. Auf den Gehsteigen sah er unwahrscheinlich üppige Frauen, die sich nicht wiegten, sondern eher behäbig watschelnd auf der schlammigen Erde daherkamen, neben ihnen liefen die Männer, harte, drahtige Gestalten in Pelzrock und schwarzer Fellmütze. Hin und wieder überholte ein Dacia, schwere Lehmbrocken hinter sich aufschleudernd, und man traute seinen Augen nicht, wenn ein Bauer mit Pelzmütze hinter dem Lenkrad saß.

Gruber fragte niemanden, er suchte die Kirche. Dort musste auch der Friedhof sein, dachte er. Und er irrte sich nicht. Durch den schlechten Zaun hindurch sah er die kleinen Doppelkreuze, die genauso aussahen wie in den Dörfern daheim. Kleine Grabhügel reihten sich aneinander. Beim Eingang erblickte er eine ältere Frau, er räusperte sich und sagte den Namen. Ihr Blick strich mehrmals über den unschlüssig dastehenden Gruber, dann lächelte sie so, dass der Metallzahn in ihrem Mund aufblitzte. Es war ein merkwürdiges Lächeln. Zugleich schelmisch und grob, aber irgendwie dennoch mitfühlend. Sie sprudelte ein paar Worte heraus, doch Gruber verstand nicht. Er sagte den Namen nochmals.

»Cornelia Vlad.«

»Cornelia«, wiederholte Gruber, und er verstand sich selbst nicht. Als wäre er tatsächlich ein Schwindler, so kam er sich vor. Er wollte sich schon abwenden, doch die Frau trat flink auf ihn zu, ergriff seinen Arm und zog ihn mit sich. Geschickt, ohne sich schmutzig zu machen, wich sie den zahllosen Pfützen auf dem Fußweg aus. Plötzlich hielt sie inne, wandte sich Gruber zu und stellte ihm noch eine Frage. Sie ließ seinen Arm los und beugte sich vor. Gruber nahm den konzentrierten Menschengeruch wahr, der unter der Pelzjacke hervordampfte, er antwortete nicht, weil er auch jetzt nicht verstanden hatte. Die Augen der älteren Frau blitzten spitzbübisch auf. Sie drehte sich um, deutete auf das frische Grab und nahm Gruber mit einem Kopfschütteln erneut beim Arm. Sie zog ihn dicht an sich heran.

»Mein Beileid, Fremder«, sagte sie auf Ungarisch, kehrte auf der Stelle um und war im Nu hinter einem mannshohen Unkrauthaufen verschwunden. Gruber beugte sich zum Holzkreuz hinab und entzifferte Cornelia Vlads frisch eingravierten Namen. Er nickte und begann mit verschränkten Händen zu beten. Lange hatte er das nicht mehr getan. Er hörte seine heisere, widerwillige Stimme, das war nicht er. Er sagte es auf wie eine Hausaufgabe aus längst vergangenen Zeiten, aus der Schule.

»Vater unser im Himmel,
geheiligt werde dein Name.
Dein Reich komme ...«

Er spürte, dass er etwas falsch machte.

»Oh, du verdammte Scheiße«, knurrte er vor sich hin. »Verdammte Scheiße.« Er versetzte dem Grab einen Fußtritt.

Zehn Minuten blieb er auf dem Friedhof. Polizisten standen neben dem Lieferwagen. Die Fußspuren ringsum zeigten, dass sie ihn mehrmals umkreist hatten. Mit amtlicher Miene verlangten sie Grubers Reisepass, dann fragte ihn der Jüngere, offenbar Ranghöhere, was er hier wolle. Gruber wies in die Richtung des Friedhofs.

»Cornelia Vlad«, sagte er.

Der jüngere Polizist fixierte ihn argwöhnisch. Der ältere blätterte im Reisepass. Die leichten Blätter wirbelten fremd zwischen den fleischigen Fingern hin und her.

»Cornelia?«, fragte der jüngere Polizist. Er machte einen Schritt vor und sah Gruber von der Seite an, als wollte er ihm ins Gehirn hineinsehen. Vor seinen rot geäderten, geschwollenen Augen ragten die reglosen Wimpern wie Stacheln auf. Er rang asthmatisch nach Luft.

»Cornelia?«, fragte er leise.

»Cornelia«, sagte Gruber.

»Wir haben sie gestern begraben«, sagte der ältere Polizist zerstreut in den Pass hinein.

»Wieso denn Cornelia Vlad?!«, schüttelte der jüngere den Kopf.

Gruber schwieg. Er blickte über die Köpfe der Polizisten hinweg und sah, dass auf der anderen Straßenseite einige Frauen standen, darunter seine Bekannte vom Friedhof, die ihn zum Grab geführt hatte. Sie unterhielten sich aufgeregt und deuteten herüber.

Der ältere Polizist hob den Kopf. »Verschwinden Sie von hier.« Er gab ihm den Pass zurück und kehrte ihm auch schon den Rücken zu.

Das Krankenhausgebäude schwamm in rostrotem Nachmittagslicht. Das glitzernde, launisch aufblitzende Gold mischte sich mit der matteren Rostfarbe in einem Licht, das so scharf einfiel, dass es die Luft aufzuschlitzen schien. Gruber stand im Park. Zuerst sah er nur die aufschwingende Tür, dann den Wagen, der unter mächtigen Kompostfässern fast verschwand. Der Wagen begann langsam und schwerfällig die Auffahrt hinabzurollen. Die beiden Flügel der Schwingtür schlugen abermals auf, und der Bursche sprang dem Wagen hinterher. Er erwischte ihn gerade noch rechtzeitig. Der Brei der Essensreste schwappte auf den gelben Kies. Der Bursche griff mit beiden Händen unter den Batzen und warf ihn zusammen mit dem erdigen Kies zwischen die Sträucher, sogleich stürzten sich die Tauben darauf. Er wischte sich die Hände an seiner matt glänzenden Lederschürze ab und rotzte auf den Boden. Dann stellte er sich wieder vor den Wagen, schob ihn mit aller Kraft zur Tür und ins Gebäude zurück und verschwand. Einige Augenblicke später tauchte der Kompostwagen erneut auf, er rollte in gleicher Weise abwärts, da sprang der Bursche auch schon hinzu, und diesmal bremste er den Wagen langsam ab, was zweifellos eine bessere Lösung darstellte, dennoch spritzten Speisereste auf seine Lederschürze. Er fluchte und steckte sich eine Zigarette an. Gruber verstand, dass er übte.

Niemand fragte ihn, was er hier wollte, wohin er in dem halbdunklen Korridor voller Toter unterwegs war. Die Stille wirkte matter, er hörte seine Schritte nicht. Der Arm der Leiche ragte immer noch in den Korridor hinein, Gruber ging einen Schritt zurück, beugte sich über sie und sah ihr ins Gesicht. Es war ein Mann wie er, ein verbrauchter Fünfziger. Gruber grüßte ihn unwillkürlich. In der Leichenkammer flimmerte ein schwaches Lämpchen. Er stellte einen Hocker neben das Bett und setzte sich. Lange verharrte sein Blick auf der Frau. Ihm kam es so vor, als hätte sie während seiner Abwesenheit ihre Arbeit gemacht, gekocht, gewaschen und geputzt, sie war, wie in diesem Land üblich, mit Plastiktüten herumgelaufen, deren Gewicht ihrer zarten Gestalt Hohn sprach, war Bettlern ausgewichen, hatte gefeilscht und sich vielleicht erst vor ein paar Minuten hingelegt, um ihn zu erwarten. Gruber griff in seine Tasche, während er mit der anderen Hand die zusammengeschnürten, kalten Handgelenke berührte. Er nahm ihren Finger und steckte ihr mit langsamen Drehungen den Ehering an. Der Kopf der Toten fiel zur Seite, der Schein ihres Gesichts leuchtete in Grubers Blick hinein.

Es war bereits später Nachmittag, doch er hatte es

nicht geschafft, den Sarg plombieren zu lassen. Der Bursche mit der Brille verlangte wieder Geld, doch Gruber hatte keines mehr. Der Bursche riss die Schultern hoch, warf verächtlich die Lippen auf, dann werde er die Zöllner nicht rufen, wie in solchen Fällen notwendig. Gruber solle doch mal überlegen. Die Zöllner würden kontrollieren, ob sich außer der Toten andere, verbotene Dinge im Sarg befänden, und dann die Rechtmäßigkeit des Transports mit Plombe bescheinigen. Gruber breitete ohnmächtig die Arme aus. Der Bursche spuckte aus und wollte ihn seinem Schicksal überlassen, worauf Gruber den Kopf verlor. Er packte ihn bei den Schultern, riss ihn dicht an sich heran, sein Speichel spritzte gegen das Sodaflaschenglas.

»Du verdammtes Arschloch.«

Gruber rief den Mechaniker an, der brachte ihn zum Hauptbahnhof. Sie suchten das ganze Gebäude ab, gingen sogar zu einem aus Ungarn kommenden Zug, doch einen Zöllner fanden sie nicht. Als wären die alle vom Erdboden verschluckt. Sie hetzten zurück ins Krankenhaus, wo Gruber Sarg und Obduktion gerade noch bezahlen konnte. Der Mechaniker half ihm, den Sarg in den Lieferwagen zu laden. Es war gegen die Vorschrift, was er tat, das wusste er, doch es war ihm egal. Ein, zwei Stunden später erreichte er die Grenze, und als er in der Dunkelheit die Lichter der Polizeistation erblickte, wurde er ruhig. Als Gruber den Zöllnern sagte, was er transportierte, verschwanden sie plötzlich alle, als würden sie die Flucht ergreifen. Gruber lächelte. Eine gute Viertelstunde später trat ein höherer Beamter aus dem Gebäude. Gruber leuchtete mit dem Feuerzeug in den Sarg. Als der Beamte hineinblickte, riss er unwillkürlich den Kopf zurück. Er gab ihm einen Wink. Gruber konnte fahren. In Wahrheit hatte die Geste gar nicht Weiterfahrt bedeutet, sondern eher, dass er ihn nicht mehr sehen wolle. Aus dem Gebäude des ungarischen Zolls träufelte schläfriges Licht auf den schmutzigen, tauenden Schnee. Drinnen musste es stickig warm sein. Der ungarische Zöllner sah von den Papieren auf.

»Alles in Ordnung damit?«, fragte er.

»Sicher«, Gruber zuckte mit den Schultern.

»Auch mit den Plomben?«

»Ja.«

»Denn wenn nicht alles in Ordnung wäre«, der Zöllner sah Gruber an, »dann müsste ich Sie zurückschicken.«

»Sie sehen, wen ich transportiere«, bemerkte daraufhin Gruber. Der Zöllner nickte und wünschte gute Fahrt. Gruber tankte für sein letztes Geld. Im Tankstellenladen kaufte er eine Flasche heimisches Bier und trank Kaffee. Für eines der zerdrückten, in Zellophan gepackten Sandwiches blieb kein Geld mehr. Zuerst trank er den Kaffee aus, dann begann er am Bier zu nuckeln und schaltete das Radio ein. Radio Kossuth strahlte ein Nachtprogramm aus, gerade hörte man einen jungen Mann auflachen, er sagte, oh, wenn das meine Mutter gewusst hätte, und nun stimmte auch eine Frau mit weicher, girrender Stimme in sein Lachen ein. Gruber döste ein. Es tagte bereits, als er losfuhr. Er durchquerte ausgestorbene, armselige Dörfer, verwilderte Apfelgärten säumten die Straße. Der Morgen kam, grau und verkatert. Ein Romakind in ausgetretenen Gummistiefeln und einem schweren Männermantel versuchte, neben dem Wagen herzulaufen, es winkte ihm zu. Gruber lächelte. Er hob den rechten Arm und winkte zurück. Er hörte ein Winseln, der Wagen holperte. Sofort hielt er an und stieg aus. Von dem Hund war nur noch ein blutiger Klumpen übrig. Das Kind stand neben dem Lieferwagen und brüllte. Ein junger Mann rannte aus dem nicht umzäunten Lehmhaus gegenüber, im Laufen warf er sich eine Jacke über, realisierte, was geschehen war, und versetzte Gruber in vollem Lauf einen Schlag. Der fiel gegen den Lieferwagen.

»Verdammter Scheißkerl«, sagte Gruber, während er spürte, wie sein Blut zu rinnen begann. Er spuckte aus. Der junge Mann holte erneut zum Schlag aus. »Du gottverdammter Scheißkerl«, wiederholte Gruber, worauf die Faust des Mannes in der Luft stoppte und nach einem Moment des Zögerns herabsank. Als würde er nicht verstehen, warum sich der andere nicht verteidigte. Wie aus dem Nichts aufgetauchte Frauen und Kinder umstanden sie und schrien Zeter und Mordio, sie hielten sich die Köpfe und verfluchten Gruber, der sich gar nicht mehr rühren konnte, unterdessen sah er, dass sie den Lieferwagen geöffnet hatten und in seinen Sachen herumwühlten. Eine kreischende Halbwüchsige ging auf ihn los, ihr spitzer Fingernagel pflügte über Grubers Unterarm.

»Krepier doch«, sagte eine. Das wirkte ermutigend. Sie schlugen von neuem zu. Der Stiel einer Hacke knallte direkt neben Gruber auf das Blech des Lieferwagens. Ein halber Ziegel erhob sich über die Köpfe. Plötzlich durchbrach ein älterer Mann mit Schnauzbart den Menschenring – schwarzes Hemd, schwarze Weste und hohe schwarze Stiefel. Sein rechter Arm war nicht mehr als ein Stumpf. Man sah ihm an, dass er wohlhabender war, irgendein Vorsteher oder Stammesführer. Die Frauen verstummten, nur das Mädchen keuchte laut. Der Schnauzbärtige zeigte auf den Hundekadaver.

»Bezahl ihn, Mensch.«

Gruber zuckte mit den Schultern.

»Ich habe kein Geld.«

Eine der Frauen begann herumzufuchteln, sie ruderte mit den Armen, doch der Schnauzbärtige ließ keinen Blick von Gruber.

»Sie sagt, es war ein Rassehund. Sie sagt, sie hat zehntausend für ihn bezahlt.«

Gruber wischte sein blutendes Gesicht ab.

»Ich habe kein Geld. Keinen Groschen.«

Es fiel ihm ein, dass ihm noch ein paar Lei geblieben waren, zehntausend vielleicht. Er kramte sie aus der Hosentasche, dabei spuckte er noch einmal aus. Der Schnauzbärtige ergriff das Bündel mit seiner gesunden Hand und hielt es sich vor die Augen. Er zählte die hässlichen, zerknitterten Scheine nicht, musterte sie nur. Er machte eine abwiegende Bewegung.

»Machst du dich lustig, Mensch?«, knurrte er.

Gruber schwieg.

Der Schnauzbärtige warf einen Blick auf den Lieferwagen. »Was hast du da drin?« Gruber drehte sich rasch um, er spürte, wenn er lange mit dem Schloss herummachte, würden sie ihn wieder schlagen. Endlich bekam er die Heckklappe des Wagens auf. Er riss die Decke von dem Sarg und begann ihn herauszuziehen. Der junge Mann, der ihn als Erster geschlagen hatte, half ihm. Grubers Blut tropfte auf den Sarg. Sie stellten ihn an den Grabenrand. Gruber schlug den Deckel zurück.

»Wer ist das?«, fragte der Schnauzbärtige.

Gruber antwortete nicht.

»Deine Frau, Mensch?«

Der Schnauzbärtige beugte sich hinunter, sein Blick wanderte aufmerksam über die Kleidung des Leichnams. Er blieb an den verschränkten Händen hängen.

»Was ist denn das da?«

»Ein Ring«, antwortete Gruber.

Der Schnauzbärtige trat näher, er bückte sich und musterte den Ring, er drohte fast in den Sarg zu fallen. Plötzlich lächelte er und blickte sich, immer noch vornübergeneigt, nach hinten um, zu der geschädigten Romafrau. Er sagte etwas zu ihr. Gruber verstand es nicht. Die Frau schrie, schüttelte den Kopf, wies zum Himmel. Der Schnauzbärtige ertrug den Wortschwall nicht mehr.

»Genug jetzt!«

Sie kuschte, Stille trat ein.

»Nimm ihn ab, Mensch«, sagte der Schnauzbärtige.

»Es ist der Ehering«, antwortete Gruber, den Geschmack von Blut im Mund. Er musste ausspucken.

»Nimm ihn ab und gib ihn ihr.« Der Armstumpf des Schnauzbärtigen schwang vor, als wollte er zuschlagen. Gruber versuchte hartnäckig, den Ring abzuziehen. Währenddessen ermunterten ihn die Leute, gaben ihm Ratschläge. Die Stimmung um ihn herum hatte sich gewandelt, aus der leidenschaftlichen, blutrünstigen Erregung war mitfühlende Aufmerksamkeit geworden. Er solle den Ring zuerst nach rechts drehen. Das gehe nicht? Dann solle er es mit Spucke versuchen. Man drückte ihm ein Stückchen Seife in die Hand. Der Ring bewegte sich nicht, als wäre er ins Fleisch hineingewachsen. Gruber gab seine Versuche auf und sah der Toten ins Gesicht. Ihre Augen waren offen, vollständig offen. Aber natürlich, man musste der Toten die Augen schließen. Eine alte Frau hielt ihr die Hand vors Gesicht. Gruber versuchte es gar nicht mehr. Er hatte das Gefühl, der Ring sei aus dem gleichen Material wie die Leiche.

»Nimm du ihn ab«, sagte er und richtete sich auf, er starrte dem Schauzbärtigen in das zerknitterte, zerfurchte Gesicht, als sei es ihm überhaupt nicht egal. Eine schwere, unangenehme Stille breitete sich aus. Einige traten unwillkürlich einen Schritt zurück, als wollten sie mit dem, was kommen sollte, nichts zu tun haben. Die gesunde Hand des Schnauzbärtigen schnellte vor, erstarrte jedoch auf halbem Weg und verharrte in der Luft, nur langsam sank sie herab.

»Hau ab«, brachte er mit Mühe heraus.

Die Frauen hoben den Sarg zurück in den Wagen. Auch die Decke warfen sie hinein. Gruber stieg ein, durch das offene Fenster reichten sie ihm alles, was sie ihm zuvor abgenommen hatten, Reisepass, Kleingeld, Geldbörse, einen Schraubenzieher, Batterien, die leere Bierflasche. Er gab Gas, blickte sich nicht um. Eile war geboten. Am Nachmittag würde die Verwandtschaft eintreffen, das Begräbnis stand bevor.

Luxemburg

Als der Pförtner die Frau erblickte, drehte er das Radio leise, eilte aus seiner Loge und trat ihr, nachdem er die Schranke umgangen hatte, in den Weg.

»Wollen Sie einen Skandal machen?«

»Wie kommen Sie darauf?«, fragte die Frau.

»Was wollen Sie dann?«

»Mit Burger reden.«

Sie trat zur Seite und sah in den Hof der Niederlassung hinein. Dort ließen gewaltige Pappeln ihre Blätter zittern, zwischen den Stämmen lagen rostige Geräte, die Überreste von Maschinen. Sie würden gleich weggebracht werden. Aus einem Haufen Betontrümmer ragten von Efeu erkletterte Eisenstäbe auf. Gabelstapler und Kipplaster tummelten sich wie riesige Käfer. Irgendwo in der Nähe spielte noch ein Radio. Es liefen ausländische Schlager. Diese romantischen Melodien hörte sie viel. Die Frau trat einen Schritt zurück und wartete. Der Pförtner zuckte die Achseln und spuckte zur Seite.

»Sie haben gesagt, dass es besser ist, wenn Sie nicht hereinkommen, wozu auch. Dass es keinen Sinn mehr hat.«

»Ihr linker Arm ist so seltsam. Haben Sie einen Schlaganfall gehabt?«, fragte die Frau.

»Was geht Sie das an«, brummte der Pförtner, doch ihm war anzusehen, dass er es gern zurückgenommen hätte. Schließlich ging es ja nur um einen Schlaganfall. Die Frau antwortete nicht. Ein langes Hupen ertönte, wie aus dem Nichts näherte sich ein ohrenbetäubendes Dröhnen hinter ihr. Sie sah nicht hin, trat zur Seite, wich zurück in das hohe Gras. Sie stand in den Brennesseln, zwischen gelben und blauen Feldblumen. Der Pförtner öffnete die Schranke und ließ den Lastwagen durch. Der Staub legte sich, sie trat auf die Straße zurück.

»Wenn ich Ihnen einen Rat geben darf, gehen Sie nach Hause, Vera. Die Zentrale wird sich ohnehin mit Ihnen in Verbindung setzen. Sicher werden Sie«, er überlegte, sein Mund blieb offen, »so einiges bekommen. In solchen Fällen steht einem üblicherweise etwas zu. Manch einer fährt gut dabei. Glauben Sie mir, wirklich gut. Nur darf man nicht drängen. Das mögen sie nicht. Niemand lässt sich gerne piesacken, Vera. Also, gehen Sie nach Hause.«

»Das kann ich nicht«, sagte sie und betrachtete seinen kranken Arm. Er senkte den Kopf und setzte hinzu:

»Wie schön Sie immer noch sind.«

Sie schwiegen.

»Sie waren immer die Schönste.«

Auch darauf sagte sie nichts.

»Mir kann es wirklich völlig egal sein.« Der Pförtner ließ die Schranke herunter, ging in seine Loge und drehte das Radio lauter. Ein nettes kleines ausländisches Lied spielte, so ein romantisches. Der Pförtner summte und begann mit seiner kranken Hand auf den Tisch zu trommeln. Die Frau stand davor, sie wollte nicht vom Fleck. Manchmal sahen sie einander an. Es liefen ausländische Schlager, und auch ungarische. Auf einmal wurde es still, der Pförtner stöberte bei seinen Füßen herum, vielleicht hatte er heimlich etwas getrunken, warum sonst sollte er eine Gurke aus dem trüben, grünen Glas herausfischen. Schließlich kam er wieder aus der Loge. Er trat dicht an die Frau heran, sie roch, dass er getrunken hatte. Er roch auch nach Gurke. Musik lief.

»János hat doch dieses Radio gehabt«, sagte der Pförtner.

»Dieses alte. Natürlich.«

»Ein gutes, kleines Radio. Alt, aber gut.«

»Ein sehr gutes Radio«, sagte sie.

»Man konnte Luxemburg empfangen«, der Pförtner wischte sich mit dem Unterarm über die Stirn. »Würden Sie es mir borgen?«

»Natürlich borge ich es Ihnen«, sagte sie und verzog den Mund.

»Ich hatte keinen Schlaganfall. Nur beinahe«, bemerkte der Pförtner.

Er langte mit der geschädigten Hand nach der Kurbel, zog sie jedoch wieder zurück. Er musste die Schranke nicht öffnen. Man kam seitlich an ihr vorbei, zwischen Drahtzaun und Metallrahmen blieb genug Platz für einen Menschen. Der neue Zierkies knirschte. Sie spürte, dass der Pförtner ihr lange nachsah. Die Tür der Pförtnerloge quietschte.

Die Pappeln waren in die Höhe geschossen, in den Himmel gewachsen. Manche Werkstätten, Docks und Hallen befanden sich noch am alten Platz. Natürlich waren auch neue errichtet worden. Einige hatte man abgerissen. Wenn die Welt sich verändert, werden viele Plätze leer. In der Veränderung werden viel mehr Plätze leer als sich bevölkern. Wenn die Welt sich verändert, entstehen mehr leere Plätze als ausgefüllte. Wenn die Welt sich verändert, werden Plätze leer, und auch wenn sie neu ausgefüllt werden, bleibt eine Lücke. Auch aus dem Radio singt das, was fehlt. Sie sah alte Lautsprecherboxen. Und den neuen Anstrich der Wände, unter dem noch die alten Parolen und Aufschriften zu erkennen waren. Die Kantine, wo sie einmal einen denkwürdigen Skandal verursacht hatte, war abgerissen worden. Sie hatte einen weiten Weg, und während sie dahinschritt, spielte das Radio ein ausländisches Lied nach dem anderen für sie. Die Leute in den Werkstätten riefen ihr nach. Zu Hause schaltete auch sie manchmal das Radio ein. Übrigens gefielen ihr auch ungarische Schlager. Vor einem Kaffeeautomaten blieb sie stehen. Sie zählte. Acht verschiedene Sorten Kaffee kriegte man hier. Früher war jemand mit der Thermoskanne herumgegangen. Der wurde beneidet. Ihr Mann hatte gesagt, dass er sehr beneidet wurde, er wurde verspottet, trotzdem wartete man auf ihn. Wenn er kam, konnte man das Werkzeug niederlegen. Was für eine Macht er damals noch hatte, so ein Kaffee. Was für ein Geschäft das gewesen ist.

Manchmal gehe die Maschine kaputt, hatte ihr Mann erklärt. Dann blubberte nur heißes Wasser heraus. Aber es gab Leute, die tranken das. Sie ließen es ein wenig auskühlen und tranken es. Man hatte dafür bezahlt, warum sollte man es nicht trinken. Oder die Becher waren alle. Der Kaffee fließt heraus, deiner, und du siehst, dass er ins Nichts fließt. Ein beschissenes Gefühl. Früher bekam man vom Thermoskannenträger Cognac, er verkaufte ihn unter der Hand, jetzt sei das nicht mehr möglich, sagte ihr Mann, absolut lebensgefährlich. Nicht der Mann mit der Thermoskanne sei unterwegs, sondern der mit dem Röhrchen. Da müsse man hineinblasen, und Eperjesi sei längst Vergangenheit, der habe bei der ersten dieser Kontrollen nicht geblasen, sondern gefurzt, er habe kräftig in das Röhrchen hineingepupst und sich dann sein Arbeitsbuch abholen können. Die Gerüche hatten sich verändert. Früher war alles von Metallgeruch durchdrungen, von dessen gammeligem, rostigem Aroma. Etwas war neu und bereits rostig. Nichts wurde wirklich fertig. Was fertig ist, glaubt nicht mehr. Woran soll das Fertige glauben? Und wozu. Früher hing Rost- und Ölgeruch über dem Areal, doch manchmal schnappte der Wind die fleckige Serviette vom Butterbrot, und wie die dann tanzen konnte. Jetzt gab es diesen allgemeinen Lackgeruch. Früher habe nichts fertigwerden können, jetzt finde alles seinen Platz, meinte ihr Mann. So genau werde alles geregelt, dass es fast wehtue. Alles komme an seinen Platz.

Aus dem einen Gebäude eilte ein junger Mann, er war in Anzug und Krawatte, seine Haare standen ihm auf diese stachelige Weise zu Berge. Als er fast bei ihnen war, stutzte er, dabei hatte er es ziemlich eilig, er blieb stehen und sah sie groß an. Seine Augenbrauen zogen sich zusammen. Und die Frau war anscheinend erschrocken.

»Ich mache keinen Skandal.« Sie wusste selbst nicht, warum sie das sagte.

Der junge Mann lächelte, nickte, na dann. Er eilte weiter, ein Telefon in der Hand, er drückte bereits darauf herum.

Sie erreichte Burgers Arbeitsstätte. Auch die war gründlich umlackiert worden. Eigentlich kannte sie sie, es gab dort nichts Besonderes, ihr Mann hatte ihr davon erzählt. Die Geräusche und Worte verfolgten sie, sie hörte Rufe, das Scheppern des Metalls, und sie wusste, das Knistern entstand durch die sprühenden Funken. Drinnen spielte ein Radio, wieder verzog sie den Mund. Beim Eingang der Werkstatt lag der Eisenblock, er war blutig. Den Trennschleifer hatten sie dagegengelehnt, sie hatten ihn immer noch nicht weggebracht. Sie hatten ihn seitdem nicht angerührt. Seit zwei Tagen. Er war groß und neu. Deutsches Fabrikat. Oder dänisches, woher sollte sie das wissen. Oder aus Amerika. Sie wollte nicht näher herangehen, auf der Erde vor dem Block und auf dem Kies waren immer noch dunkle Spuren. Die vergangenen zwei Tage hatte es nicht geregnet. Kein Regen, und dass jemand es wegwischte, war nicht zu erwarten, es hätte auch nicht viel Sinn gehabt. Sie würden schon ausbleichen. Mit zusammengekniffenen Augen betrachtete sie die Blutflecken, den größten. Da kam Burger aus der Werkstatt, er wischte sich mit einem schmutzigen Lappen die Hände ab. Schwer zu entscheiden, was schmutziger war, die Hände oder der Lappen. Burger war groß und breit gebaut, maskulin. Sein neuer Overall und sein frisch rasiertes Kinn waren blau, die Stiefel neu, noch ganz gelb. Von drinnen hörte man recht laut das Radio.

»Guten Tag.«

»Ihnen auch«, sagte sie.

Sie schwiegen, Burger wollte sich schon eine Zigarette anstecken, schubste sie dann aber in die Packung zurück. Er räusperte sich.

»Es tut mir leid«, sagte er schließlich, man sah ihm an, dass es ihm wirklich leidtat. Dann begann er, sich zu rechtfertigen. »Wir haben alles versucht, aber ... aber es ging alles so schnell.«

»Warum ist mir der Zutritt verboten?«, fragte sie.

»Bitte?«

»Man wollte mich nicht reinlassen.«

»Mich ...« Burger sah verlegen drein, sie konnte nicht entscheiden, ob das gespielt oder echt war, »mich hat niemand über so etwas informiert.«

»Aber was denken Sie darüber?«

»Worüber?«

»Darüber, dass ich nicht herkommen darf«, sagte sie. »Hierher«, sie zeigte auf die Flecken. Burger trat näher an sie heran, vor Nervosität fuhr er sich über den Mund.

»Sehen Sie, Vera, ich habe ihm gesagt, dass er ihn falsch hält.« Er deutete vage auf den Trennschleifer. »Mehrmals sogar. Er hat nicht auf mich gehört. Den anderen habe er auch immer in dem Winkel gehalten. Und mit diesem mache er es genauso. Er war stur, Sie wissen es selbst. Das ist jetzt ein anderes Eisen als früher.«

»Sie hören Musik«, sagte die Frau.

»Schwerer«, nickte er, »massiver.«

Ein Kipplaster rumpelte an ihnen vorbei. Er transportierte Schutt. Burger wischte sich immer noch die Hände ab. Dann warf er den Lappen fort, und sie sah, dass seine Hände sauber geworden waren. Als hätte er sie gründlich gewaschen. Dabei hatte er sie nicht gewaschen. Nur abgewischt. Burger nahm die Zigarette heraus, nun rauchte er doch.

»Ich finde, wir könnten uns einigen.« Er griff noch einmal in seinen Overall, vorne, in den Brustteil, und zog eine dicke Brieftasche hervor, die er aufklappte. Sie sah, dass Familienfotos drin waren, von seiner Frau, seinem Sohn und seiner Tochter, denn Burger hatte zwei Kinder, zwei schöne, gesunde Kinder. Bilder vom Abitur. Oder aus dem Atelier. Er trat ein wenig vor und stellte sich, ohne es zu merken, mitten in den Blutfleck.

»Wieviel wollen Sie?«

»Ich verkaufe es nicht.«

»Er braucht es ja nicht mehr«, beharrte er, und dann sagte er kopfschüttelnd zu sich selbst, Scheiße, Scheiße.

»Das ist nicht der gute Sender, den Sie hören«, bemerkte sie.

»Ich weiß. Den von ihm finde ich nicht.«

»Haben Sie ihn gesucht?«

»Ja.«

»Warum?«

»Als es geschah, sagte er noch etwas ... bevor ...« Burger blickte zur Seite. »Es sah aus, als wollte er Ihnen ...«

Sie machte eine ungeduldige Handbewegung.

»Holen Sie es doch endlich!«, sagte sie.

»Zum Teufel noch mal«, brummte Burger, doch er drehte sich um und holte das Radio. Er machte es nicht aus. Irgendeine ausländische Nummer lief, als er es ihr reichte. Das Metall war warm. In der Halle war es immer wärmer.

Sie schritt mit dem Radio dahin, zwischen Pappeln, alten und neuen Werkstätten, zwischen den anderen Nummern, den anderen Schlagern, ihre Brüste wippten, sie ging in die Lücke hinein, in die Fülle. Von allen Seiten trällerten die Schlager für sie, in allen Werkhallen und Docks wurde gesungen, aus dem nieselnden Staub wurde ein Vorhang. Der Pförtner stand vor seiner Loge, er wartete auf sie. Er schwitzte, seine Stirn sah aus wie mit Glastropfen besprengt. Das Gurkenglas war leer, bis auf etwas grünen Saft mit Dill drin. Sie gab ihm das Radio.

»Okay, jetzt gehört es Ihnen.«

Der Pförtner nahm es mit seiner kranken Hand und musterte es von allen Seiten, er streichelte es sogar.

»Hat es einen Skandal gegeben?«

»Aber warum denn.«

»Kommen Sie, trinken wir was.«

Sie folgte ihm. In der Loge roch es säuerlich nach Schweiß und Nikotin. Auf den beiden Hockern hatten sie knapp nebeneinander Platz. So saßen sie da, ihre unangenehm brennenden Hüften berührten sich ein wenig, als würden sie gemeinsam verreisen. Sie lächelte. Der Pförtner stellte sein altes Radio aus. Er legte es in eine Schublade, beinahe wäre die Antenne abgebrochen. An seinen Platz stellte er das andere. Das lief immer noch.

»Wenn jemand sieht, dass Sie hier drinnen sind, fliege ich raus«, sagte er.

»Ich weiß«, sagte sie.

»Gleich ist die Mittagslieferung da. Gewöhnlich vier Maschinen. Manchmal fünf. Einmal sind in einer Folge elf gekommen, genau elf verdammte Maschinen. Groß wie ein Haus. Ich wäre fast im Staub erstickt.«

Eine Zeitlang schwiegen sie. Der Pförtner starrte das Radio an, das andere, das die Frau gebracht hatte, es war ziemlich mitgenommen. Er beugte sich darüber und entzifferte die Namen der Sender, bei diesem Modell standen sie noch drauf. Man konnte sie ablesen. Als er sich aufrichtete, knarrte der Hocker unter ihm.

»Ich wollte immer schon, dass Sie sich mal zu mir hereinsetzen.«

»Ich weiß«, sagte sie.

»Und Sie?«

»Was ich?«

»Hätten Sie sich nicht gerne hereingesetzt?«

»Ich bin hier, nicht?« Sie verzog den Mund.

»Was haben Sie gemacht, seit …?«

»Nichts.« Sie griff sich ins Haar. »Ich habe nachgedacht. Schließlich habe ich den Entschluss gefasst herzukommen. Sie sehen, ich bin hier.«

»Ich habe so lange darauf gewartet, Vera«, sagte er, worauf sie auf den singenden Apparat klopfte.

»Auf so ein Radio muss man warten.«

Der Pförtner hatte Wodka. Es war ein billiger Wodka, kein ausländischer, doch das war der Alkohol, der vielleicht am wenigsten stark roch. Er schenkte ein, ihr Glas lief randvoll. Ihre Hüften berührten sich immer noch.

»Prosit«, sagte der Pförtner.

»Prosit«, sagte sie.

»Sitzen Sie bequem?«

»Ja.«

Die Gläser pochten auf die Furnierplatte. Er stellte sie rasch auf den Boden und schob sie mit den Füßen in das Dunkel unter dem Tisch. Er trank vom verbliebenen Gurkensaft, der Dill blieb an den Wänden des Glases kleben. Dann räusperte er sich.

»Wissen Sie, Vera, einmal, an einem Morgen, beim Aufstehen, ist mir durch den Kopf gegangen«, er sann kurz nach, »also, dass ich nie mehr Radio Luxemburg empfangen werde. Dass es vorbei ist. Ein für alle Mal.«

»Wegen des Schlaganfalls?«

»Es war kein Schlaganfall. Nur beinahe.«

»Haben Sie Schmerzen?«

Er machte eine Bewegung mit dem Arm. »Er tut nicht weh, nur spüre ich ihn kaum.«

Sie sagte nichts. Sie lehnte sich ein wenig zur Seite, man sah, wie weich ihre Brüste waren, ihre Schulter berührte die seine. Schließlich legte sie auch ihren Arm um ihn. Sie hielt ihn umfangen, vorsichtig, als fürchtete sie, er könnte umkippen. Daraufhin hob er seinen kranken Arm. Er drehte, streckte, schüttelte ihn.

»Was machen Sie denn da?«, fragte sie.

»Sie sehen, ich trainiere ihn.«

»Und wozu?«

Er sah zum Fenster hinaus. Der Wind rüttelte an der Schranke, Metall schlug auf Metall, im Hof bewegten sich alle möglichen Maschinen, Motoren stampften und dröhnten, Staub wirbelte durch die Luft, und durch die grauen Schwaden schimmerte silbern das Zittern der Pappeln.

»Ich suche Luxemburg,Vera«, sagte er und griff mit der kranken Hand nach dem Radio.

Shopping-Center

Er beugte sich über den Kleinen.

»Man muss ihn immer abwischen, verstehst du? Wenn du ihn nicht abwischst, brennt es und du stinkst, verstehst du?«

Der Kleine nickte, doch er hörte nicht zu, sein Blick sprang hin und her. Er war das erste Mal hier. Er hatte schon davon gehört, denn auch der Béla hatte ja jede Menge erzählt, was für Frauen es im Glaspalast gab, wieviel Essen, doch das hier übertraf jede Vorstellung. Das war gar kein Haus. In Wahrheit war es ein Palast, nur hatte es eben keine Fenster. Das heißt, es hatte Fenster, nur sahen alle nach innen. Denn auch Schaufenster sind Fenster. Er könnte den ganzen Tag Rolltreppe fahren. Rauf, runter. Bis zum Abend könnte er das machen.

»Wenn du ihn nicht abwischen kannst, dann mach erst gar nicht, verstehst du?«

Der Kleine nickte, er hatte die Nase voll davon, immer wieder wanderte sein Blick hinter den Rücken des Größeren. Dort war das Kinofoyer. Die riesigen bunten Plakate an den Wänden, mit Explosionen, Flugzeugen, Drachen, Hunden und Megastädten drauf. Ein geheimnisvolles Halbdunkel und der riesige, weiche Teppich. Kinder liefen mit Popcornboxen herum. Sie waren fröhlich und laut und hatten Schmetterlinge und Blumen auf den Strümpfen. Die Jungen waren in Batman-Shirts. Viele kleine Wichte.

»Der hat einen Spiderman drauf«, sagte der Kleine, seine Augen weiteten sich.

»Du sollst herhören, verflucht.« Die Hand des Größeren hob sich.

»Mache ich ja, Feri.«

»Einen Dreck machst du.«

Er bekam eine Ohrfeige, sie war nicht besonders heftig, doch schnell wie immer, die Handfläche rutschte auf seiner borstigen Rübe ab, seine Unterlippe verzog sich. Er fürchtete plötzlich, es könnte bluten. Doch er weinte nicht. Ihn zum Weinen zu bringen brauchte es gewöhnlich mehr. Einen Teufel wird er weinen. Außerdem biss und kratzte er sonst längst. Doch wenn er Feri biss, würde der ihn hier runterwerfen. Sie waren sehr hoch oben. In der Nähe bewegte sich ein Glaskäfig voller Menschen, es wäre toll, auch mal mit dem auf die Reise zu gehen. Angst hatte er allerdings schon. Trotzdem wäre es toll. Wenn sie runterfallen, zerspringen sie in Stücke. Doch auch die dort waren nicht runtergefallen, jetzt kamen sie heraus, sie lachten sogar. Er zog die Nase hoch, weh tat es schon, die Ohrfeige. Béla verschränkte die Arme vor seiner breiten Brust und wartete darauf, dass er weinte, doch er würde vor Béla nicht weinen. Auch Béla konnte ihn am Arsch lecken.

»Ach du Scheiße, der beißt gleich«, grinste Béla. »Wenn du beißt, bring ich dich um.« Er stieß dem Kleinen den Finger in die Rippen. Der knirschte mit den Zähnen. Béla wieherte, auf seinem Arm tanzte der Drache.

»Bevor du nicht sicher bist«, begann Feri von neuem, »dass da Papier ist, kackst du niemals. Ich sage niemals. Du siehst nach, ob was da ist, und nur dann. Verstehst du? Also«, und er zeigte auf die große Tür, auf die ein schwarzer Hut gezeichnet war, »dort hat es immer Papier gegeben, verstehst du? Dort kann man hineingehen. Du kannst es kultiviert erledigen. Auf der Straße, im Park macht man das nicht, verstehst du? Tiere kacken auf die Straße, verstehst du? Das sind Tiere, die es dort machen. Du bist kein Tier, verdammt. Verstehst du?« Da blitzten die Augen des Größeren schon, er sondierte das Terrain.

»Sag, dass du kein Tier bist.«

»Ich bin kein Tier, Feri.«

Eine grauhaarige Frau trat neben die Klotür und schloss ein Ladegerät an die Steckdose an. Denn dort gab es eine Steckdose. Es war eine garstige alte Frau mit zwei Plastiktüten. So eine Hexe. Sie sah nicht nach links und rechts, sondern stand nur da und lud ihr außerirdisches Handy auf.

»Siehst du, dort kann man es aufladen«, bemerkte Béla.

Der Kleine zuckte die Achseln. »Ich hab kein Handy.«

»Du wirst einmal eins haben. Auch du wirst eins haben«, Feri nickte ernst, mit blitzenden Augen, »und dann kannst du es hier aufladen. Solche Orte muss man kennen, verstehst du?«

Plötzlich wirbelte Feri herum. Als hätte er gespürt, dass sich etwas verändert hatte. Er beobachtete das lebhafte Treiben, sein Blick streifte umher. Béla beobachtete mit ihm, der dicke Béla, der sich vor kurzem einen Drachen auf den Arm hatte tätowieren lassen. Auf dem anderen Arm hatte er eine Pyramide. Feris Körper spannte sich plötzlich, die Ader an seinem Hals schwoll an.

»Dort ist er, verdammt«, sagte er, ohne hinzuzeigen.

»Ich sehe das Dreckstück«, nickte Béla.

Feri sah auf die Uhr.

»Das letzte Mal ist er auch um die Zeit gekommen. Genau um drei.«

Der Kleine trat von einem Bein auf das andere.

»Was ist denn los?!«

Der Große sah ihn nicht an, legte ihm nur die Hand auf die Schulter.

»Weißt du, Hosenscheißerchen, da geht immer so ein Typ ins Klo. Er geht hin, sammelt das ganze Papier ein und nimmt es mit. Die Seife drückt er in eine Colaflasche rein. Der dort, dieser Saftsack«, Feri wies mit dem Kinn auf ihn. Ein älterer Mann ging an den Kaffeehaustischen vorbei, auch er grauhaarig, auch er mit Plastiktüten unterwegs. Man sah ihm an, dass er kein Handy hatte. Der hatte sicher keines. Mantel und Hose waren speckig und verdreckt. Er schleppte sich mehr, als dass er ging. Er sah kaum irgendwohin, ein wenig erinnerte er an die Frau mit dem Handy.

»Der geht immer hinein, sammelt das Papier ein, er geht von Kabine zu Kabine. Er nimmt es mit, verflucht.«

»Und dann kannst du dich nicht abwischen«, sagte Béla. »Und was ist dann, wenn du dich nicht abwischen kannst?«

»Es brennt«, sagte der Kleine.

»Und?«

»Dann stinke ich.«

»Du stinkst jetzt schon, weißt du das?«

Der Kleine schwieg.

»Ich sage, du stinkst jetzt schon«, Béla erhob die Hand.

»Ich stinke, Béla«, sagte der Kleine.

»Das letzte Mal konnte ich mich nicht abwischen, weil der das ganze Papier mitgenommen hatte«, sagte Feri.

Der Typ ging gerade in die Toilette hinein.

»Du bleibst hier und wartest«, Feri machte bereits Fingergymnastik.

»Ich warte«, sagte der Kleine.

»Ich schlag dich blutig, wenn du weggehst.«

Der Kleine blinzelte. »Ich gehe nicht weg, Feri.«

Béla war schon losgegangen, er machte langsame Schritte, wie groß er auf einmal war. Feri hinter ihm. Er konnte schön gehen, so elastisch und leichtfüßig. Der Kleine hatte ihn schon zuschlagen sehen. Beziehungsweise hatte er es nicht gesehen. Etwas war geschehen, und schon war die Visage von dem anderen voller Blut gewesen. Er hatte Feris Hand nicht einmal aufblitzen sehen. So schnell war er. Auch die Ohrfeigen teilte er so aus. Im übrigen war es gewöhnlich so, dass Feri zuschlug, und wenn der Typ schon die Erde fickte, begann Béla zu treten. Es lief immer ziemlich schnell ab. Ein Schlag und drei, vier Tritte. Wenn der Typ sehr zäh war, dann schlug auch Béla zu, sicher. Doch niemals früher als Feri. Jetzt gingen auch sie hinein, schoben sich durch die Tür mit dem Hut. Der Kleine überlegte, dass er jetzt ins Kinofoyer gehen könnte. Er könnte sich die Bilder ansehen, weil das jetzt ging. Doch es ging nicht. Wenn er dort hinging, prügelten die ihn blutig. Er würde nicht nur Ohrfeigen bekommen.

Er musste nicht lange warten. Der grauhaarige Typ kam heraus und ging an der Frau mit dem Handy vorbei, er sah aus, als hätte er gar kein Gesicht. Oder als wäre die

Hälfte davon weggebrochen. Er schleppte sich dahin, hinterließ eine Spur. Schön regelmäßig reihten sich die Blutstropfen aneinander. Der Kleine zählte bis fünfunddreißig. Er hatte Angst vor Blut, große Angst. Da kamen die beiden anderen zurück. Feri drückte ihn ein wenig am Arm. Seine Hand war feucht und kalt. Doch auf seinem Gesicht war noch ein verschmiertes blasses Rot zu erkennen.

»Und jetzt gehst du hinein«, sagt er zu ihm. »Allein. Du gehst in die Kabine. Du setzt dich auf die Brille und kackst. Dann wischst du dich ab.«

»Aber ich muss gar nicht, Feri.«

Wieder bekam er eine Ohrfeige. Die war jetzt stärker. Er spürte, wie die Hand seinen Arm sehr fest drückte.

»Du gehst hinein, verdammt noch mal. Du musst es lernen.«

Mit gesenktem Kopf ging der Kleine hinein, er schluckste, doch er weinte nicht. Er folgte den Blutspuren und fürchtete sich vor ihnen. Im Kino lief sicher schon der Film. Er war noch nie im Kino gewesen. Das Kino war sicher groß. Viel größer als der Fernseher. Die Popcornmaschine knisterte. Was für ein Duft das war! Er blieb dann ziemlich lange drinnen. Dort war es wie in einem Krankenhaus. Noch immer ging er nicht hinaus. Er dachte, dass Feri ihn gleich holen käme, die Tür aufreißen und ihn verprügeln würde. Schließlich trat er durch die Tür mit dem Hut, zaghaft näherte er sich den anderen, wie einer, der im nächsten Moment Reißaus nimmt.

»Na, wie war es?«, fragte Feri und ergriff seinen Arm.

»Gut«, sagte der Kleine und begann zu weinen. »Kacken hab ich nicht können, Feri«, schniefte er. »Es ist nicht gegangen. Aber glaub mir, ich habe mich abgewischt. Ich habe mich so gut abgewischt, dass es blutet.«

Familie

Mein kleiner Bruder und ich

»Hab keine Angst«, flüstere ich meinem kleinen Bruder zu. Wir schlafen in einem Stockbett, ich oben, er unten, weil die Kleinen immer unten sind. So träumen wir. So hören wir Mutter zu. Sie und Vater schlafen im Nebenzimmer, Mutter ist die Stimme, Vater ist Mechaniker. Vater repariert, er repariert alles. Er arbeitet und pfeift, er nimmt auseinander, setzt wieder zusammen, und es funktioniert. Übrigens hat nur Angst, wer etwas will. Ich mag es, wenn der Sturm wütet. Als ob ein riesiges Tuch erwacht, das über der Welt geschwenkt wird. Hunde bellen, doch ich weiß, auch das ist in Wirklichkeit ein Gebet. Ich schlafe oben, ich kann sie gut hören, Mutter ächzt, sie flüstert, ich höre ihre dünne, gedehnte Stimme, ihr Keuchen, ich höre ihr schreckliches Stöhnen, ich höre ihr Weinen. Der Sturm wütet. Es ist Nacht, Mutter spricht. Mutter sagt alles, Mutter plaudert alles aus. Vater repariert, die Mechaniker wissen viel, sie nehmen auseinander, setzen wieder zusammen, und es funktioniert.

»Ich komme zu dir rauf«, flüstert mein kleiner Bruder in der Dunkelheit, er hat Angst. Er kratzt an den Bettlatten, wimmert, nässt ein, mein kleiner Bruder hat Angst, große Angst. Recht hatte sie, die alte Frau, die gestern zu mir kam, als ich auf der Bank saß, sie flüsterte, dass die Menschen immer höher hinaufkommen, weil sie Angst haben. Und je höher sie kommen, desto größer wird ihre Angst.

»Wer ist denn am weitesten oben?«, fragte ich sie.

Sie lächelte. »Das weißt du doch selbst, mein Schatz.«

»Und wenn jemand ganz oben ist und kaputtgeht, kann man ihn dann reparieren?«

Die Frau antwortete nicht. Langsam zog sie ihren steinalten, fetten Hund hinter sich her. Die Hunde von alten Leuten werden dick. Vielleicht besteht das Problem nur darin, dass die Menschen reden, aber nicht zuhören. Ich habe etwas gesagt. Was habe ich gesagt. Doch der andere gibt nicht wieder, was ich gesagt habe, sondern was er gehört hat. Das ist nicht dasselbe. Komm rauf zu mir, in der Nacht, hinauf in mein Bett. Oder man sagt, dass Gott, seit er den Menschen aus sich selbst extrahiert, das heißt aus sich erschaffen hat, mit dem in seinem Wesen entstandenen Mangel nichts anfangen kann. Wie viel ist schon geschrieben worden, geschrieben und vergessen. Nur die Stimme der Mutter ist geblieben. Ich schließe die Augen und stelle mir vor, im Licht des späten Nachmittags tritt eine junge Frau zu mir, noch in der ramponierten Brautmaskerade, von einem mehrtägigen, völlig aus dem Ruder gelaufenen Hochzeitsfest flüchtend, ihre Augen sind himmelblau und voller Tränen, sie flüstert.

»Hier ist mein Schleier, Junge. Wecken wir den Schlägertrupp, Junge.«

»Und wen schlägt dann der Schlägertrupp, gnädige Frau?«

»Wen du willst«, raunt sie.

Ob auch jemand anderer Mutter hört?

»Hab keine Angst«, sage ich zu meinem kleinen Bruder und denke, dass der Sommer sich in die am meisten behüteten Zimmer hineindrängt, aber der Winter nicht, der

Winter bleibt draußen wie die Schafe, so ist der Tod, denn du stirbst, und dann bleibt alles draußen, Schnee, Schnee, Schnee, Schneien. Es klopft, man ruft dich, man schreit dich an, du hörst es nicht. Die Stimme der Mutter ist auch so. Ich setze mich auf meinen Platz in der abgenutzten, vollgekritzelten Bank, ich spiele, dass ich angesprochen werde. Ich zeige kein besonderes Interesse, obwohl meine Handflächen schnell feucht werden. Hören, ich möchte sie so gerne hören. Irgendwer soll mich ansprechen, sie sollen etwas sagen, egal was, ein schlechter Satz, ein schreckliches Wort genügt, Mut, wir haben gewonnen, verschwinde, du kleines Dreckstück.

»Fahrkartenkontrolle, Ihre Fahrausweise bitte!«

»Liebe Gemeinde, denkt an den ersten Brief des Apostels Paulus an Timotheus! Denkt daran, wie Paulus das Geheimnis unseres Glaubens erhellt, das in einfachen Stufen aufgebaut ist. Gott erscheint im Leib, erleuchtet die Seele, zeigt sich den Engeln, es wird eine Prophetie geben, er ist die Quelle des Glaubens, schließlich wird er in die Herrlichkeit erhoben!«

Scheiße.

Es geschah an einem Dienstag, ich erinnere mich, Langosch-Duft lag in der Luft. Kaum hatte ich mich hingesetzt, ließ sich auch schon ein Mann neben mir nieder, gegeltes Haar, zornige schwarze Koteletten, ein goldenes Kreuz um den Hals. Er wirkte wie ein Schauspieler. Seine Finger spielten mit einer Zigarette. Schließlich zündete er sie an.

»In Italien wird der erste Film gedreht, in dem nur echte Priester auftreten.« Er blies den Rauch aus. »Dazu braucht man die Genehmigung des Vatikans, das wird nicht leicht. Oder überleg dir mal, Junge, wenn es wirklich ein Bluff ist, warum tut es dann so weh. Du baust noch Kirchen aus Bohnensäcken. Ich arbeite schon mit lungenfarbenem Zigarettenrauch und Wodka, lassen wir dahingestellt, wer von uns es leichter hat. Ich kann dir verraten, dass es sehr wohl Kirchenmechaniker gibt. Eine Kapelle, ein Dom mit tausend Teufeln oder eine Kathedrale mit blauem Fußboden gehen kaputt, der Mechaniker kommt, begutachtet es und bringt es schnurstracks in Ordnung.«

»Mein Papa ist auch Mechaniker«, sagte ich.

Er blickte in die Ferne, bis zu dem schmutzig blauen Streifen, der unter dem Laubwerk der Platanen hervorschimmerte. »Einmal war ich bei der Eröffnung einer Metzgerei. Jede Menge Künstler, die höchsten Kreise, Champagner, und dann natürlich die Schlachtung, die Hinrichtung des ersten Schweins. Was glaubst du, hat irgend jemand die Wehlaute gehört? Zwischen tausend klingenden Gläsern ist all dein Weinen, dein Fluchen vergeblich. Prosit!, und das letzte Geschöpf, das den letzten Schluck deines Lebens hinunterkippt, ist der Metzger! Kinder unterscheiden sich von den Erwachsenen nicht darin, dass sie nicht töten würden. Oh, und ob sie töten. Auch Kinder töten. Nur beerdigen können sie noch nicht.«

Doch einmal sprach mich niemand an. Die Dunkelheit brach herein, ich saß fröstelnd auf der Bank. Die belaubten Äste zitterten über mir, auf den Fußwegen des Parks tanzten Schatten, als wären sie von einer gewaltigen, dunklen Seele abgerissen. Auch sie sprachen mich nicht an. Sie fragten nicht, wer ich bin, was ich will, was ist los, Junge, huhu. Auch das ist Grausamkeit, wenn sie einen gar nicht bemerken. Ich stolperte nach Hause, meine Knie schlotterten die ganze Zeit, ich dachte, dass ich gern einmal einen Baum fällen würde, ohne dass das Nest darin erwacht. Mein blonder Bruder mit den goldenen Wimpern hat Angst, weil er Mutter hört. Ich höre sie auch, aber ich habe keine Angst. Die Stimme von Mutter ist wie der Wind. Die Stimme von Mutter ist wie die Erde, wenn sie birst. Wie ein gefrorener See, wenn er birst. Sie ist so schön, dass auch der mit einem nationalfarbenen Band dekorierte Spiegel birst, wenn sie hineinblickt. Die Stimme von Mutter gibt es nicht, es gibt sie nur, weil es anderes gibt, Millionen Plastikschnüre bewegen die Welt, Bäume, Menschen, ein Auto rollt so langsam an unserem Haus vorbei, dass nur Mafiosi drinsitzen können. Die Stimme von Mutter tröstete mich, wenn mich niemand ansprach.

»Was machen sie?«, flüstert mein Bruder durch die Dunkelheit herauf. Die Spielzeugtulpenmuster seines Pyjamas glühen. Seine Stimme klingt, als würde er gleich aufkreischen. Mein kleiner Bruder hat Angst, weil er noch nicht fertig ist.

»Sie vögeln«, flüstere ich hinunter, und mein Bruder schweigt, er grübelt darüber nach, dann stellt er eine neue Frage.

»Was bedeutet das.«

»Das bedeutet nichts, das macht man.«

»Und warum machen sie das.«

»Mutter singt gerne. Und Vater repariert gerne.«

»Muss ich auch einmal reparieren?«

»Ich weiß nicht, Kleiner, ich weiß wirklich nicht.«

»Ich hab solche Angst«, schluckste mein Bruder. »Ich will nicht reparieren. Ich will nicht.«

»Okay, Brüderchen, ich pass auf dich auf. Du musst nicht reparieren.«

»Aber bei den Nachrichten habe ich keine Angst«, flüstert er.

»Was für Nachrichten?«

»Aus aller Welt, Brände, Hochwasser, Erderwärmung. Wenn sie von dem Schrecklichen berichten. Von der Seuche. Der Krise. Dem Sieg. Der Niederlage. Dem Abstürzen. Von der Flut. Dass es nichts mehr gibt. Dann habe ich überhaupt keine Angst«, flüstert mein Bruder und klettert zu mir herauf, an mich geklammert hört er die Stimme von Mutter, die an diesem Abend so klingt, als würde der Wind Knochen und Äste in Stücke brechen. Dann scheint ein Likörglas zu bersten, warme Schmiere auf deinem Mund, bis dann im Spinnennetz der Nacht silberne kleine Fliegen die Lieblingsschlager von Mutter bimmeln, die Nationalhymne, Gott segne den Ungarn, wow. Mutter keucht, schnauft, als würde sie ein riesiges Herz hinter sich herziehen, sie wird leise, hält an, zieht das Herz weiter, mit Seilen und Trossen, wie die Treidler auf dem Gemälde.

»Bleib nicht hier oben. Du darfst nicht reparieren«, sage ich zu meinem Bruder, der schon schläft. Mein goldgelocktes Brüderlein ist eingeschlafen, so große Angst hat es gehabt. Von der halbfertigen, wunderschönen Angst ist es ohnmächtig geworden, sein Mund ist speichelfeucht, und seine Wimpern zittern wie Silbergras. Ich schäle seine krampfenden Finger von meiner Schulter und schiebe ihn behutsam an den Bettrand. Wupps. Sein Körper rutscht vom Seitenbrett und fliegt wie ein weicher Seufzer hinab. Adieu, ihr Feuertulpen. Mein kleiner Bruder stürzt, fällt hinab, wie das weggeworfene Kleid eines Engels. Seine Knochen krachen so fern, dass die Stimme von Mutter nur einen Moment lang bebt, sie lässt einen Takt aus, dann macht sie weiter, weil man weitermachen muss, man muss es versuchen, sie zieht, drückt, schiebt, diese Stimme muss doch einfach vorankommen, Mutters liebe Stimme, Mutter, Mutter.

Mein kleiner Bruder rührt sich nicht, nur die Silhouette seines Körpers schimmert silbrig am Fußboden, ein kleiner Junge aus Silber und Tod.

Im Morgenlicht sehe ich hinunter, er ist nicht da, nicht auf dem glänzenden Parkett und auch nicht wie ein Kätzchen zusammengerollt in seinem Bett. Vorsichtig steige ich hinab, unter meinen Sohlen spüre ich die morgendliche Kälte, kein Kakaoduft, kein Teelöffelklimpern, auch das schaurige Röhren der Toilette ist nicht zu hören. Ich öffne die Schlafzimmertür spaltbreit, lausche und trete ein. Mein goldblonder kleiner Bruder liegt zwischen Vater und Mutter im Ehebett. Mutter schläft, ihr lieber Mund ist offen, es sieht aus, als würde jemand ihr Gesicht halten.

Vater stützt sich lächelnd auf die Ellbogen. »Dein Bruder hat auf dem Boden geschlafen.« Er streicht mir über die Stirn. Auch jetzt scheint er etwas zu reparieren. Mit seinem Streicheln. »Einen, der so schön schlafen kann«, sagt er, »den darf man nicht aufwecken.« Er wendet sich dem Gesicht meines Bruders zu. »Weck ihn nicht, sonst erschrickt er noch. Und jagt auch noch deiner Mutter einen Schrecken ein.«

Du fehlst deinem Papa

Vor einigen Monaten habe ich meine Tochter erblickt, mir stockte der Atem, ich glaube, ich habe es kaum geschafft, den Computer auszuschalten. Ich war entsetzt und voller Wut. Ich ging im Zimmer auf und ab und kippte drei Wodkas. Meine Tochter! Mein einziges Töchterchen in so einem Film. Ich schaltete das Gerät wieder ein. Sperma floss ihr übers Gesicht. Und dieser Blick, den ich schon so lange kannte. Einmal zu Weihnachten, als sie die Puppe mit den echten Haaren auspackte, da hat sie mich mit diesen dankbaren Hundeaugen angesehen. Wir hatten ihr gesagt, wir hätten kein Geld dafür, wir wären arm. Das war auch so, wir mussten uns für die Feiertage Geld borgen. Wir hatten ihr gesagt, an die große Sprechpuppe sei gar nicht zu denken. Und dann umarmte sie die Puppe unter dem Baum und blickte uns an. Genauso wie jetzt, während schreckliches Fleisch in allen möglichen Öffnungen ihres zarten Körpers tanzt. Ich glaube nicht, dass sie nur so tut. Dass sie nur schauspielert. Ich hoffe, es gefällt ihr wirklich. Sonst würde sie es sicher nicht machen. Doch egal, was ich denke, ich kann ihr nicht damit kommen, hey Töchterchen, ich hab dich gesehen.

»Wo hast du mich gesehen, Papa?«

»In so einem Film. Du weißt schon.«

Ich weiß, wie meine Tochter tickt. Sie würde gleich zu ihrer Mutter laufen, würde ihr alles mögliche ungereimte

Zeug auftischen, Mutter, übrigens, hast du gewusst, dass Papa Pornos schaut? Damit hätte sie die Sache vom Tisch, schnell und effizient. Da könnte ich mich nur noch verteidigen. Ich möchte sie auch gar nicht mit so etwas konfrontieren. Das ist ihre Sache, sie ist erwachsen, geht wählen, arbeitet, ich nehme an, sie zahlt auch Steuern. Es ist ihr Leben, nicht meins. Außerdem habe ich Kenntnis davon, dass die Menschen, die im pornographischen Gewerbe engagiert sind, eine gründlichere ärztliche Betreuung genießen. Man muss sich die schönen, kräftigen, muskulösen Männer nur ansehen. Oder die wunderschönen, vollkommenen Frauen, wie auch meine Tochter eine ist. Diejenigen, die in diesen Filmen spielen, sind sicher gesünder als die anderen, die keine Pornos machen. Sie leben besser. Sie achten mehr auf ihre Gesundheit und auf Hygiene, sie halten Diät und machen Entgiftungskuren. Warum sollte ich nicht wollen, dass meine Tochter gesund ist und lange lebt?!

Ich weiß nicht, ob meine Frau Pornos schaut. Wir haben nie über so etwas gesprochen. Bei uns war das nicht üblich. Als ich letztens zufällig so einen Sender einstellte, sah ich die Bestürzung auf ihrem Gesicht. Ich wartete einen Moment, dann schaltete ich weiter, als wäre nichts geschehen. Sie wandte sich mir zu, öffnete den Mund, um etwas zu sagen, und blieb so. Ich spürte, dass etwas mit ihr geschah. Und ja, an jenem Abend war sie heftiger als sonst. Und ich probierte dasselbe aus wie dieser Brasilianer mit meiner Tochter. Auch wenn seine körperlichen Voraussetzungen günstiger sind, so hoffte ich doch, mir würde mit meiner Frau das Gleiche gelingen wie ihm mit meiner Tochter. Es gelang uns nicht. Meine Frau und ich blieben bei den alten, bewährten Stellungen, die ohne Akrobatik und überflüssigen Schnickschnack auskommen, aber dafür zuverlässig und berechenbar sind, sie verlangen auch keine besondere Aufmerksamkeit, so sehr sind sie in Fleisch und Blut übergegangen. Wir kriegen ein Rührei ja auch mit geschlossenen Augen hin. Man kann dabei träumen oder nachdenken. Mir zum Beispiel fällt dabei oft meine Tochter ein.

Nicht zu leugnen, es war ein kleinerer Schock für mich, als ich sie das nächste Mal mit einem Neger sah. Und nicht nur mit einem. Sogar mit zweien, mit zwei riesigen Negerburschen. Das ist schon übertrieben, finde ich. Schon ein Neger ist übertrieben, und dann erst zwei. Ich finde, auch mit Schlitzaugen sollte sie nicht. Die sind brutal und eine ganz andere Spezies. Und dann gibt es noch die Juden, die eigentlich das ganze Gewerbe zum Blühen gebracht haben. Es interessiert mich nicht besonders, aber ich habe gelesen, dass in den siebziger Jahren in Amerika die Juden neunzig Prozent der Pornoindustrie kontrolliert haben, als Darsteller, Regisseure, Produzenten. Das haben alles die Juden gemacht damals. Sie haben die Welt pornographisiert. Mir ist aufgefallen, dass sie immer irgendetwas am Laufen haben. Eine unruhige Gesellschaft. Ich finde, meine Tochter sollte auch mit ihnen nicht. Sie müsste wählerischer sein, mit wem sie es macht, schon um ihrer Selbstachtung willen.

Am Wochenende kam unsere Tochter regelmäßig zu uns, sie brachte Fröhlichkeit ins Haus. Dann war sie wieder das Kind, für das ich mein Leben gegeben hätte, in das ich geradezu verliebt war. Wir machten ihr das Bett in ihrem Zimmer, sie lief im Slip und weißen Kniestrümpfen herum, ich holte ihre alten Märchenbücher raus, manchmal las ich ihr auch vor und streichelte ihr das Haar, und sie schloss die Augen und sprach die Sätze mit, denn sie kannte sie auswendig, sie hat die kleine Meerjungfrau, das Mädchen mit den Schwefelhölzern und Dornröschen nicht vergessen. In der Nacht knabberte sie Chips und trank Cola, sie nahm den Computer in Beschlag und telefonierte mit ihren Freundinnen. Meine Frau bürstete ihr stundenlang das Haar. Sie kicherten und gluckten wie damals, bei ihrer ersten Menstruation. Auch das Poster an ihrer Tür gab es noch, ich hatte es aufgehängt, als sie zwölf geworden war. Mein Töchterchen sah der Venus von Botticelli gespenstisch ähnlich.

Ich fragte sie, ob sie ihre Arbeit mag.

»Oh, und ob, sehr sogar.«

»Bist du mit der Entlohnung zufrieden?«

»Ist gerade erst angehoben worden, sogar Prämien habe ich bekommen, mein Chef ist sehr zufrieden mit mir.«

»Welcher von deinen Chefs?«

»Wieso welcher, Papa?!«

Ich müsste es wissen, denn wie oft hatte sie mir schon erklärt, dass sie nur einen Chef habe, einen gewissen Péter, sie gehe ihm zur Hand, und wie, ob ich mir vorstellen könne, dass sie sogar die Geburtstagsgeschenke für seine Frau besorge. Péter habe zwei Kinder. Sie passe öfters auf sie auf. Auf die kleinen Racker. Also arbeitete sie auch als Babysitter.

»Was machst du noch gleich in deiner Arbeit, ich meine, konkret?«

Sie sah mich an, legte den Kopf ein wenig schräg, das Licht spielte mit ihren blonden Haarsträhnen.

»Mein Arbeitsfeld ist komplex«, sagte sie, »Koordination, Organisation und Effizienzsteigerung in einem. Sicher hast du schon von Gruppendynamik gehört.«

»Natürlich«, sagte ich.

»Dann verstehst du, was ich meine«, sie lachte und hängte sich an meinen Hals.

Meine Gedanken schweiften ab. Letztens hatte ich meine Tochter in einem Film mit zahlreichen Darstellern gesehen, viele Männer und viele Frauen, in allen möglichen Positionen. Vielleicht war auch dieser Péter dabei. Ich werde mir den Film noch mal ansehen und versuchen herauszufinden, welcher es ist. Dann fragte ich, ob sie Verehrer habe. Ich hätte noch kaum Männer um sie herumscharwenzeln sehen. Oder rede sie nur nicht davon? Mache ein Geheimnis daraus? Sie lächelte mit ihren kleinen Diamantzähnen. Das habe Zeit, ihre Augen glitzerten, das dürfe man nicht überstürzen. Zuerst müsse sie leben. Sie sei abenteuerlustig, wolle sich vergnügen. Wenn sie ruhiger geworden sei und sexuell nicht mehr so genussfähig, denn ein Nonnenleben führe sie ja nicht gerade, sie lachte, also dann wäre es Zeit für eine ernsthafte Beziehung. Wo man sich schön langsam kennenlerne. Aus dem Vertrauen eine Burg errichte. Und dann könne die Ehe kommen. Und der Storch zum Fenster hereinfliegen.

Plötzlich ging mir durch den Kopf, dass ich ein Enkelkind haben würde, ein goldblondes kleines Mädchen, ganz die Mutter, es würde heranwachsen, und das dachte ich dann nicht mehr weiter.

Ein andermal sah ich, dass sie es auch mit Mädchen machte. Männer mögen das. Im übrigen ist so etwas nur auf den ersten Blick beruhigend. Auch unter den Mädchen finden sich sehr wilde, geradezu verworfene Geschöpfe, die viel heiklere und schmerzlichere Dinge aufführen als die Männer. Langsam bekam ich ein Gefühl für den Arbeitsrhythmus meiner Tochter. Sie trat allmonatlich in einem neuen Film auf, mit Episoden oder Szenen. Das galt offenbar als viel. Sie wurde vielfach eingesetzt, ich glaube, sie war auf dem Höhepunkt ihrer Laufbahn. Zumindest hatte sie einen Namen. Meistens spielte sie eine Hauptrolle. Manchmal sah ich mir auch ältere Filme von ihr an. Ich achtete darauf, was sie anders machte, wie sie sich entwickelt hatte. Für andere Menschen hatte ich kein richtiges Interesse mehr. Nur noch für sie, meine Tochter. Andere sah ich mir höchstens deshalb an, damit die Zeit verging.

»Ist dir nichts aufgefallen an ihr?«, fragte eines Sonntags meine Frau. Meine Tochter war am Morgen fortgegangen, hatte den Samstag aber mit uns verbracht. Wie früher, als sie Kind war, hatte ich ihr den Kakao in der getupften Tasse ans Bett gebracht.

»Ich verstehe nicht ganz, wovon du redest«, antwortete ich ihr und dachte, dass ich gerne einen Wodka trinken würde.

Sie habe ein schlechtes Gefühl, sagte sie, dann fragte sie mich, warum ich schon am Vormittag trinke.

In Wahrheit widersprach ich gar nicht. Wenn meine Frau ein schlechtes Gefühl hatte, gaben ihr die Ereignisse am Ende recht. Ihre Vorahnungen erfüllten sich haargenau. Und natürlich war sie die Mutter. Und ich nur der Vater.

Als meine Tochter am nächsten Wochenende wieder zu uns kam, stellte auch ich meine Beobachtungen an. Geistesabwesend löffelte sie ihr Lieblingsessen, die goldgelbe Fleischbrühe mit Spiralnudeln, und gab nur knappe Antworten.

»Wie geht es Péter?«, fragte ich.

Sie hob den Kopf und legte den Löffel hin. Sie sagte nichts. Sie ging hinaus und ließ uns sitzen.

»Warum belästigst du sie mit so etwas?«, fragte meine Frau.

»Ich belästige sie nicht. Péter ist ihr Chef, falls du das nicht weißt.«

»Ich weiß es sehr wohl, ich habe sogar schon mal mit ihm gesprochen.«

Ich war erstaunt. Ich fragte, wann sie Gelegenheit gehabt hatte, mit dem Chef meiner Tochter zu sprechen.

Vor einigen Monaten habe sich unsere Tochter verspätet, sei nicht an ihrem Arbeitsort erschienen. Vielleicht sei sie krank gewesen, sie erinnere sich nicht mehr genau, warum, jedenfalls habe Péter, ihr Chef, sie, meine Frau, angerufen und sich sehr nett und höflich nach ihr erkundigt.

»Was hast du ihm gesagt?«

»Dass er wirklich Vertrauen in unsere Tochter haben kann. Dass sie immer ein genauer, zuverlässiger Mensch gewesen ist. So haben wir sie erzogen.«

»Und Péter?«

Péter sei beruhigt gewesen und habe sie, meine Frau, einige Wochen später wieder angerufen und sehr höflich darüber gesprochen, was für eine grandiose Arbeitskraft unsere Tochter sei. Unentbehrlich. Er könne sich die Zukunft gar nicht ohne sie vorstellen.

Wir irrten uns. Denn sie war es nicht. Auch mein Töchterchen war nicht unentbehrlich. Als sie zum allerletzten Mal zu uns kam, war sie noch blasser, sie hatte Ringe unter den Augen, rauchte. Viele Zigaretten rauchte sie auf dem Balkon, sie hob das Kinn, blies den Rauch nach oben, als würde sie zum Himmel reden. Dann sagte sie, dass sie eine schwere Entscheidung getroffen habe. Sie schwieg eine Weile. Sie werde den Arbeitsplatz wechseln. Das habe sie viele schlaflose Nächte gekostet, aber sie sei zu dem Schluss gekommen, dass es notwendig sei. Sie sei so müde, sagte sie. Sie sei so müde, dass sie Angst habe, eines Morgens nicht mehr aufzuwachen.

»Schätzen sie dich nicht genug?«, fragte ich vorsichtig.

»Sie hoffen, dass ich bleibe, doch ich will eine Veränderung. Du weißt doch sicher, dass man von Zeit zu Zeit eine neue Herausforderung suchen muss. Bei mir ist dieser Moment jetzt gekommen.«

»Was sagt Péter dazu?«

»Péter fühlt sich getroffen, er ist ganz erschüttert.«

Sie wolle es gar nicht verheimlichen, sie hätten Streit gehabt, er habe geschrien und auf den Tisch gehauen, als sei sie seine Leibeigene, sein Privateigentum, sein Arsch vom Dienst oder was.

Ich hatte meine Tochter noch nie so hässlich reden hören. Jedenfalls zu Hause nicht. Aber ich verstand, dass die Situation jetzt wirklich kompliziert war.

»Ich fahre weg, mich erholen«, sagte sie, »ruft mich eine Zeitlang nicht an. Ich habe das Bedürfnis, allein zu sein.«

»Möchtest du nicht für eine Weile zu uns ziehen?«, fragte ich mit Herzklopfen.

Sie sah vor sich hin und nestelte in ihrem goldblonden Haar herum.

»Versteh doch, das geht jetzt nicht.«

»Du würdest das Frühstück ans Bett bekommen. Ich würde dir vorlesen.«

Ihre Tränen flossen, tropften vom Kinn.

»Es geht nicht.«

»Soll ich mit diesem Péter sprechen?«

Ihr Gesicht verzerrte sich, als hätte sie ein Blitzschlag getroffen.

»Auf keinen Fall! Versprich mir, dass du nicht zu diesem Kerl gehst!«

Sie wurde still, senkte den Kopf.

»Es kann sein«, flüsterte sie, »dass ein halbes Jahr vergeht, bis wir uns wiedersehen. Oder ein Jahr, ich weiß es nicht. Aber ich werde anrufen. Ich werde immer anrufen. Macht euch keine Sorgen, meine Referenzen sind gut, ich habe auch aus dem Ausland Angebote.«

»Schwöre bei Gott, dass du anrufst«, sagte ich.

»Ich schwöre es«, nickte sie.

»Erinnerst du dich, dass ich dich meine Göttin genannt habe, als du noch ein kleines Mädchen warst?«

»Und ob ich mich erinnere.«

Ich nickte, das freute mich, das freute mich so sehr, was hätte ich noch weiter sagen sollen. Ich dachte, dass ich gerne einen Wodka trinken würde. Ich holte die Gläser und die Flasche. Dann sagte ich, ich würde sie verstehen, und ich könne ihr nicht reinreden, es sei ihr Leben. Entweder befolge sie meinen Rat oder eben nicht. Aber sie solle die Sache mit ihrer Mutter besprechen, das gehöre sich so. Wir stießen an. Sie umarmte mich.

»Ich habe es auch mit Mutter besprochen«, sagte sie.

Abends im Bett drehte sich meine Frau zu mir:

»Unsere Tochter hat mit mir gesprochen.«

»Das ist gut«, antwortete ich, »man muss alles besprechen.«

»Sie ist nicht schwanger, wenn du das glaubst«, sagte sie leise.

»Darauf bin ich gar nicht gekommen.«

»Es ist alles in Ordnung«, sagte sie und schloss die Augen.

»Sicher, alles ist in Ordnung, mein Schatz.«

Ein halbes Jahr ist vergangen, ich betrachte das Botticelli-Bild etwas häufiger. Meine Tochter ruft uns brav an, wie sie gelobt hatte. Im allgemeinen klingelt das Telefon am Sonntag vor dem Mittagessen. Wir decken auch für sie. Ich löffele die Spiralen in ihren Teller, meine Frau schöpft Fleischbrühe hinein. Wir sehen zu, wie sie dampft, wie sie auskühlt. Wenn meine Tochter anruft, ist ihre Stimme ruhig. Ich könnte auch sagen, gleichgültig. Als ob sie aus einer anderen Welt sprechen würde. Sie sagte, es gehe ihr gut. Sie könne nicht sagen, wo sie ist. Jetzt noch nicht. Wir könnten beruhigt sein, es gehe ihr ausgezeichnet. Sie ruhe sich viel aus. Schwimme. Lese. Endlich habe sie Zeit für Bücher. Und sie fragt immer, wie es uns geht. Ihre Stimme hat ihre frühere Lebhaftigkeit eingebüßt. Wenn wir gesprochen haben und ich meiner Frau den Hörer übergebe, trinke ich einen Wodka. Oder zwei. Meine Frau sagt nichts mehr dazu.

Auch jetzt noch schalte ich von Zeit zu Zeit den Computer ein. Ich suche nach neuen Filmen mit meiner Tochter. Es könnte ja sein. Nur die alten Filme sind verfügbar, doch die habe ich schon alle gesehen. Ich kenne sie in- und auswendig. Und für andere habe ich ja kaum Interesse.

Ich brumme vor mich hin, Töchterchen, du fehlst deinem Papa sehr.

Schminke

Auf der Theke lagen MAC-Puder und Lancôme-Make-up und Parfüm. Doch auch teurer Lippenstift und Nagellack und Gesichtscreme von Vichy. Die Hand der Verkäuferin legte sich schützend darüber.

»Das wird aber sehr teuer.« Ihr Blick war spöttisch. Als hätte sie gesagt, das ist nichts für dich, meine Teure, deine Haut, deine Augen haben mit solch erlesenen Produkten noch keine Bekanntschaft gemacht. Das sieht man dir einfach an. Was will so eine? Du bist eine graue Maus. Wenn du das da verwendest, verschlimmerst du nur, womit es ohnehin nicht gut bestellt ist. Um es höflich auszudrücken.

»Ein Geschenk«, antwortete sie, nur damit die Verkäuferin sie nicht so anstarrte. Als sie aus dem Laden trat, holte sie tief Luft. Sie kramte ihr Telefon hervor und rief die Schwester an.

»Ich bin gleich da, Anikó.« Sie zögerte ein wenig, ob sie es sagen sollte. »Seien Sie nicht böse, aber ich kann erst nächste Woche zahlen. Danke. Wirklich.«

Im Treppenhaus sah sie nach oben, die Lichter brannten. Die Renovierung war abgeschlossen, die Wände waren mit einem frischen Gelb gestrichen, das Treppengeländer glänzte schwarz, die Treppenstufen wie ausgetauscht, beim Eingang eine neue Briefkastenreihe. Die Mülltonnen waren neu. Hier war sie aufgewachsen. Sie kannte jeden Winkel, jeden Spalt und jede Ritze, die Steine und Pflanzen im Hof, den furchteinflößenden Kellereingang. Sie war von hier fortgegangen, hatte aber nie Abschied genommen. In ihrer Kindheit war das Haus baufällig gewesen, es hatte einen Geruch, eine Ausdünstung, eine Atmung gehabt. Der Geruch von Eintopf, Letscho und Gulasch zog durch den Hof. Die Bewohner hängten die Wäsche im offenen Gang auf. Der Verputz rieselte, und einmal war im zweiten Stock das Geländer abgebrochen. Ein Wunder, dass niemand zu Schaden kam. Und an den Leierkastenmann erinnerte sie sich und an die Einschusslöcher von sechsundfünfzig.

Die Schwester saß im Mantel am Bettrand, die Hände verschränkt. Sie wirkte müde.

»War etwas?«

»Ich habe sie trockengelegt.« Die Schwester stand auf. »Mir scheint, ihr Zustand ist stabil. Um sieben bin ich wieder da.« Sie zerrte an ihrem zerknitterten Mantel herum, wollte noch etwas sagen, schüttelte dann nur den Kopf.

Die Eingangstür knarrte, als die Schwester die Wohnung verließ. Sie machte sich in der Küche zu schaffen, lüftete. Der Geruch nach Gemüseeintopf war ihr schon im Gang aufgefallen. Vermutlich hatte die Schwester sich einen Eintopf zum Mittagessen gemacht, vielleicht mit den Erbsen. Die hatte sie von zu Hause mitgebracht. Blassgrüne Erbsen und zwei kümmerliche Frikadellen in einem gepunkteten kleinen Topf. Ihr blieb nicht viel zu tun, die Schwester hatte alles mustergültig hinterlassen. Sogar den Küchenschrank hatte sie abgewischt. Vielleicht war diese Ordnung zwanghaft. Oder sie hatte Angst. So putzt man nur, wenn man Angst hat. Der Hahn tropfte, er ließ sich nicht richtig zudrehen. Sie sah nach, was es im Kühlschrank noch gab. Ein Stückchen Wurst, Butter, etwas Gemüse, vier Eier. Gestern waren es noch fünf gewesen. Was kann mit einem einzelnen Ei passiert sein? In der Küche gab es nichts mehr zu tun. Sie ging ins Zimmer, die mit Goldbuchstaben bedruckte Plastiktüte aus der Parfümerie stellte sie auf den Couchtisch, ein Rougedöschen rollte über das Parkett. Sie hob es auf und legte es auf den Tisch. Dann setzte sie sich neben die Kranke ans Bett.

Seit Wochen war sie bewusstlos. Es hieß, das würde so bleiben. Es gebe keine Chance, dass sie zurückkommt. Ihr Zustand werde sich nicht mehr ändern. In diesem Zustand werde sie gehen, morgen, übermorgen, bald. In den ersten Tagen hatte sie noch zu ihr gesprochen. Ihr alles mögliche erzählt, von sich, was ihr passiert war, sie hatte von ihrem Tag berichtet und davon, dass Zoli zurückgekommen war. Wieder einmal. Und dass sie auf dem Friedhof war, und dass mit den Gräbern alles in Ordnung sei. Sie habe Vaters Grab von Unkraut befreit und ihrer Tante Blumen hingestellt. Sie sagte Dinge, von denen sie selbst nicht vollkommen überzeugt war. Zum Beispiel, dass die Schwester stahl. Keine wertvollen Sachen, die gab es in der Wohnung nicht mehr, doch sie konnte zum Beispiel manche Flaschen nicht wiederfinden oder Familienfotos, alle möglichen Kleinigkeiten. Mit der Zeit erlahmte ihre Lust zu reden. Sie grüßte sie nicht mehr, wenn sie ins Zimmer kam, richtete das Wort nicht mehr an sie. Sie wurde von einem leeren Blick empfangen, der sein Licht verloren hatte, von halboffenen, aufgesprungenen Lippen und von der Schwärze der Kehle, in die man hineinblicken konnte.

Sie sagte nichts zu ihr. Sie richtete ihr das Kissen. Sah nach, ob die Infusion tropfte. Ihre Zunge war belegt und weiß. Das Haar klebte ihr im Gesicht. Wann war sie zuletzt gewaschen worden? Vorige Woche? Ein paar Barthaare kräuselten sich am Kinn. Das Nachthemd war frisch, die Schwester mochte es ihr heute angezogen haben. Ihr Nachthemd mit den grünen Blättern. Das mochte sie. Die Schwester war sehr geschickt. Sie hatte ihr gezeigt, wie man das Nachthemd einer solchen, dem Wort gab sie eine besondere Betonung, einer solchen Kranken überzog. Wie man das verschwitzte Nachthemd bis zum Schenkelansatz hochzog, den Leib auf die Seite drehte, den Stoff weiter nach oben schob, wie man unter den Rumpf griff, den Rücken bewegte, die Arme, den wegkippenden Kopf. Und das Ganze nochmals in die andere Richtung. Sie musste plötzlich lachen.

Die Schwester war erschrocken. »Habe ich etwas Falsches gesagt?«

»Das ist ja ein richtiger Zauberwürfel, Anikó.«

Dass die Schwester mitlachte, hatte sie überrascht.

»Ich bin da«, sagte sie. Die Kranke keuchte ausdauernd. Sie stand auf, trat zum Fenster und zog den vergilbten Vorhang zur Seite. Diese Straße war nicht mehr die, die sie gekannt hatte. Alles hatte nur noch entfernte Ähnlichkeit. Alles erinnerte nur noch daran. Dabei hatte der kleine Laden gegenüber genauso geöffnet wie vor zwanzig Jahren. Der Inhaber stand draußen und rauchte, sie erinnerte sich an ihn. Vor zwanzig Jahren hatte er ihr den Likör zugesteckt, den sie dann mit dem Burschen aus der zweiten Etage trank, der hatte ihre Brust gestreichelt und wollte ihr dann zwischen die Beine fassen.

»Möchtest du noch etwas?«, fragte sie, ohne sich umzudrehen.

Sie kramte eine Zigarette hervor. In der Wohnung rauchte sie nie. Sie durchquerte das Zimmer und ging hinaus auf den offenen Gang. Sicher würden die Alten sie jetzt anstarren. Sollen sie doch. Sie drückte den Stummel demonstrativ auf dem Boden aus und ließ ihn liegen, als sie wieder hineinging.

»Fangen wir an«, sagte sie. Sie holte zwei Zierkissen aus der kleinen Stube, setzte die Kranke auf und schob ihr die Kissen in den Rücken. Sie versuchte, den Leib näher an die Lehne zu hieven, es gelang nicht. Die Kranke keuchte ihr ins Gesicht. Ganz aus der Nähe fiel ihr Blick in die schwarze Kehle. Sie holte noch ein Kissen, so war es schon fast okay. Die Kranke saß da wie im Kino. Sie ging ins Badezimmer und hängte den Spiegel ab. Sie trug ihn hinein und hielt ihn ihr vors Gesicht.

»Nicht so schön, nicht wahr?«

Sie ließ den Spiegel sinken und stellte ihn auf den Lehnstuhl, damit die Kranke hineinsehen konnte. Ihr Herz schlug rasch. Mit einem Handtuch bedeckte sie den Oberkörper, hinauf bis zum Hals. Die farblosen, schütteren Haarsträhnen fielen auf das weiße Frotté. Sie füllte die Waschschüssel zur Hälfte und wusch ihr das Haar, vorsichtig, damit das Wasser nicht herausspritzte. Den Fön hatte sie von daheim mitgebracht, der hiesige war schon vor Jahren kaputtgegangen, sie hatte keinen neuen mehr gewollt. Sie wollte keinen neuen Fön. Dann waren die Nägel an der Reihe. Sie schnitt und feilte sie. Auch die Finger, die Handflächen cremte sie gründlich ein, bis zu den wabbeligen Oberarmen. Sie verwendete grellroten Nagellack, es dauerte lange, bis sie ihn trockengeblasen hatte. Als sie fertig war, ging sie ganz dicht an das Keuchen heran.

»Bist du überrascht?«

Nun arbeitete sie am Gesicht. Sie zupfte die Haare am Kinn aus, weichte die trockene, runzelige Haut auf, rieb sie ein. Sie war nicht wirklich geübt, sie hatte sich im Internet Verfahren und Reihenfolge angesehen. Schließlich schminkte sie Augen und Wimpern, den weit offenen Mund mit Lippenstift.

»Gefällt es dir?« Sie hielt den Spiegel näher heran. »Na, wie ist es?«

Ausdruckslos starrte sich die Kranke an, sie keuchte. Sie selbst brach in ein albernes Gelächter aus. Sie war ziemlich müde geworden, in der Schulter stach es, die Füße waren geschwollen, sie setzte sich neben das Bett.

»Hab keine Angst, Mutter«, sagte sie. »Es wird alles gutgehen.«

Sie blieb im Zimmer und rauchte. Eine halbe Stunde später erschien die erste Träne. Sie war dick wie eine Glasperle. Sie lief über das geschminkte Gesicht und floss in den keuchenden Mund hinein. Ein weißer Streifen markierte ihren Weg. Dann kamen die übrigen, in kleinen Bächen rann das Wasser herab, aus der Nase tropfte ein wenig wässriger Rotz. Das Keuchen hörte nicht auf. Langsam verschmierte sich die Schminke, die Farben liefen ineinander, das Schwarz, das Blau, das Rot. Sie saß neben ihr, ab und zu sagte sie etwas.

»Geh, Mutter. Geh nur. Hab keine Angst. Du wirst ihm gefallen.«

Wer sieht sich einen Film nicht gern ein zweites Mal an?

Zuerst musste er den Hund wegbringen. Der ertrug den Geruch des alten Mannes nicht. Er sprang ihn zwar nicht an, doch er biss am Bett, an dem herabhängenden Laken und an den Tischbeinen herum. Als er bei seinem Vater eintraf, war alles voller Späne und Matratzenstückchen. Der Köter saß in der Mitte des Zimmers und blinzelte unschuldig. Er brachte ihn ins Tierheim, eine andere Möglichkeit gab es nicht, wer braucht schon so einen alten, unberechenbaren Mischling. Auch die Krankenschwester hatte sich vor ihm gefürchtet. Das Mädchen aus der Nachbarschaft war fortgezogen, sie war nach England gegangen, es gab niemanden, der mit ihm spazieren gegangen wäre. Manchmal war er es, der die Hundekacke hinausbrachte, die er nie am selben Ort fand. Der Hund trickste. Er machte nie an dieselbe Stelle. Schließlich musste er auch die Kanarienvögel weggeben. Der eine war krepiert, die anderen drei machten ständig Krawall, auch wenn er sie abdeckte. Haltet den Schnabel! Sie dachten nicht daran, sie jubilierten auch unter der Decke, im Dunkeln. Nur die Fische hielten aus. Goldfische, Guppys und Zwergfadenfische schwammen glücklich in dem schmutzigen, immer trüberen Wasser herum, rissen die Mäuler auf, als würden sie sich unterhalten, und jagten wie zum Vergnügen hintereinander her. Sie breiteten ihre Schleierflossen aus, vielleicht machte ihnen das tatsächlich Spaß. Die Sonne strahlte sie an, sie erhellte das Aquarium wie ein Zimmer, die Belüftung funktionierte, sie hatten Sauerstoff, sie genossen es. Gerade erst hatte er gelesen, dass die Schuppenflechte bald heilbar sein würde. Sie war bei dem Alten zum Ausbruch gekommen, als er schon wieder daheim war. Arme und Rücken hatten zu brennen begonnen. Sein Körper rötete sich. Das war nach dem Krankenhaus. Zuvor hatten sie die Diagnose gestellt und ihm das Leiden in aller Form geschildert, sie hatten ihn eingeweiht. Sie sagten ihm, dass er nur noch eine kurze Zeit zu leben habe. Er spüre es nicht, sagte der alte Mann, er spüre nicht, dass er im Sterben liege. Das sei gut, sagte der Arzt, besser, man spüre es nicht. Dann sprach er über die Metastasen. Der Alte erklärte, er werde heimgehen, er scheiße darauf, er werde nicht bleiben, und er kam nach Hause. Vielleicht hatte er sich dort etwas eingefangen. Wovon er dann die Schuppenflechte bekam, als Bonus, zusätzlich zum Hauptübel. Er wiederum hatte in der Nacht im Internet gelesen, dass sie bald heilbar sei.

Der alte Mann betrachtete seinen rotfleckigen Arm. »Heilbar?! Diese Scheiße?«

»Früher oder später wird alles heilbar sein.«

Er sah sich um, denn es stank. Hat der Hund vielleicht noch Kacke zurückgelassen? So ein kleines Mistvieh. Man sollte lüften.

»Werden alle Krankheiten irgendwann heilbar sein?«, fragte der Alte.

»Bestimmt.«

»Dann gibt es keine tödlichen Krankheiten mehr?«

»Nein.«

»Und dann sterben wir nicht?«

»Doch.«

»Wozu dann heilen?«

»Vielleicht, damit wir es in Ruhe zu Ende bringen. Es ist doch schlechter, krank zu sterben, oder?«

»Nein«, sagte der Alte unter Gelächter, Rotz floss ihm aus der Nase. »Ich finde, gesund sterben ist Blödsinn. Wozu, wenn dir gar nichts fehlt?!«

»Kann schon sein, ich weiß nicht.«

»Hast du Filme mitgebracht?« Der Alte sah in die Tasche.

»Klar.«

Er packte die Scheiben aus. Eine davon steckte er in das Gerät. Er hatte ihm Dutzende von Filmen heruntergeladen. Sein Vater sah sich auch schon mal vier, fünf Filme am Tag an. Er saß im Bett, von Kissen gestützt, und wenn er keine Lust hatte aufzustehen, pinkelte er ins Bett. Von Zeit zu Zeit holte die Schwester ihn aus seinen nassen Windeln und machte ihn sauber. Sie nannte ihn Herr Sándor. Herr Sándor hinten, Herr Sándor vorn. Junge! Manchmal kriegt der Alte einen Ständer. Die Schwester schnippte mit ihrem roten Fingernagel über seine Eichel.

»Na, na, na, Herr Sándor, keine Schelmereien!«

Noch eine Woche, und er wird anfangen, die Filme zu wiederholen, und keine neuen mehr herunterladen. Wozu auch. Vielleicht merkt er es gar nicht. Und wenn doch, wird es ihm egal sein. Außerdem, wer sieht sich einen Film nicht gern ein zweites Mal an?

Es war nicht so einfach gewesen, das Ganze zu organisieren. Aber auch nicht unmöglich. Er kam zweimal in der Woche her, brachte Filme mit oder auch nicht, und der junge Mann kam, bis auf die Wochenenden, jeden Mittag mit dem Essen, er hatte inzwischen einen Schlüssel, und samstags und sonntags brachte er selbst seinem Vater das Essen mit. Auch die Schwester kam zweimal, gerade so, dass sie sich verpassten.

»Du und die Schwester?«, fragte der Vater und versuchte, so richtig durchtrieben zu gucken.

»Ach geh, red keinen Unsinn.«

Schlimm an dem Ganzen war, wie fremd er ihm wurde. Dass das Ende so aussah. Er starb ihm weg, er gab ihm seinen Tod, zum Abschied. Fertig, aus. Mehr kommt nicht mehr. Hier in der Wohnung wird er es zu Ende bringen oder in irgendeiner Klinik auf der Hospizstation, und sein Tod wird ihm gehören. Was fängt er mit ihm an. Was sagt er zu ihm. Wie redet er ihn an. Natürlich geht es da nicht ums Begräbnis. Er dachte nach, ob irgendetwas Erleichterung bringen könnte, und kam zu dem Schluss, dass es das nicht gab. Auch was Erleichterung sein könnte, geht mit dem Tod verloren.

»Du hast gesagt, dass du reden willst«, der Alte blinzelte verschlagen. Es war eigenartig, so schaute er ihn sonst nie an. Er wandte sich seinen Fischen zu und zählte sie.

»Ja.«

»Sind es nicht weniger geworden? Einer weniger? Nicht wahr, die fressen sich doch nicht gegenseitig auf?«

»Die da bestimmt nicht.«

Er ging in die Küche. Der Kühlschrank summte, er öffnete ihn weit. Das Gerät war überflüssig, der Alte aß keine Reste. Es war auch gar nichts drin. Nicht einmal ein Stückchen Butter. Auf den Glasregalen Schimmelflecken. Überraschenderweise fand er eine Flasche Bier. Na bitte. Er machte sie auf, schleckte den Schaum ab, der ihm über die Finger lief, und nahm einen kräftigen Schluck.

»Hab ich für dich bringen lassen«, rief der alte Mann von draußen.

»Danke.« Er setzte die Flasche nochmals an.

»Dein Lieblingsbier, nicht wahr?«

»Brauchst du den Kühlschrank noch?«

»Die Fische und der Kühlschrank, die sind mir als Einziges geblieben. Und die Filme, zum Teufel.«

»Wozu der Kühlschrank?«

»Wegen des Klangs. Ich bin ihn gewohnt.«

Er ging zurück. Der alte Polsterstuhl knarrte unter ihm, er saß dem Alten gegenüber, der schon begonnen hatte, sich einen der Filme anzusehen. Manchmal kommentierte er ihn auch.

»Siehst du, dieser Typ, der wird gleich sterben. Darauf läuft es hinaus.«

»Ich würde gerne wissen, warum.«

»Was warum.«

»Warum hast du mich geschlagen?«

»Du sagst, ich hätte dich geschlagen?«

»Ja. Du hast mich viel geschlagen.«

»Ich weiß nicht«, brummte der alte Mann. »Ich erinnere mich nicht, dass ich dich geschlagen hätte. Oder so viel geschlagen hätte. Jedes Kind kriegt ein paar hinter die Löffel. Ohne ab und zu eine Ohrfeige geht es nicht.«

Er stand auf, ging ein paar Schritte durchs Zimmer, zündete sich eine Zigarette an. Er öffnete das Fenster und blies den Rauch hinaus. Schließlich wandte er sich um.

»Das waren keine Ohrfeigen.«

»Du hast selbst ein Kind«, sagte der Alte.

»Dieses Kind ist dein Enkel.«

»Schlagst du es?«

»Nein.«

»Du hast es noch nicht geschlagen?«

»Nein.«

»Noch nie?«

Er drückte den Stummel aus. Draußen hatte es sich eingetrübt, von Osten zog die Dämmerung heran, gleich würde es regnen. Das Grau selbst rieselte herab, und während er das Ganze betrachtete, schienen sogar seine Knochen zu durchnässen. Der Schiefer des Nachbarhauses glänzte schleimig, eine Katze spazierte auf der Dachrinne. Einer der Schornsteine hustete Rauch aus. Wieso nur der eine? Eine Probeheizung? Auf dem Sims duckten sich fröstelnd Tauben zusammen. Im zweiten Stock übte der Pianist. Er gehörte nicht mehr zum Ensemble, sie hatten ihn gefeuert, abgebaut, hübsch nach Hause geschickt und seinen Platz neu besetzt, und trotzdem übte er Tonleitern, jeden Nachmittag. Verständlich. In Wirklichkeit war das kein Üben. Wenn er nie mehr auftreten wird, und das wird er nicht, dann kann man das nicht Üben nennen. Üben kann nur, wer früher oder später auftritt. Er lächelte, was war das dann?

»Was lachst du?«

»Es ist nichts.« Er ging zum Aquarium, hockte sich hin und sah hinein. Er sah die Fische an wie der Alte den Fernseher.

»Hast du über mich gelacht?«

»Nein, nicht über dich.«

Sein Vater wandte sich wieder dem Bildschirm zu.

»Ich hab ja gesagt, er wird umgebracht. Sie haben ihm

ordentlich ins Hirn geballert. Was hat er sich auch so aufführen müssen. Wäre er auf seinem Hintern sitzen geblieben, hätte er jetzt keine Löcher im Schädel.«

»Ich verstehe nicht, dass du dich nicht daran erinnerst.«

»Woran?«

Der Alte zog sein Taschentuch hervor, räusperte sich ausgiebig und spuckte hinein. Dann faltete er es zusammen und steckte es wieder unter das Kopfkissen.

»Du hast mich sogar mit der Faust geschlagen.«

Der Alte rieb sich nachdenklich die Schläfe, ein roter Fleck blieb zurück. Er warf die Unterlippe auf.

»Ich sage doch, dass ich mich nicht erinnere. Verwechselst du mich nicht mit jemandem?«

Beinahe hätte er aufgelacht:

»Einmal konnte ich eine Woche lang nicht aufstehen.«

Der Alte schüttelte stur den Kopf und blickte stur auf den Bildschirm. Er folgte dem Film.

»Du hast aber auch gern gefaulenzt, mein Sohn, soviel ist sicher.«

»Bist du geschlagen worden?«

»Ich? Von wem?«

»Von deinem Vater.«

Der Alte wurde ärgerlich, er fuhr mit der Hand durch die Luft, als würde er Fliegen verscheuchen.

»Nein, mein Vater hat mich nicht geschlagen. Nimm bitte zur Kenntnis, dass ich von meinem Vater nie Schläge bekommen habe. Wie kannst du mir mit meinem Vater kommen?! Mit welchem Recht?!«

Der Alte schwieg schnaufend, er wandte sich von neuem dem Bildschirm zu, knurrte in sich hinein. Er wiederum machte sich zum Aufbruch bereit. Wasser tropfte neben seine Schuhe. Er griff sich an die Hosentasche. Dann nahm er seinen Mantel.

»Morgen bringe ich dir Medikamente. Die Vitamine gehen zu Ende.«

Die Augen des Alten funkelten seltsam.

»Aber du wolltest doch etwas sagen. Du wolltest mit mir reden.«

»Morgen dann.«

»Okay, morgen.«

Er hatte schon den Schlüssel in der Hand, als der Alte ihm nachrief:

»Wenn du dir den Kopf darüber zerbrichst, ob du auch die Fische mitnehmen sollst: Lass sie da. Die Fische gebe ich nicht her.«

»Die Fische bleiben da, Papa.«

»Dann sind wir uns einig.«

»Völlig, Papa.«

Er schloss die Tür und ging auf die Straße hinaus. Es regnete. Er warf dem Bettler an der Ecke Geld hin. Dann blieb er stehen, betastete sich, seine Tasche. Schon hatte er den Fisch in den Händen, den größten Goldfisch. Er legte ihn auf den nassen Asphalt und beugte sich über ihn. Der Fisch zappelte, er hörte das leise Klatschen und schloss die Augen. Er glaubte, Schläge ins Gesicht zu spüren, Schläge von der großen, unermüdlichen Hand seines Vaters.

Márta ist schon mal in Asien gewesen

Als den Apotheker sein Herz hinweggerafft hatte, rief mich seine Tochter an, sie brauche mich. Ich sagte, in Ordnung, wann ich denn kommen solle. Am Mittwoch bei Tagesanbruch. Noch im Dunkeln? Nein, aber ich könne ruhig schon im Morgengrauen beginnen, wenn ich Lust hätte. Ich sagte, dass ich selbstverständlich schon in aller Herrgottsfrühe anfangen könne. Ein Tag, und das Ganze sei über die Bühne, sagte sie. Da gab ich ihr aber schon zu verstehen, dass sie es mir überlassen müsse, wieviel Zeit nötig sein werde. Denn es ist nicht so, wie der Laie denkt, dass man nur den Haufen anzünden muss, den die Nachbarn schon durchwühlt haben, und der verbrennt dann gehorsamst. Man hat es mit vielen Dingen zu tun, die tagelang im Kessel glimmen, sie können nicht fort, sie wollen sich nicht verflüchtigen, sie wollen bleiben, es sind hartnäckige Materialien, noch als Asche behalten sie ihr Gewicht. Ob sie wisse, fragte ich die Tochter des Apothekers, wie mühselig es sei, eine Bibliothek zu verbrennen? Oder zum Beispiel mit alten, zusammengeschnürten Zeitungen vom Dachboden fertigzuwerden, in denen sich der Staub wie ein Bindemittel abgelagert hat? Das gibt es nur in Filmen, dass ein Haufen zusammengeworfen und Benzin draufgespritzt wird, und ein Streichholz besorgt den Rest. Und erst die Kleider! Manche sind reiner Kunststoff, Jersey, Seide, Baumwolle, Flanellscheiß, jeder brennt anders. Einmal ist mir das Blumenmuster eines Damenneglig és noch tagelang vor den Augen herumgetanzt. Chinesische Gummipantoffeln, Gürtel, hundert Jahre alte Handtaschen, Herrenwintermäntel?! Was brennt gut zusammen, welche Materialien und Fabrikate – es ist ratsam, sich da auszukennen. Und was in den Kleidern drin ist. Ich verrate kein Geheimnis, wenn ich sage, dass man in Kleidern alles finden kann. Ich hatte schon mal mit dem Inhalt mehrerer Schränke zu tun, Frauenkleidung, eine komplette Garderobe, erste Sahne, damit hätte man ein hübsches Sümmchen verdienen können, doch der Witwer erklärte, es komme überhaupt nicht in Frage, dass sich da eine andere in den Kleidern seiner Frau aufspiele, und mir war es egal, ich verbrannte die Sachen, nur einmal ging es mir ein bisschen über die Hutschnur, als ich doch tatsächlich hörte, dass jemand aufschrie. Wie ein Baby. Ein richtiges Kinderweinen, es gurgelte sogar. Ich erschrak ein bisschen, keine Frage, ich stocherte in der Glut herum, dann dachte ich, wie soll denn ein Kind zwischen die Lumpen geraten sein, ausgeschlossen. Zwei Tage später fand ich den ausgebleichten Katzenschädel. In der Zwischenzeit war der Witwer schon zweimal hergekommen, er miezte, lockte die Katze, schließlich winkte er ab, der Moritz sei in seinem Kummer wohl in die Welt hinausgelaufen. Und ich grübelte darüber nach, dass eine Katze sich nicht befreien konnte. Dass sie nicht hinauskonnte, sich nicht hinausbiss. Auch Mäuse zum Beispiel können nicht aus dem Kessel fliehen, sie sind kleine Kreaturen, vielleicht deshalb. Doch die Ratte bohrt sich durch jedes beliebige Feuer, durch jedes Lodern. Sie kommt auch von ganz unten aus dem Fass, klettert brennend heraus, verflucht mich in der Rattensprache und läuft davon.

Ich gehe regelmäßig zu Márta. Manchmal kommt sie nicht aus ihrem schönen Gartenhaus, obwohl ich weiß, dass sie daheim ist, ab und zu aber schon. In diesen Tagen war sie auch am Vormittag zu Hause. Übrigens hat sie mich noch nie zu sich hereingebeten. Solange sie nicht herauskam, betrachtete ich die Pelargonien und die Löwenmäulchen, sie hat sogar einen Gartenzwerg. Ich überlegte, ob ich schon mal einen Gartenzwerg verbrannt hatte. Die Tür ging auf, Mártas Bewegungen waren langsam, sie machte ihr Haar zurecht. Ihr Haar war so seltsam.

»Ich will gar nichts«, sagte ich eilig.

»Jeder will etwas.«

»Ich wollte Sie nur sehen.«

»Na, das haben Sie nun. Auf Wiedersehen«, sagte sie und rührte sich nicht.

»Haben Sie gehört, Márta, dass der Apotheker gestorben ist?«

»Stimmt es, dass man Sie verbleuen will?«

»Es gibt keinen Grund dazu«, antwortete ich.

»Es ist egal, ob es einen Grund gibt oder nicht, wenn Sie wirklich verprügelt werden.«

Sie wich ein wenig zurück, als wollte sie sich ins Haus flüchten. Sie rümpfte die Nase, und die Krähenfüße um ihre Augen begannen zu tanzen. Sie hustete ein paarmal, zog ein Taschentuch hervor und wischte sich den Mund sorgfältig ab.

»Ja, ich habe gehört, dass der Apotheker gestorben ist.«

»Und haben Sie auch gehört, dass ich bei ihm verbrenne?«

»Warum sehen Sie immer meinen Mund an?«

»Das stimmt wirklich, Márta. Sehr seltsam«, begann ich zu erklären, »denn man weiß meist nicht, was man verbrennt. Der viele Krempel, den jeder Tod hinterlässt, soll nur schnell zu Asche werden. Wissen Sie, wie viele Dinge ein Tod hinterlässt?«

»Geben Sie doch nicht so an.«

Sie hat ein Muttermal über dem Mund, und beim Sprechen bewegt es sich. Wenn mein Herz heftig zu schlagen beginnt, sehe ich es immer an.

Ich fand mich rechtzeitig beim Haus des Apothekers ein, der Morgen graute schon, in den Straßen brüllten die Tiere. Ich habe das einmal beobachtet, auf dem Land sind nicht die Vögel die Ersten. In Budapest schon. Auf dem Land fangen die Schweine und die Hunde als Erste an, sie kommen früher zu sich als die Hähne. Einige alte Frauen schoben auf ihren desolaten, quietschenden Fahrrädern gebrauchte Kleider zum Markt. Sie bringen immer dieselben Kleider zum Marktplatz, seit Jahren, die anderen Frauen wühlen darin herum und suchen sich manchmal auch etwas aus. Und ich verbrenne den Plunder am Ende. Ich war ein bisschen früh dran beim Apotheker, das ist wahr, an der Ecke musste ich noch eine rauchen. Ich betrachtete die Glut und sagte zu ihr, gleich werde ich dir Geschwister machen. Die Tochter des Apothekers sagte, der Hof gehöre ganz mir. Wie ich so in der Dämmerung dastand und ein bisschen fror, kam mir Márta in den Sinn. Ob es irgendein Problem gebe, fragte die Tochter des Apothekers. Was für eine feinfühlige Frau sie war. Nein, nein, alles in Ordnung, unterdessen sah Márta mich von irgendwo her an. Ob ich meine Entlohnung zu gering fände? Nein, nein, alles bestens. Der Hof war mit Dingen angefüllt, die zu verbrennen waren, Kleider, unbrauchbarer Kleinkram, Küchengerätschaften, der komplette Inhalt einer Vitrine, Erinnerungsmuscheln, Holzschnitzereien, Holzkästchen. Ich begann den Bestand zu inspizieren. Keine komplizierte Sache, schien es. Es sah nicht so aus, als würde es Probleme geben, zudem erwähnte die Tochter des Apothekers, die etwa in meinem Alter war und natürlich aus Budapest kam, sie habe ein paar Flaschen Bier neben den Zapfhahn in den Schatten gestellt. Sie gehe jetzt, ich solle sie anrufen, wenn ich fertig sei. Es sei nicht vorherzusehen, wann das sein werde, sagte ich. Ich müsse das große Tor öffnen, um den Kessel hereinzubringen.

Einen Kessel dieser Größe hat sonst niemand im Bezirk. Solche Dinger sind beim Militär in Verwendung. Er hatte den Deutschen oder den Russen gehört, ich habe ihn einem Bauern abgekauft, der sammelte Regenwasser und hielt junge Enten darin. Manchmal habe er mit seiner Frau darin gebadet, erzählte er augenzwinkernd. Ich sagte, na aber, so ein Kessel ist nicht zum Plantschen da. Wir feilschten nicht lange, ich bekam ihn relativ billig. Seine Frau stand auf der Veranda und wrang einen Lumpen aus, ich glaube, sie hat nicht so gern in dem Kessel gebadet. Es geht mich auch überhaupt nichts an. Also, seit ich ihn habe, bin ich viel unterwegs, mache meine Arbeit, verbrenne. Einmal fuhr ich, aber wirklich nur aus beruflicher Neugierde, in die Komitatshauptstadt, ich kannte dort einen Typen, er war mit mir in die Schule gegangen und arbeitete im Krematorium. Ein wenig sah er auf mich herab, um es genau zu sagen. Weil er Menschen verbrannte. Ich sagte ihm, dass ich es untersuchen wolle. Was? Wie ein Mensch verbrenne. Das sei nichts Besonderes, ich konnte jedoch sehen, wie stolz er auf sich war. Das ist nur eine Legende, dass man sich aufsetzt, in Zuckungen verfällt, wie um sich zu befreien, wie ein in der Hölle Erwachter, nein. Wir verbrennen, werden weiß, wie dieser Katzenschädel. Das bisschen Asche bleibt übrig, es muss herausgekratzt werden, doch hin und wieder glitzert ein vergessener Ehering oder ein Goldzahn daraus hervor. Dergleichen findet sich auch bei mir.

Von mir aus brauchen die Einäscherer des Krankenhauses mich nicht für voll nehmen, allerdings sollte man bedenken, dass meine Arbeit Vertrauen voraussetzt, auch Verwandte, der Witwer, die Kinder könnten die Verbrennerei erledigen, dennoch werde ich geholt, allein deshalb, weil ich einen guten Ruf und hervorragende Referenzen habe, die Leute wissen, dass ich diskret und genau bin, und wenn ich etwas in dem Krempel finde, das zufällig hineingeraten und noch zu gebrauchen war, dann stecke ich es nicht ein, sondern liefere es ab. Und wenn zum Beispiel die Nachbarin herüberkommt, um zu fragen, ob ich nur vom Verbrennen etwas verstünde, frage ich zurück, worauf sie anspiele, na, ob ich auch was vom Löschen verstünde, und während ich draußen verbrenne, lösche ich bei ihr, in der Speisekammer, unsere Hitze. Trocknende Würste und eine Seite gesalzener Speck schlagen mir auf den Rücken. So etwas kam vor, und nicht nur einmal. Das Feuer wühlt die Frauen auf. Es stürzt sie in Verwirrung, und sie wollen mehr, oder besser gesagt, sie wagen mehr als je zuvor. Mit Márta sprach ich natürlich nie über solche Dinge. Ich habe nie mit jemandem darüber gesprochen, denn so was braucht nur einmal publik zu werden, und ich bin erledigt.

Vor kurzem habe ich am unteren Ende des Ortes verbrannt, als von der Straße so ein schmieriger kleiner Nichtsnutz hereinkam, so eine Zigeunerlaus. Sein Blick blitzte, ich frage ihn, willst du was Schönes sehen, Bürschchen. Er würde, wisperte er heiser, gern das eine oder andere mitnehmen, und schon wühlte er in dem Haufen herum. Ich sagte, gut, alles, was er wolle, doch zuvor würde ich ihm etwas zeigen. Ich trat ihn in den Arsch, er solle aufpassen. Ich müsse ihm gar nichts zeigen, aber wenn ich zum Beispiel Geld hätte. Ich zeig dir was, verdammt, oder du haust ab nach Hause. Zigeunerbürschchen, widersetz dich nicht. Er widersetzte sich nicht, kuschte und schniefte. Ich verbrannte gerade bei einem LKW-Fahrer und hatte bei ihm fünfhundert Deodorant-Dosen gefunden. Er hatte sie nicht weggeworfen, sogar Bac-Deos hatte er, verdammt viele Bac in allen möglichen Farben. Dann fand ich natürlich auch Fa- und Rexona-Deodorants. Er bewahrte sie in der Kühlkammer auf, viele Dosen in Säcken und Kartons, einige zur Zierde neben dem zehn Jahre alten Birnenkompott. Ich sagte dem Kind, es solle sich hinhocken und die Mütze aufsetzen. Warum. Setz sie auf, verdammt, spar dir die Fragen. Er setzte sie auf, doch die Sache stank ihm schon sehr. Ich goss ein wenig Benzin in den Kessel, warf das Streichholz hinein und schlenderte zu dem Holzklotz zurück. Ich setzte mich neben das Zigeunerkind.

Also fünfhundert Herrendeospraydosen, wenn sie explodieren. Wie sie nacheinander krepieren. Wie kleine Katjuschas. Eine Salve. Staatsfeiertag. In der Nachbarschaft begann der Hühnerhof zu kreischen, und dann jaulten natürlich die Hunde. Ich lachte schallend.

»Nicht schön, Zigeunerchen?«

»Sehr!« Er weinte. Der Rotz rann ihm auf den Mund, er leckte ihn weg. »Lieber Kesselmann, so etwas Schönes habe ich noch nie gesehen«, sagte er.

Dann lungerte er nur noch herum, er wolle gar nichts mehr mitnehmen, nur noch Dosen, worauf ich, nimm dir die Kleider, kleiner Zigeuner, die restlichen Schuhe, siehst du, das sind Kleiderhaken, Holzlöffel, ein Eimer ist da, hier sind LKW-Fähnchen, und die Abziehbilder, die kannst du ans Tor kleben, nimm die. Und er greinte, ich solle ihm Dosen geben. Er schiss auf die Kleider, auf alles. Nur Dosen interessierten ihn. Doch es gab keine mehr. Wir hatten sie alle in die Luft gejagt.

»Hol dich der Teufel«, sagte er, als er sich fortmachte.

Nicht lange danach im Stadtpark entdeckte ich Márta, ich ging zu ihr, als würde mein Herz nicht heftiger schlagen. Dabei schlug es wie eine kleine, betrunkene Glocke. Immer wenn ich Márta sehe, kippt etwas in mir um. Kein gutes Gefühl. Es ist nicht gut, umzukippen, doch wenn es das Gefühl nicht gab, fehlte es mir. Márta ist schon mal in Asien gewesen, das weiß jeder. Ich habe beim Wichsen nie an Márta zu denken gewagt.

»Ach je«, sagte Márta, als sie mich erblickte, und zog ihre Strickjacke über der Brust zusammen. Sie lächelte herb. Runzeln zogen sich um ihre Augen zusammen. Mártas Augen waren blau. Sie schminkte sich. Behutsam, soviel ich sehen konnte, sie übermalte gerade nur eben die Bitternis, die alternde Frauen befällt. Sie ergraute, als hätte sie Asche von meinen schönsten Feuern im Haar. Der

Herbst steckt dir seine Nebelfinger ins Haar. Männer zaust er eher, auch mein Haar lichtet sich.

»Sie scharwenzeln vergeblich um mich herum«, sagte Márta, und ich wunderte mich ein wenig, denn dass ich herumscharwenzeln würde, hätte ich nicht gedacht, dass ich im Hinblick auf sie ausdauernd bin, hingegen schon.

»Ich will Ihnen nicht zu nahe treten, Márta.«

»Sie gehen mir auf die Nerven, Ferenc.«

Ich setzte mich neben sie auf die Bank. So weit waren wir immerhin gekommen, als ein Fahrrad auf uns zuquietschte, der große Bruder des Zigeunerbürschchens sprang ab und legte auch schon los, es gebe verflucht großen Zores, ich hätte seinen Bruder geschlagen und gequält, der habe davon eine psychische Störung, mache ins Bett und könne nicht schlafen, er stehle Deodorants, und das würde mich mindestens hunderttausend Forint kosten. Aber mit sich handeln lasse er schon. Zum Beispiel, wenn ich das Zeug nicht verbrenne. Den Rest werde er erledigen.

»Bloß verbrenne ich gerne«, sagte ich.

»Warum willst du streiten, Ungar?«

»Ich streite nicht, ich habe nur bemerkt, dass ich gerne verbrenne.«

»Streitest du immer so viel, verflucht?« Er sagte es auf so eine missmutige Weise.

Ich stand auf, und mir schien, als habe Márta nach mir gegriffen.

»Auch dein Kessel reicht«, sagte der Zigeuner und wich etwas zurück.

»Hau ab«, sagte ich.

»Und wenn nicht?«

»Soll ich dich verbrennen?«

»Du hast eine große Klappe vor der Frau, was? Bis man sie dir einschlägt. Dann schrumpft sie zusammen, Kesselmann.«

Als mich die Tochter des Apothekers holte, wurde mir etwas sehr Wichtiges bewusst. Was dann Konsequenzen hatte. Was für Konsequenzen? Ich glaube, ziemlich schöne. Ich trank ein Bier aus dem Haufen, dann rollte ich den Kessel in den Hof. Da war die Tochter des Apothekers noch hier, doch als die erste Ladung aufflammte, fuhr sie mit ihrem kleinen, roten Audi davon. Sie wollte es nicht sehen. Ich verstehe das, viele Leute denken so. Mit ansehen, wie der Morgenmantel, die Unterwäsche unseres Vaters, die vielen Hemden mit den abgenutzten Kragen zu Asche werden, wie seine Korrespondenz der Vergänglichkeit anheimfällt. Ich ging methodisch vor. Immer das Leichte zuerst, das weniger Asche hinterlässt. Am Vormittag hatte ich die Säcke bemerkt, die sich an die Garagenwand drückten. Sie waren so schwer, dass ich sie gar nicht heben konnte. Sie waren proppenvoll mit Rezepten, schön zu Rollen zusammengelegt, mit Einmachgummis umschlungen, unzählbar viele Rezepte aus der Vergangenheit, aus der Gegenwart, aus der Zeit der Schöpfung. Du lieber Himmel, dachte ich, wie viele Krankheiten. Wieviel Schmerz und Pein, wieviel Tod, Hoffen und Entsetzen war auf diesen rosafarbenen Müll draufgekritzelt. Zu der Einsicht gelangte ich, als ich die Rezepte in Angriff nahm, da sah ich mich mit einem Sachverhalt konfrontiert, von dem ich bis dahin keine Ahnung gehabt hatte, obwohl ich mir doch so viel auf meine Feuerkunst zugutehielt, aber es war der Moment, in dem ich dort, im Hof des Apothekers, die Erfahrung machen musste, dass zusammengerollte Rezepte nicht brennen, das heißt nur sehr problematisch brennen, so problematisch, dass ich schließlich, als ich meine Wut abgelassen hatte, meine Prinzipien aufgeben musste, denn ich verwende nur in den seltensten Fällen Benzin oder Diesel, weil ich gerade an der Zusammenstellung meine Freude habe, dass dies mit diesem hervorragend in Rauch aufgeht und jenes mit jenem. Die Rezeptrollen schissen auf jede Art von Gemeinschaft. Ich musste sie mit Wundbenzin übergießen, denn auch das hatte ich bekommen, bei einem Apotheker findet sich immer Wundbenzin, doch auch so qualmten die Rezepte eher nur. Der Rand des Papiers sengte an, der Gummi schmolz herunter, doch die Rolle blieb übrig. Ich musste mich wirklich abplagen, stieß Verwünschungen aus und versetzte meinem guten Kessel einen Fußtritt. Mehr als einmal. Und da fiel eine Rolle heraus, kullerte neben die Gummistiefel, denn auch Gummistiefel hatte der Apotheker gehabt, er hatte gerne im Garten gearbeitet, einige der kleinen rosa Blätter fielen auseinander, lagen ausgebreitet da, sie ließen an abgezogene Menschenhaut denken, und auf einem dieser Rezepte sah ich Mártas schönen Namen. Er war ringsum gebräunt. Ich sah auf das Datum. Es waren verhältnismäßig neue Rezepte, aus dem Vorjahr, aus dem laufenden Jahr, ein, zwei Monate alt. Ich sah nach, was sie beim Apotheker geholt hatte, welche Medikamente sie brauchte. Solche brauchte sie also, ich kannte diese Medikamente, meine Mutter hatte sie auch nehmen müssen, und in der Verwandtschaft war diese Sache ebenfalls vorgekommen. Medikamente, die, mir blieb das Wort im Hals stecken, verfluchte, gottverdammte Scheiße, schrie ich dann, bearbeitete die Wand des Apothekerhauses mit Tritten, diese beschissene Wand. Die ganze beschissene Welt. Mistviecher. So ging das den ganzen Tag, ich fluchte in einem fort, Wut und Verzweiflung kochten in mir. Doch am Nachmittag war ich fertig. Ich verbrannte alles, jetzt erst recht, mit Benzin. Die Asche spritzte ich ab und verscharrte sie im Garten. Den Kessel spülte ich mit dem Schlauch aus, kühlte ihn ab. Das graue Wasser zerfloss auf dem Rasen wie der Zorn. Scheiße, sagte ich vor mich hin. Da sah ich, dass der große Zigeuner und das Zigeunerbürschchen im Hof waren.

»Raus!«

»Du hast Schiss, was?«

»Gibt's Dosen?«, fragte das Bürschchen.

»Halt's Maul!«, sagte der Größere und zog ihm eins über. Der Kleine lehnte sich an die Mauer und steckte die Hände in die Taschen. Inzwischen hatte vielleicht auch der Große mitbekommen, dass er zur falschen Zeit gekommen war. Dass er es besser nicht jetzt oder am besten überhaupt nicht hätte riskieren sollen.

»Sind Sie doch verprügelt worden?«, fragte Márta. Übrigens hatte ich damit gerechnet, dass sie mich nicht einlassen würde. Doch sie ließ mich ein. Ich musste erst blutüberströmt sein, damit sie mich einließ. Da hätte ich auch früher draufkommen können. Sie schüttelte den Kopf, vielleicht lächelte sie sogar, doch sie öffnete mir das Tor. Ihr Gartenzwerg zwinkerte mir vielsagend zu. Ihre Wohnung war so, wie ich sie mir vorgestellt hatte, viele dicke, bunte Bücher, eine Menge seltsamer Gegenstände, Elefantenskulpturen, Räucherstäbchen, Tapisserien. An den Wänden außergewöhnliche Fotografien. Vielleicht aus Asien. Ich könnte alles verbrennen.

»Es ist nicht mein Blut«, sagte ich.

Sie ließ mich in der Küche Platz nehmen und gab mir einen Doppelten, Reisschnaps, sagte sie und holte die Notfallbox. Sie nahm Desinfektionsmittel heraus und Wundbenzin. Und ich starrte ihre Brust an. Oder was weiß ich, die Stelle, wo die Brust war. Sie setzte sich ein wenig hin, als sei sie sehr erschöpft. Seufzend ließ sie sich neben mir nieder und hüllte die blutige Watte in ein Taschentuch. Auch sie schenkte sich einen Reisschnaps ein.

»Stinke ich sehr nach Rauch?«, fragte ich.

»Ist jemand tot?«

»Nein«, antwortete ich. »Er ist nicht tot.«

»Wird er auch nicht sterben?«

»Nein.«

Sie stand auf, in Gedanken versunken. Sie dachte daran, dass niemand sterben würde. Ein fremder Wind schien durchs Zimmer zu gehen, der Vorhang bewegte sich. Sicherlich grinste draußen der Scheißgartenzwerg. Ich erhob mich ebenfalls.

»Sind Sie wirklich auf einem Elefanten geritten, Márta?«

»Mein Mund ist bitter, von den Medikamenten«, sagte sie.

»Das macht nichts.«

Wir küssten einander.

»Duschen Sie«, sagte sie. »Sie können mein Deo verwenden.«

Ich schlief bei ihr, und sie zündete ein Räucherstäbchen an. Was für einen dünnen weißen Rauch so ein Stäbchen hat. Wie er schwankt. Ich verbrachte die Nacht bei Márta, das Kanapee knarrte ziemlich, eigentlich war es zu schmal für uns beide. Wir schliefen kaum, sie fragte mehrmals, ob ihr Mund bitter sei. Mehrmals hätte ich ihr beinahe an die Brust gegriffen. Das Auto und den Anhänger mit dem Kessel hatte ich auf der Straße stehenlassen. Jeder konnte es sehen. Alle Scheißnachbarn konnten sehen, dass ich bei Márta war, die schon einmal in Asien gewesen ist, unter der ein Elefant geschaukelt hat. Am Morgen war der Kessel nicht mehr da. Márta kochte Kaffee, sie hörte, wie ich die Tür zuschlug und hinauslief.

»Gehen Sie nicht fort!«, rief sie mir nach.

Das Zigeunerbürschchen saß am Grabenrand, es kaute Grashalme.

»Wo habt ihr ihn hingebracht?«

Er zuckte die Achseln, kratzte sich an der Wade, seine Nägel hinterließen weiße Streifen. Ich roch Kaffeeduft, Márta war mit der Espressokanne hinausgeeilt, sie stand neben dem Gartenzwerg, ihre Perücke war verrutscht. Sie rückte sie zurecht. Der kleine Zigeuner betrachtete uns. Er kratzte sich ständig.

»Wenn Sie mir hundert Deodorantdosen beschaffen, zeige ich Ihnen, wo er ist.« Er stand auf und ging los, damit ich am besten gleich mitkam.

Doch ich musste Márta ansehen. Ihre Perücke saß immer noch nicht gut.

Weil wir keine Dänen sind

Meine Mutter legte auf, sie maß mich mit einem enttäuschten Blick. Ihr Haar klebte am Kopf, ihr Mantel war durchnässt, sie war erst vor ein paar Minuten nach Hause gekommen. Der Hund hatte sich schon wieder beruhigt, er lag in der Ecke und biss an seinem Lumpen herum. Es war ein chinesischer Hund, haarlos und klein. Ich hatte ihn gefunden und zu meiner Mutter nach Hause gebracht, denn er hatte eine kleine Aufschrift am Hals, nimm mich mit heim. Wenn du mich findest, nimm mich mit heim.

Neuerdings verirrt sich meine Mutter, sie will auf den China-Markt oder in die Kirche und kommt nicht immer dort an. Gestern hatte ich ihr Bescheid gesagt, dass ich verreise, sie wollte wahrscheinlich zum Bahnhof kommen, an den Zug, und war irgendwo falsch gegangen.

Ein spätherbstliches Nieseln hüllte die Stadt ein, leer liefen die Straßen ins Nichts. Ich war vor ihr nach Hause gekommen. Auf dem Küchentisch fand ich Katzenfutter, ich gab dem Hund zu fressen, dann sah ich mich um, was es wieder Neues gab. Nicht viel. Ich fand einen neuen Fleischwolf. Schön groß, ein chinesisches Fabrikat, doch die Aufschriften auf der Schachtel waren deutsch. Meine Mutter hatte ihn oben auf die Anrichte gestellt und einen künstlichen Philodendron davor plaziert, aber ich habe ihn trotzdem bemerkt. Ein Fleischwolf. Ein deutsch-chinesischer Fleischwolf vom Typ Everybody. Ich sah auf meinem Handy nach, ob es ihn im Netz gab. Ich fand ihn nicht, auch keine Informationen über den Hersteller. Ein Fleischwolf von beachtlichen Ausmaßen. Der Kopf eines Schafes hätte hineingepasst. Oder der eines Kindes. Mir kam ein dänischer Film in den Sinn. Ich hörte das Gartentor zuschlagen, offenbar meine Mutter. Sie war ziemlich durchnässt und machte einen mitgenommenen Eindruck, sie grüßte nur kurz, trat gleich zum Telefon und wählte. Sie rief Kálmán an. Dann legte sie auf.

»Heute kommt János. Nicht Kálmán«, sagte sie nach kurzem Schweigen.

»Ist das nicht egal?«

»Kálmán ist mir lieber. Er hat Humor.«

»János nicht?«

»Sein Humor ist so schwarz, man versteht ihn nicht immer. Letztes Mal, als er das schwedische Messerset ...«

»Ist es nicht aus China?«

»Aus Schweden. Es ist echt schwedisch. Also, als er es präsentierte, fragte er, ob es bei uns einen Juden gebe.«

»Das soll witzig sein?«

»Ich finde, Beschneidung ist überhaupt nicht witzig«, sagte meine Mutter.

»Aber János versteht doch sein Geschäft?«, fragte ich.

»Er ist streng. Sehr streng.«

János und Kálmán waren Händler. Die Zukunft arbeitete nicht mehr für sie, offenbar wurden sie bereits links liegengelassen. Wer ums Überleben kämpft, sieht maximal bis zur nächsten Morgendämmerung. Überflüssig, großangelegte Pläne zu schmieden. Von Tag zu Tag weitermachen, überleben, darauf kommt es an. Da war ich allerdings auf dem Holzweg. János und Kálmán boten zu festgesetzten Zeiten in einem Restaurant namens *Lila Schal* gewisse Produkte zum Kauf an. Der Restaurantbesitzer, Herr Béla, war ein berüchtigter Fußballfan. Einmal fragte er mich, ob ich wüsste, wer Benő Káposzta sei. Und weil ich es wusste, zollte er mir einen gewissen Respekt.

»Was ist gleich dein Beruf?«, fragte er einmal, als ich bei ihm ein Bier trank.

»Dramaturg«, sagte ich.

Ich habe mich schon daran gewöhnt, dass ich nur dann noch rätselhafter war, wenn ich »Produktionsleiter« antwortete. Wie gut kannte ich diese Blicke. Ich sage »Dramaturg«, und mir schlägt einerseits tiefes Unverständnis, andererseits Achtung entgegen.

»So eine Art Schriftsteller?«, fragte Herr Béla.

»Könnte man sagen«, nickte ich.

»Aber eben doch kein Schriftsteller.«

»Nein.«

»Eine Art Schriftsteller, aber kein Schriftsteller. Verdammt, das ist dann so was wie Balljunge?«, sagte Herr Béla erleichtert.

»Der Balljunge mischt sich nicht ins Spiel ein«, sagte ich.

»Du mischst dich ein?«

»Wenn es gar nicht anders geht.«

Herrn Bélas Augen funkelten schlau. »Und wenn der Balljunge den Ball nicht zurückbringt?«

János und Kálmán versuchten, meine Mutter und andere potentielle Kunden, in Ehren ergraute, hart arbeitende Menschen, davon zu überzeugen, dass es sich lohnte, bei ihnen zu kaufen. Daran war nichts Schlechtes oder Unlauteres. Jeder machte sein Ding. Die Möglichkeit einzukaufen ist Balsam gegen Trübsinn und Einsamkeit. János und Kálmán waren ebenfalls nicht mehr jung, eigentlich waren sie Altersgenossen meiner Mutter und deren Begleiter, fast ein Jahrgang, sie hatten die gleichen Stationen der Kindheit und des Erwachsenwerdens durchlaufen, zumindest was Familiengründungen und Scheidungen, Enttäuschungen und Neuanfänge betraf, teilten sie ganz ähnliche Erinnerungen. Zeitweilig waren sie vielleicht Klassenkameraden gewesen. Oder Kollegen in der Genossenschaft oder Fabrik, in der Verwaltung der LPG. Oder Mitglieder derselben politischen Basisorganisation. Oder sie beäugten einander einfach am Gartenzaun, und das natürlich mehr mit Zorn als mit Verständnis, denn wo steht geschrieben, dass man mit den Nachbarn ein gutes Verhältnis haben muss. Und wenn ihre Geschichten auch in Kleinigkeiten differierten, ihre Geschichte tat es nicht. Die Verkaufsveranstaltung fand im Restaurant *Lila Schal* statt, wo den Teilnehmern, die etwas erworben hatten, und natürlich nur diesen, ein Abendessen zustand. Einmal geschah es, dass eine pensionierte Lehrerin sich kein Essen zuteilen ließ, sie sah nur zu, wie die anderen die Knochenbrühe mit den Fadennudeln löffelten, natürlich hatte sie auch nichts gekauft, und so wunderte sich niemand, dass sie nicht wiederkam. Ihr Herz hatte versagt. Aus Scham, davon sind meine Mutter und die anderen fest überzeugt. Denn so etwas gibt es nicht, dass du bei einer Verkaufsveranstaltung im *Lila Schal* nichts konsumierst. Es ist gratis. Und nicht nur das. So ein köstliches Schnitzel bekomme man im ganzen Komitat nicht, geschweige denn in der Stadt, behauptet meine Mutter, und auch der Gurkensalat mit saurer Sahne sei ausgezeichnet. Von den Bratkartoffeln gar nicht zu reden! Auch das Mineralwasser war umsonst. Man konnte wählen zwischen still oder prickelnd. Nur musste man für fünftausend Forint einkaufen, das war die Hauptsache. Alle zwei Wochen ging meine Mutter in die Verkaufsveranstaltung zu János oder Kálmán, je nachdem, welcher Referent an der Reihe war. So nannten sie sich, Referenten. Zuletzt hatte Kálmán ihr und natürlich auch den anderen ein Heimsolarium präsentiert, und meine Mutter hatte es gekauft. Dann kauften auch Erzsike und Dr. Kondász ein Heimsolarium, doch sie bekamen es nicht sofort, sie bestellten und bezahlten es im Voraus, sogar für die Transportkosten mussten sie aufkommen. Zugegeben, auch beim Chinesen gab es ein ähnliches Heimsolarium, doch man kaufte lieber bei János oder Kálmán, denn sie waren, wie gesagt, nicht nur Kollegen und Freunde aus der Kindheit, sondern auch Ungarn.

Wir gingen an der einstigen Synagoge vorbei, genauer, an einem mehrstöckigen Häuserblock, der an ihrer Stelle erbaut worden war. In unserer Stadt leben keine Juden. Schon lange nicht mehr. In der Nähe spielte jemand Klavier. Ich sah an der Hauswand hinauf. Die Fenster blinzelten. Seltsam, dachte ich, das wird wohl ein Fernseher sein. Ein spanisches Mädchen spielt irgendwo auf den Kanarischen Inseln Klavier und ist verliebt. Zigeuner radelten Richtung Untere Stadt, man hörte ihr lautes Reden.

»Warum musstest du denn den Fleischwolf kaufen?«, fragte ich meine Mutter.

»Er war billig.«

»Wann wirst du ihn verwenden? Und wofür?!«

»Man kann nie wissen«, antwortete sie. »Die Zeiten heute sind so, dass man eher die Raspel braucht. Morgen vielleicht den Fleischwolf. Und übermorgen die Schneidemaschine. Das sind wichtige Dinge, man muss vorbereitet sein«, sagte sie, und ich sann darüber nach, wieviel Wahrheit darin lag. Die Straßenbeleuchtung ging an. Wir befanden uns beim ehemaligen Parteigebäude, so ein realistischer Betonklotz mit großen Fensterflächen, hinter denen jetzt riesige Palmen und Philodendren strammstanden. Nun war eine Gesangsschule daraus geworden, doch auch Handlese- und Yogakurse wurden hier abgehalten.

»Du hast vor kurzem neue Messer gekauft«, bemerkte ich. »Ein ganzes Set.«

»Ich wäre verrückt gewesen, sie nicht zu kaufen, bei dem Preis.«

»Aber du hast doch schon voriges Jahr ein Set gekauft, nicht?«

»Und wenn sie schartig werden?«

»Die hast du doch noch gar nicht benutzt«, entgegnete ich.

»Man sollte nicht an allem etwas auszusetzen haben. Im übrigen ist das meine Sache. Verstehst du, Kind? Es ist meine Sache!«, schmollte meine Mutter.

Im Vorjahr hatte sie, meine ich, ein schwedisches Messerset gekauft. Laut Aufschrift ein taiwanesisches Fabrikat, sie hat es immer noch nicht ausgepackt. Die neuen waren finnische Messer und bunt. Solche hätte man auch auf dem China-Markt bekommen können, doch János oder Kálmán, ich weiß nicht mehr, wer, nahm sie auch zur Verkaufsveranstaltung mit. Selbst wenn sie auf dem Markt keinen oder keinen ausreichenden Absatz fanden, dort gingen sie immer weg.

An der nächsten Ecke hörten wir ein lautes Knirschen, und da sahen wir auch schon das Baugelände im Scheinwerferlicht, wo auch jetzt intensiv gearbeitet wurde. Flinke Bagger kurvten zwischen triefnassen Schutthaufen umher. Ein Arbeiter mit gelbem Helm war gerade am Wasserlassen, er sah uns an, dann schüttelte er seinen Schwanz sorgfältig aus. Das hier war früher Barnéval. Der einstige Stolz der Stadt, ihr Arbeitgeber, die bekannte Hühnchenfabrik. Auch Enten und Gänse wurden hier verarbeitet. Ich selbst war zur Ferienarbeit hier gewesen, und nun wurde sie dem Erdboden gleichgemacht. Ich hatte keine Ahnung, was man an ihrer Stelle erbauen würde. Zur Zeit der Wende sollte am anderen Ende der Stadt noch so eine Fabrik errichtet werden, irgendwelche Leute hatten sich das ausgedacht, sie erwarteten sich ein gutes Geschäft davon, das Betonskelett war bereits hochgezogen worden, dann blieb das Ganze so stehen. Ein neuzeitliches Stonehenge, man sieht es vom Zug aus immer noch. Und es gibt kein einziges Barnevál mehr, geschweige denn zwei. Von den Hühnern wanderten meine Gedanken zum Fleisch, vom Fleisch zum Katzenfutter. Vor einigen Wochen hatte meine Mutter auf der Verkaufsveranstaltung von Kálmán oder János fünf Kisten Katzenfutter gekauft. Eine Kiste zehn Kilo. Jetzt hatte sie fünfzig Kilo Katzenfutter. Sie verstaute die Dosen in der Speisekammer, wo sie eine ganze Wand einnehmen. Ich muss zugeben, ich wurde ein wenig ärgerlich, als ich diese Unmengen an Konserven und die darauf grinsenden Katzenköpfe sah.

»Mutter«, sagte ich zu ihr, »du hast doch einen Hund, nicht?«

»Das Hundefutter wird irgendwann alle sein. Oder es

ist keines zu bekommen. Man kann Hunden genauso gut Katzenfutter geben!«

Das gab mir zu denken, letztendlich hatte sie auch damit recht. Doch mir blieb kaum Zeit zum Grübeln, Mutter wollte Richtung Friedhof abbiegen. Ich hielt sie vorsichtig zurück. Wir mussten nicht hier abbiegen. Sie hätte sich wieder verirrt. Wir waren bereits beim Zaun meiner einstigen Schule. Ein großes, gelbes, vieläugiges Gebäude, gegenüber die Pfarrei mit den schwankenden, im Abenddunkel schwimmenden Fichten. Mein Herz blutet immer, wenn ich es sehe. Ich fragte meine Mutter, was wäre, wenn ich etwas von dem Katzenfutter und, zum Beispiel, drei von den fünf Teeservicen zu den Chinesen bringen und versuchen würde, sie zur Rücknahme zu überreden. Die Verpackung sei ungeöffnet. Sicher würde sie nicht so viel dafür zurückbekommen, wie sie Kálmán oder János gezahlt habe, doch einiges Geld würde schon dabei herausspringen.

»Willst du mich demütigen, mein Sohn?«, fragte meine Mutter.

»Ich würde dir gerne helfen.«

»Immer siehst du auf mich herab«, sagte sie leise.

Endlich entdeckten wir im kleinstädtischen Dunkel einen lila Schal beträchtlicher Größe, der am Rande der Fahrbahn blinkte. Ich sah, dass auch andere darauf zugingen, der Schal hatte schwankende Schatten angelockt. Unsichere, doch entschlossene Schritte schlurften durch die Nacht. Hier hat der Abenddunst mehr Gewicht als in der Hauptstadt. Er hüllt die Hoffnung ein, und wenn er sie auch nicht erstickt, so scheint er sie doch in Chloroform zu baden.

Wir saßen im *Lila Schal*, jeder hatte ein Mineralwasser vor sich, beim Eingang spielte leise die Musikbox. Zuerst konnte oder, besser gesagt, sollte man einen Fragebogen ausfüllen, was die werten Kunden denn am liebsten erwerben würden. Sie konnten bar bezahlen, doch auch Ratenzahlung war möglich, des weiteren könne man sich unter dieser Nummer, und hier war in Fett und Kursiv eine Telefonnummer angegeben, unentgeltlich nach einem Bankkredit erkundigen. Die ortsansässigen Banken und Genossenschaften würden helfen, keine Frage. Sogar denjenigen, denen sie schon einmal geholfen hätten. Das Ausfüllen des Fragebogens, der von einer im ganzen Land vernetzten, zentralen Datenbank aufgearbeitet wurde, kostete tausend Forint. Mehr nicht. János sammelte das Geld ein, steckte die Tausender in ein Kuvert, dabei war er nett und freundlich, und wenn jemand ein Problem beim Ausfüllen hatte, war er auch schon zur Stelle und half.

»Wollen Sie nicht ausfüllen?«, fragte er mich.

»Ich bin nur als Beobachter hier.«

»Ausfüllen können Sie trotzdem.«

Unter den Teilnehmern befanden sich ein einstiger Parteisekretär, eine pensionierte Gesangslehrerin und ein früherer Sachbearbeiter, der sich noch entschieden daran erinnern konnte, wieviel einst zu den Winterfeiertagen Bananen gekostet hatten. Oder Orangen. Es waren hauptsächlich ältere Menschen wie meine Mutter, die ihre Abende zumeist einsam verbrachten, die sich vielleicht verlassen und betrogen fühlten, in denen jedoch immer noch der feste Wille lebte, dass das Ganze, nämlich ihr Leben, noch nicht zu Ende sein soll, dass sie nicht abgeschrieben, zum alten Eisen geworfen und missachtet werden, dass sie sehr wohl noch ein Recht auf Abenteuer haben, auf Überraschungsfreude, auf ein bisschen Verwöhntwerden. Auch Ehepaare gingen hin und Witwen. Meine Mutter erzählte, dass János einmal mit dem Vizebürgermeister gekommen sei. Und der Vizebürgermeister habe eine japanische Dachrinnenreinigungsmaschine gekauft.

Obwohl ich ihn schon lange kannte, war ich überrascht, dass János so einen kleinen Kopf hatte. Er bat um Ruhe, dann stellte er einen Glücksbringer, eine winkende Batteriekatze, auf den Tisch. Lächelnd holte er noch eine zweite Schachtel hervor. Dieser entnahm er einen im Kreis surrenden kleinen Kolibri.

»Bitte schön. Ein im Kreis surrender kleiner Kolibri«, sagte János, und mir fiel ein, dass ich vor kurzem gelesen hatte, Kolibris seien mörderische Vögel, wenn sie in Streit geraten, stechen sie einander ihre spitzen Schnäbel in den Hals. Vielleicht sollte man nicht so viel Zeugs durcheinanderlesen. Ich hörte, wie die anderen tuschelten, was das wieder für eine feine Sache sei, die Katze winke dem kleinen Kolibri. János forderte alle auf, sich wie zu Hause zu fühlen, sich zu entspannen und offen zu sein, sie mögen Energien geben und empfangen und zulassen, dass die Energien der anderen sie finden. Na bitte, niemand solle ihm sagen, dass diese Katze, diese Spielzeugkatze, nicht glücklicher winke als vor zwei Minuten. Dann erklärte er, er sei ganz sicher, dass er für eine Überraschung sorgen werde, denn er werde Produkte vorführen, die noch nie jemand gesehen habe, und wenn doch, dann seien es Fälschungen gewesen, keine Einzelstücke, und ihre Ähnlichkeit der reine Schwindel. Denn was ähnlich ist, das sei häufig das Verschiedene. Und was überhaupt nicht ähnlich ist, sei dennoch genau gleich. Ob alle diese Philosophie verstünden? János geriet ins Sinnieren. Zum Beispiel wir, die Menschen, wie verschieden wir doch alle seien, dennoch gebe es große Momente, in denen alle das Gleiche wollten und für dasselbe Ziel kämpften.

»Und die Verschiedenen, die für die gleichen Ziele kämpfen, werden die dann ähnlich?«, fragte jemand.

»Bitte nicht dazwischenreden«, sagte János, er sah nicht einmal auf. Er stellte einen großen Karton auf den Tisch. Der Kellner erschien, ein junger, dünner Bursche, und fragte, ob nicht jemand seinen Gurkensalat vermisse. János sah ihn gereizt an, doch eine alte Frau hob die Hand. Ihr habe man keinen Salat gebracht. Sie habe es nicht sagen wollen, sie habe geglaubt, ihr stehe keiner zu. János nickte, dann bat er die Anwesenden, dass sie, wenn es ihnen nächstens so ergehen sollte, Geduld haben und erst nach der Präsentation reklamieren mögen.

»Aber der Kellner hat doch gefragt, János«, bemerkte die alte Frau.

»Irma, für diese Bemerkung gibt es zwei Strafpunkte. Tut mir leid«, sagte János mit gerunzelter Stirn, dann machte er die Eintragung in sein kariertes Heft. Die alte Frau stand langsam auf. Es wurde still.

»Ich bitte um Verzeihung«, sagte sie leise.

János seufzte.

»Schon gut, Irma. Aber Regel ist Regel.«

»Würden Sie diesen schwarzen Punkt ausstreichen, János?«

»Die zwei Punkte. Das kann ich nicht«, János schüttelte den Kopf und bedeutete der alten Frau, sie solle sich setzen.

Dann holte er ein Produkt nach dem anderen hervor. Sein Gesicht verwandelte sich dabei. Es wurde gewinnend, jungenhaft, seine Augen glitzerten. Als wäre es sein eigenes Herz, das er auf den Tisch stellte. Der erste Artikel war ein altmodischer Taschenrechner mit Chinamuster, dessen Gebrauchsanweisung zwar in Chinesisch war, doch Herr Li, den wir ja alle vom Markt kennen würden, helfe bei der Übersetzung, für die man jetzt eine fünfzigprozentige Ermäßigung in Anspruch nehmen könne. Dann konnte man eine Kartoffelsetzmaschine, einen magnetischen Rückengurt und ein künstliches, mit Tönen lockendes Vogelnest bestellen. Schließlich legte er ein beachtliches Beil auf den Tisch. Dieses sei ein außergewöhnlich scharfes, vom kanadischen Geheimdienst getestetes, von den größten Firmen der kanadischen Holzindustrie eingeführtes elektrisches, kanadisches Nadelholzfällerbeil.

Meine Mutter hielt es nicht mehr auf ihrem Stuhl.

»Elektrisch?«

»Batteriebetrieben, funktioniert aber auch vom Netz«, sagte János.

Meine Mutter erklärte, dass sie das Beil haben wolle. Sie kaufe es. Sofort.

»Mutter, im Hof gibt es keine Bäume mehr«, raunte ich ihr zu.

Sie sah mich nicht einmal an.

»Es können noch welche wachsen.« Sie biss sich auf die Oberlippe, wie immer, wenn sie sich gekränkt fühlte. »So eine Axt habe ich mir immer gewünscht.«

»Es ist keine Axt, sondern ein Beil.«

»Spotte nur«, flüsterte sie.

Nach der Verkaufsveranstaltung rauchte ich eine Zigarette. Ich sagte meiner Mutter, die äußerst verbittert war, weil sie das elektrische Beil nicht hatte kaufen können, sie solle nach Hause gehen, erste Ecke links, zweite noch mal links, das Gebäude werde sie schon erkennen. Dann habe ich sie doch begleitet. Zu Hause weinte sie immer noch, ich hätte sie von neuem gedemütigt. Was würden jetzt die anderen von ihr denken, wenn sie nicht einmal ein Beil kaufen dürfe. Die Menschen hier können mit ihrem Mund töten, falls ich das nicht wisse. Sie spucken Scheiße. Ich wusste kaum etwas darauf zu sagen und machte einen Spaziergang durch den Spätherbstabend, zurück zum Restaurant. János saß noch an der Bar. Ich bezahlte das Abendessen meiner Mutter.

»Gott im Himmel«, seufzte er kopfschüttelnd, als er mich sah.

»Was ist los, János?«

»Du versaust mir das Geschäft. Aber es geht nicht um mich. Weißt du, was ich diesen Menschen bedeute?«

»Sorry«, sagte ich. »Ein Bier?«

Er nickte.

»Kräuterbitter?«

»Barack.«

Als ich mit den Getränken kam, begann er zu reden.

»Hör mal zu, du Schlaukopf, hier werden Pläne umgesetzt. Wir haben die Abläufe Punkt für Punkt geplant. Wir kennen die Voraussetzungen und sehen die Resultate. Wir haben die Wirkungen berechnet. Stimmt schon, auch die Leitung hat dabei geholfen. Ich meine, die Zentrale. Die

Hauptzentrale. Sie geben Ratschläge, man kann Fragen stellen. Natürlich nicht ohne Sinn und Verstand. Ständige Internetverbindung, Skype, Smartphone. Die Sprache der Zeit, verflucht. Vor zwei Wochen hat uns Genosse … Fachgenosse Tőkés beehrt. Mit einem Vortrag. Für einen engen, ausgewählten Kreis, aber ein Vortrag. Ein Vortrag für diejenigen, die zählen. Ich war dabei. Wir«, und dabei deutete er mit dem Kopf irgendwohin zur Seite, nach oben, »haben auch schon im Gymnasium und bei der Polizei Veranstaltungen gemacht. Verstehst du, bei der Polizei. Im Fußballstadion laufend. Demnächst in den beiden Kirchen. Kálmán in der Unteren, ich in der Oberen Stadt. In den beiden Kirchen wird es zur gleichen Zeit eine Präsentation geben, wir genießen die Unterstützung der beiden Kirchenleitungen. Hat es so etwas in der ungarischen Geschichte schon gegeben? Hat es nicht, verdammt noch mal. Darum geht es! Ach ja, und damit du es weißt, ich verurteile den Holocaust. Ich verurteile ihn von ganzem Herzen. Das war eine ganz dreckige Angelegenheit. Doch Hand aufs Herz, was wäre mit unserer Präsentation, wenn die Synagoge noch stünde? Es ist nicht so, dass wir uns freuen, dass sie nicht mehr steht, aber wir können uns sehr wohl den Gegebenheiten anpassen. Unsere Pflicht? Jawohl. Das soll uns niemand vorwerfen. Sich anpassen und zugleich Neues schaffen, so geht das, das sind Tatsachen, das ist die Sprache der Zeit. Verstehst du? Solche Dinge geschehen, das ist nicht mehr ein Geschehen, sondern Geschichte. Und wer macht sie? Wir, verdammt noch mal. Wir persönlich. Und ob du es willst oder nicht, wir machen sie auch mit deiner Mutter. Auch sie ist Bestandteil der Geschichte. Darauf hat sie ein Anrecht.«

Ich stellte mir die winkende Katze und den im Kreis surrenden kleinen Kolibri auf der Kanzel vor. Schließlich kamen János und ich überein, dass ich das elektrische Beil von ihm kaufe. Oder die Axt. Ich handelte ein bisschen, er ging von zehn- auf achttausend herunter. Er sagte, für fünfzehn gebe er mir zwei Beile, zusammen mit Ersatzbatterien. Für zwanzigtausend drei, ebenfalls mit Ersatzbatterien. Den Glauben, dass ich damit den Kummer meiner Mutter lindern würde, hatte ich nicht. Ich hatte sie ihres persönlichen Kauferlebnisses beraubt. Doch sie könnte das Beil, dachte ich, vielleicht bei der nächsten Gelegenheit eintauschen. Sie gibt ihr elektrisches Beil her und bekommt ein anderes dafür, genau so eines, sie muss nur ein wenig aufzahlen. Die Dinge sind austauschbar. Das Wesentliche an der Veränderung ist nicht, dass etwas vollkommen Neues über uns hereinbricht. Das Neue ist für die Provinz immer aufreibend. Dann fließt Blut. Das Wesentliche an der Veränderung ist, dass man das Alte als neu ansehen kann.

Der *Lila Schal* schloss, die letzte Musiknummer lief, ein Soldatenlied aus dem Zweiten Weltkrieg. János erhob sich und fegte seine Hose ab, er sagte, er mache sich auf den Heimweg. Wir mögen doch gemeinsam gehen. Ja natürlich, sagte ich, das verstehe sich von selbst. Ich trug das elektrische Beil in der Hand, ein seltsames Gefühl. Wir schritten nebeneinander durch den Nebel, hinter dem vereinzelt mattes Licht aus den Fenstern blinzelte, manchmal grunzte etwas auf, ein Tier vielleicht, die Kette eines Hundes rasselte, ein Fahrrad ohne Licht schnurrte vorbei. Mir kam die Idee, das Beil auszuprobieren. Gut, sagte er, ich solle es nur ausprobieren. Im Schein einer Straßenlaterne hieb ich gegen einen Baum. Ich glaube, das Ding funktionierte nicht richtig. Als hätte ich mit einem Hammer gegen den Stamm geschlagen. Über uns bebten die schweren, durchweichten Blätter wie aufgehängte Kupfergroschen. Kälte tropfte mir in den Kragen.

»Bei Robinien braucht man Übung«, sagte János nickend. »Du musst bei Tageslicht die richtige Haltung finden und lernen, den Schlag in korrektem Bogen zu führen. Der Neigungswinkel ist wichtig. Und die Körperhaltung. Du hast deinen Rücken zu krumm gemacht.«

»Wenn meine Körperhaltung stimmt, ist es dann auch für Robinien geeignet?«

»Für Eschen, Buchen. Was du willst, verflucht.«

Wieder kam mir der dänische Film in den Sinn. Messer, Fleischwolf, die vielen Katzenfutterkonserven, alles war da. Zum Beispiel könnte ich auch den Kopf von János durch den Fleischwolf drehen. Selbst das. Doch nein. Wir sind keine Dänen. Wir gaben einander die Hand. János lächelte, sein Gesicht schimmerte im Dunkeln.

Meine Mutter schlief bereits, gut, dachte ich, alles in Ordnung. Sie würde nach Mitternacht aufstehen und sich einige Serien ansehen, vielleicht etwas essen. Wer weiß, vielleicht ist es auch so geschehen. Doch am Morgen, nachdem sie das elektrische Beil gefunden hatte, kochte sie mir frohgelaunt Kaffee. Sie freute sich sehr darüber. Dann informierte sie mich, dass sie etwas zu tun habe, sie gehe rasch auf den Markt, Katzenfutter kaufen, aber ich solle ihr bitte nicht reinreden, denn jetzt sei es billiger, es gebe eine Aktion. Und sie zählte Geschäfte und Ladenketten auf, in denen sie gewisse lebenswichtige Produkte fast zum halben Preis erwerben könne. Die würde sie sich jetzt alle ansehen. Ich könne mitkommen, wenn ich wolle, worauf ich antwortete, ich würde lieber dableiben. Ich gab ihr Geld.

»Aber was glaubst du eigentlich?!«, ärgerte sie sich und steckte den Zwanzigtausendforintschein ein.

Ich ging in der Wohnung umher und betrachtete meine Kindheitsfotos. Meine Jugendfotos. Ich trank Wein. Es war Vormittag. Ich trank noch ein Glas Wein. Ich ging hinaus auf die Straße, betrachtete den Ort, wo ich aufgewachsen war. War es hier gewesen? Oder war es eine andere Straße? Wieso ist sie meine gewesen und meine geblieben? Was ist von dem geblieben, das einmal mein gewesen war. Der Geruch der Erde? Der Anblick der Schicksale? Ich ging wieder ins Haus und rief János an. Er hob sofort ab.

»Sag schon.«

Ich musste lächeln. So wohl tat es, das zu hören. Sag schon. Sag schon. Sag schon.

»János, gestern Abend ist mir ein Licht aufgegangen. Dass es hier um viel geht. Um sehr viel. Ich hätte eine Idee.«

»Wir können nicht zahlen«, rutschte ihm heraus. Sicher war er gerade beim Verpacken. Oder bei der Abrechnung, füllte Listen aus. Ich wartete ein wenig, damit die Sache in ihm reifen konnte. Inzwischen hörte ich, dass meine Mutter gekommen war, und womöglich nicht allein, denn Säcke plumpsten neben die Hausmauer. Ich hatte Zeit mitzuzählen, wie viele es waren. Wieder hatte sie etwas Wichtiges ergattert.

»Da ist diese Möglichkeit mit der winkenden Katze. Sie gefällt mir, János. Wirklich. Doch ich habe mir gedacht«, ich holte tief Luft, »dass man die Katze durch Jesus ersetzen könnte. Zum Beispiel schon bei der kommenden Veranstaltung in der Kirche. Und den im Kreis surrenden kleinen Kolibri durch den Heiligen Geist. Allein schon deshalb, weil wir keine Dänen sind.«

János überlegte. Offenbar ging ihm durch den Kopf, dass, wenn die Idee gut war, der Dank der Zentrale nicht ausbleiben würde. Auch die Verkaufsveranstaltung hatten sie sich ausgedacht.

»Und es gäbe hier sechs Säcke, die zu kaufen wären«, sagte ich.

»Von wem?«

»Von meiner Mutter.«

»Das spielt keine Rolle. Wenn sich deine Idee, ich meine unsere Idee, bewährt, also, wenn ich sie als Konzept einreiche, denn ich kann das tun und ich werde es klarerweise tun, und wenn die Zentrale sie akzeptiert, dann kaufe ich deiner Mutter die sechs Säcke ab, dabei weiß ich gar nicht, was drin ist. Es interessiert mich auch nicht übermäßig.«

Er hatte recht, warum sollte es ihn interessieren, was in Mutters Säcken war. Mir fiel etwas ein.

»Es gibt da ein Problem mit Jesus«, sagte ich vorsichtig.

»Jesus ist nicht das Problem«, bemerkte János.

»Ja, du hast recht. Aber er ist gekreuzigt worden. So ist das schwierig.«

»Was ist schwierig?«

»Das Winken«, sagte ich.

Er begann zu lachen. Es war ein metallenes, wohltuendes Lachen.

»Keine Sorge, Dramaturg. Das kriegen wir schon hin. Er wird winken können, wenn wir das wollen.«

Die Ballade von der rothaarigen Möse

»Du wirst sehen, was das für eine Frau ist«, sagte er nickend. Der Junge antwortete nicht und stieß das Friedhofstor auf. Das Eisengitter quietschte, als wäre es beleidigt. Am Fuß des Holzzauns, mitten in den durstigen Brennnesseln, blähten sich ein paar Plastikflaschen. Er wunderte sich, denn sonst wird immer alles mitgenommen. Warum die nicht?

»Hast du schon mal eine rothaarige Möse gesehen?«, fragte der Vater.

»Nimmt die niemand mit?«, fragte der Junge mit einem Blick auf die Flaschen.

»Hier werden auch Diebe begraben«, sagte der Vater. »Hast du oder hast du nicht?«

»Inzwischen rasiert man sie, falls du das nicht weißt.«

Der Vater hatte gleich damit angefangen, sie müssten auf den Friedhof. Wieso müssten? Sie müssten nicht, doch er, der Vater, werde hinfahren, es sei an der Zeit, er könne ihn gern begleiten. Ob das nicht ein ungewöhnlicher Vorschlag sei? Schon, aber es würde sich für ihn lohnen. Und wie! Er, der Vater, komme für die Kosten auf, sie würden Bier holen, zu Mittag essen. Anfangs zierte er sich ein wenig, doch er kam mit, es war eine Fahrt von zwei Stunden, sie mussten zweimal umsteigen, die Hitze trieb den Schweiß auf die Gesichter, viele bepackte, säuerlich riechende Menschen. Auf dem Friedhof wurde es dann unerwartet kühl. So eine richtige Erdenkühle, die von unten hochkroch. Sie kroch nicht, sondern fraß sich ein. Fast hätte der Vater das Grab nicht gefunden. Als sie dann dort waren, fing er an, Unkraut auszureißen, doch die Stengel waren zu dick, er ließ es bleiben, fluchte leise und trampelte es nieder.

»Ich wusste gar nicht, dass du beten kannst«, sagte der Junge.

»Kann ich auch nicht«, antwortete der Vater.

»Was war das dann jetzt, verdammt?«

»Beten kannst du auch, wenn du es nicht kannst.«

Der Sohn spuckte aus und traf die Schnecke. Auf dem schäbigen Marmorstein sah er zwei Namen, das heißt mehr als zwei, denn auch Frauennamen waren eingraviert, doch die beiden Männernamen lauteten gleich. Der eine war sein Großvater, der andere der Urgroßvater. Auch sein Vater hieß so. Und er selbst. Vier Menschen mit demselben Namen. Und?! Der Mund des Vaters bewegte sich. So betet man nicht. Der spricht zu ihnen. Er spricht dorthin, dort hinunter. Glaubt er, sie hören es?! Interessiert es sie, was hier ist? Einen Scheißdreck interessiert es sie. Die interessiert gar nichts mehr.

Er blickte zur Seite, der Johannisbrotbaum raschelte laut. Zwei Ecken weiter lag die Kneipe, alte Fahrräder mit dicken Rahmen hingen schief im Ständer. Den Eingang hatte man mit einem Querriegel gesichert, der nun abgehängt war. Der Junge verstand nicht, wozu er gut sein sollte. Man konnte das Holz dahinter eintreten. Man konnte es verdammt gut eintreten. Oder sägen. Du sägst es durch und fertig. Wozu dann der Querriegel. Drinnen gab es Automaten, das heißt, nur noch einen Musikautomaten. Er funktionierte nicht. Ein Zettel hing daran, außer Betrieb. Wo die Spielautomaten gestanden hatten, sah man zwei helle Flecke. Und am Ofen lehnte ein Fahrrad. So ein plumpes Ding mit dicken Reifen. Schwer zu treten, aber wenn du einmal loslegst, rollt es bis zum Nachbardorf. Ein paar Leute waren da. Ausgemergelte, wortkarge Männer. Man hörte kaum ein Wort, nur die Bierflaschen klopften auf den Tisch. Abends wurde meistens gesungen oder gerauft. Sein Vater hatte recht. Diese Frau da passte nicht hierher, sie war anders. Der Junge konnte sich nicht klarwerden, was das Fremde an ihr war. Als sie seinen Vater sah, lächelte sie und warf ihm eine Kusshand zu. Der Vater nickte, lehnte sich ungezwungen an die Theke. So hatte er ihn noch nicht gesehen. In letzter Zeit war er lustlos und ausgelaugt gewesen, immer müde und niedergedrückt. Nicht nur seine Hand zitterte, auch die Zigarette in seinem Mund.

»Mein Sohn«, sagte der Mann und deutete hinter sich. »Verstehst du? Mein Sohn.«

»Warst du im Knast?«

»Ich hatte zu tun, Herz.«

»Na, was du wohl zu tun hattest, Filou!« Das Lachen der Frau entblößte ihre Zahnlücke und die mit Gold plombierten Backenzähne. Sie schob dem Jungen vorsichtig das randvolle Schnapsglas hin.

»Ich möchte nicht.«

»Was möchtest du dann?«

»Eine Cola.«

Der Vater trank still und entschlossen. Sein Gesicht war zugleich streng und verklärt. Auf die Ellbogen gestützt, sah ihn die Frau verträumt an. Stammgästen, die sich anschickten zu rauchen, rief sie etwas zu, und wenn jemand an die Theke trat, stellte sie ihm ohne weiteren Kommentar ein Bier oder eine Schorle hin. Der Mann seufzte, drückte den Rücken durch und trank seinen verbliebenen Klaren aus. Er fuhr sich durchs Haar, mit fünf Fingern, hüstelte und räusperte sich, als setze er zu einer Festrede an. Vielleicht wurde es das auch, eine Festrede.

»Zur Hölle noch mal, geht endlich rein«, er zeigte energisch auf die Tür zum Lagerraum. »Ich will, dass ihr reingeht«, wiederholte er. Die Frau nickte, sie lächelte nur. Der Junge verstand nicht. Er stellte die Colaflasche geräuschvoll hin.

»Komm nur«, sie winkte und griff über die Theke nach seiner Hand. »Komm!«

Im Lager herrschte die gleiche Kälte wie auf dem Friedhof. Sie setzte sich auf einen Getränkekasten, die Beine leicht gespreizt.

»Was machst du so?«, fragt sie.

»Vor kurzem habe ich mich für einen Kurs eingeschrieben«, antwortete er.

»Was für einen Kurs?«

»Fortbildung.«

»Machst du das gern?«

»Ja.«

»Gibt es da Mädchen?«

»Ich weiß nicht.«

»Du machst einen Fortbildungskurs und weißt nicht, ob es da Mädchen gibt. Wie kann das sein?«

»Er hat noch nicht angefangen. Sie sagen Bescheid, wenn er anfängt.«

Die Frau nickte wie jemand, der vollkommen verstanden hat. Fortbildung. Wie wichtig. Man muss weiterkommen. Neue Herausforderungen suchen.

»Wie willst du es?«

Der Bursche holte eine Zigarette hervor und zündete sie an.

»Ich weiß nicht.«

»Warum weißt du es nicht?«

Er gab keine Antwort. Sie neigte den Kopf und betrachtete ihn.

»Hast du es schon gemacht?«

»Was?«

Ihr Blick wanderte umher, sie zupfte an ihrem Haar.

»Einmal ist die Frau des Tierarztes hereingekommen. Als ich gerade mit deinem Vater. Willst du wissen, was geschah?«

»Was denn?«

»Sie schaute nur groß. Dann ging sie hinaus wie ein Geist. Sie schloss die Tür so vorsichtig, als trüge sie keinen Goldschmuck. So respektvoll. Verstehst du? Und seither grüßt sie mich immer. Begreifst du, was es bedeutet, wenn die Frau des Tierarztes dich grüßt?«

»Ich begreife«, sagte er.

»Einen Dreck begreifst du«, winkte sie ab. »Aber das macht nichts. Du musst noch nicht alles verstehen. In deinem Alter.«

Sie wurde nachdenklich.

»Soll ich dir einen blasen?«

»Ich weiß nicht«, sagte er und rieb sich die Rippen.

Sie stand auf, zog an ihrem Rock und rückte ein paar Kästen zur Seite. Ihre Hände waren kräftig, ihre Finger das Ein- und Ausladen gewöhnt.

»Machen Sie das sonst auch immer?«, fragte der Bursche.

»Kann dir nicht egal sein, was ich sonst immer mache?«, sie lachte. »Schüttle den Kasten, damit sie es hören.«

Er schüttelte einen der Kästen. Es war schön laut.

»Lauter!«

Nochmals schüttelte er den Getränkekasten. Dann stellte er ihn hin, es schepperte. Die Kälte schlug ihm ins Gesicht.

»Wir haben fünfundzwanzig Minuten«, sagte sie.

»Weniger geht nicht?«

Sie zuckte mit den Schultern. »Auf so viel sind wir eingestellt.« Sie schrie auf.

Der Junge zuckte zusammen.

»Was ist los, verdammt?«

»Schrei du auch«, sagte sie, und so schrie er auch.

»Mehr! Lauter!«

»Berühr sie wenigstens, greif zu«, sie zeigte hin.

Seine Hand ballte sich zur Faust.

»Was ist mit deiner Mutter?«

Er zuckte die Achseln. Dann saß die Frau nur noch da, zwischen ihnen wälzte sich der Rauch. Ein Hund bellte, der Stadtbus rumpelte Richtung artesische Brunnen davon. Er fuhr vormittags und nachmittags, soviel wusste der Junge. Der Nachmittagsbus war gerade abgefahren. Sie würden mit dem Zug nach Hause zuckeln. Möglicherweise wieder mit demselben Schaffner. Und den bepackten Menschen. Den gleichen wie auf der Hinfahrt. Aber schwitzen würden sie nicht mehr. Noch ein letztes Aufschreien war verlangt. Als sie hinausgingen, fanden sie seinen Vater vornüber auf die Theke gesunken. Seine Hand knüllte den aufgeschlagenen Personalausweis.

»Weißt du, warum er dich hergebracht hat?«, fragte sie und steckte den Ausweis in die Innentasche seines Jacketts.

»Er hat mir gezeigt, wo er begraben werden will«, antwortete der Junge.

Sie stellte ein paar geöffnete Bierflaschen und Schorlegläser auf die Theke. Kleine Schorlen, große Schorlen. Zwei Schnapsgläser mit klarem und drei mit braunem Inhalt. Daneben legte sie ein Blatt Papier und einen Bleistift. Namen waren aufgelistet, neben den Namen standen Striche. Sie gab den Gästen ein Zeichen. Dann trat sie zu dem bewusstlosen Mann und hakte ihn unter.

»Glotz nicht so«, sagte sie zu dem Jungen.

Sie brachten den Vater in den Lagerraum, und sie gab dem Jungen mit einem Blick zu verstehen, dass er hinausgehen könne, und dann schepperten die Kästen genauso wie zuvor. Sie kamen lange nicht heraus. Bier und Schorle auf der Theke gingen zur Neige. Wer sich etwas nahm oder sein leeres Glas gegen ein volles eintauschte, machte einen Strich auf das Papier. Die Frau kam mit dem Vater heraus, beide waren rot und erhitzt. Sie keuchten. Der Vater verlangte Bier. Bevor er trank, erhob er die Flasche auf das Wohl der Kneipengäste. Einige erhoben ebenfalls ihre Flasche. Als sie gingen, rief die Frau dem Jungen hinterher.

»Komm mal her. Na komm schon.«

Der Junge machte widerstrebend kehrt. Der Vater beobachtete sie von der Tür aus. Sie beugte sich so über die Theke, dass ihre Brustwarzen zu sehen waren.

»Hör mal«, flüsterte sie ihm ins Gesicht. »Wenn dein Vater dich fragt, wie sie ist, was sagst du dann?«

Er sah ihr ins Gesicht, die Schminke war verschmiert.

»Ich sage ihm, wie sie ist.«

»Was meinst du denn, wie sie ist?«

»Rothaarig und sehr schön«, sagte der Junge und wandte sich zur Tür.

Vater kommt heim

Immer wenn die Mutter zum zweiten Mal fragte, wie spät es sei, machte er sich zum Aufbruch bereit. Die Serie lief. Wie spät ist es. Und er schnürte sich die Schuhe, die mit den harten Spitzen. Es waren gar keine Schuhe, sondern Stiefel. Auch in der Sommerhitze trug er sie, er konnte sich gar nicht vorstellen, Sandalen anzuziehen. Dass seine Zehen zu sehen waren. Was für ein Blödsinn. Das war so, wie den eigenen Schwanz herzuzeigen. Zehn kleine Schwänze am Fuß des Menschen.

»Wie spät ist es?«, fragte die Mutter zum dritten Mal, er stand bereits in der Tür. »Hab ich dir das Geld gegeben?«

»Hast du«, sagte er und trat aus dem Haus. Die Blätter des wilden Weins bebten. Die Schubkarre wartete neben der Mauer. Sie brachten sie schon länger nicht mehr nach hinten. Manchmal lag der Hund darin, oder das Perlhuhn legte ein Ei hinein. Oder sie füllte sich mit Regenwasser, der Verputz rieselte darauf. Na gut, auch beim Sensen verwendete er sie manchmal, für das Gras. Er fuhr das gemähte Gras. Es roch gut. Er hob die Schubkarre an und zog los. Wie genau er jeden Schritt, jeden Hundelaut, das hässliche, beleidigte Rauschen der Robinien, das höhnische Pfeifen des Zuges kannte. Diese Dunkelheit war sein Zuhause. Und das Quietschen der Schubkarre bohrte sich in sie hinein wie der Korkenzieher in den Flaschenhals. Er dachte an die Serie.

In der Kneipe grinste Kállai ihn an. Immer war er in seinem blassblauen Overall. Ansonsten waren vielleicht fünf Leute da, alles vertraute Gesichter, Bekannte, ältere Männer, die es aus den umliegenden Häusern hierher verschlagen hatte, ob mittags oder erst am Nachmittag oder gleich mehrmals täglich. War jemand mit dem falschen Fahrrad heimgefahren, tauschte er es am nächsten Tag um. Die Spielautomaten waren mit Folien abgedeckt. Doch es gab einen Fernseher. Er war hoch oben angebracht, damit man nicht herumschalten konnte. Um diese Zeit ging immer die Serie zu Ende. Er wusste nie, wie es ausgegangen war. Natürlich erriet er es dann. Aus dem Anfang der nächsten Folge erriet er das Ende der vorigen. Manchmal dachte er darüber nach, ob man aus dem Ende den Anfang erraten könne. Egal. Die Serie war schon zu Ende. Morgen wird er es erraten. Kállai grinste wie immer. Bei anderen geht es nach acht los, dass sie überschnappen, in Schmähreden oder Klagen ausbrechen, ungereimtes Zeug reden, Kállai begann zu grinsen.

»Was freut Sie so?«

»Ich freue mich nicht«, sagte Kállai, »ich habe nur gute Laune. Ist doch gestattet, oder? Ein bisschen Heiterkeit kann nicht schaden.«

»Sie sind nicht gut gelaunt, Sie freuen sich«, sagte der Junge.

»Geh mir nicht auf den Sack, Laci«, Kállai schüttelte den Kopf, das Grinsen wich nicht von seinem Gesicht. »Stimmt es, dass du deine Mutter geschlagen hast?«

»Das ist nicht wahr.«

»Du bist aber gesehen worden«, grinste Kállai.

»Ich habe sie nur angebrüllt.«

»Das war nicht nur Gebrüll«, beharrte Kállai.

»Halten Sie Ihr Maul, verdammt«, sagte er, »ich habe nicht gebrüllt. Das gehört nicht zu meinen Gewohnheiten. Um mich herum brüllen alle, auch meine Mutter, aber ich nicht.«

Kállai schwieg. Er sah sein Glas an und grinste.

Der Junge wandte sich um. »Hat mein Vater gezahlt?«

»Nein«, antwortete der Wirt und wechselte den Sender. Der Junge klaubte das Geld aus seiner Hosentasche und streute es auf die Theke.

»Reicht das?«

»Es reicht«, der Wirt strich es ein, ohne nachzuzählen.

Der Vater saß unter dem Fernseher. Am Ende landete er immer dort, unter dem Fernseher. Er begann an der Theke, dann rückte er nach jeder Runde weiter in die Ecke. Schließlich blieb er dort. Einmal hatte er das mit angesehen. Wie er in die Ecke geriet, unter den Fernseher. Noch mal wollte er das nicht mit ansehen. Er fasste ihn unter die Arme und schleppte ihn hinaus.

»Schönen Abend noch.«

»Na dann, einen schönen Abend«, sagte der Wirt.

Er legte ihn in die Schubkarre und ging los, die Nacht quietschte, ein Zug pfiff, das Rascheln von Laub. Beim Brunnen blieb er stehen, wie immer. Er hob ihn heraus und legte ihn auf den Gehsteig. Man hörte den Kopf aufschlagen. Er sah sich nicht um, es war ihm egal, ob ihn jemand sah. Wenn du etwas oft machst, dann ist das so, als gehe es an. Als wäre es zulässig. Mach es ein paar Mal, und du bist es gewohnt, es ist in Ordnung. Oder vielleicht nicht in Ordnung, aber normal. Mach weiter. Gib nicht auf. Mach es wieder und wieder. Bleib im Rhythmus. Er gab ihm einen Tritt. Der Vater stöhnte auf, er trat abermals. Er trat ihn in die Rippen, in die Beine. Einmal auch gegen den Kopf. Doch nur einmal. Er ging in die Hocke und sah ihm ins Gesicht. Sogar im Dunkeln war zu sehen, dass sein Blut auf den Gehsteig lief. Der Vater gab keinen Mucks von sich. Wie konnte es sein, dass er so still war? Er hob ihn wieder in die Schubkarre. Als sie daheim ankamen, bellte der Hund nicht, nur die Kette rasselte in der Dunkelheit, mit schäumender Schnauze rannte er im Kreis. Die Mutter sagte nichts, er trug ihn auf den Armen ins Schlafzimmer. Das Entkleiden war nicht mehr seine Sache. Er zog seine Stiefel aus, bürstete sie ein wenig. Er strich über die verstärkten Spitzen. Immer stellte er sie so hin, wie er es in Kriegsfilmen gesehen hatte.

Am Morgen war der Vater still, er betastete seine Rippen.

»Scheiße«, brummte er.

»Tut es weh?«, erkundigte sich der Junge.

»Dabei bin ich gar nicht hingefallen.«

»Bestimmt bist du nicht hingefallen, Vater.«

»Warum zum Teufel tut es dann weh?«

»Ich weiß nicht«, antwortete er. Mit Sorgfalt und Hingabe schmierte er sich ein Brot. Ein Butterbrot, doch er tat Zwiebeln drauf. Das war nicht üblich. Üblicherweise legte man sich keine Zwiebeln aufs Butterbrot. Hinfallen war durchaus üblich. Jeder fiel mal hin, sogar der Beste.

Der Vater zog an seinem Hemd herum. »Verdammt, ich bin voller Flecken. Wenn ich hingefallen bin, wie bin ich dann heimgekommen?!«, sagte er, doch nur zu sich selbst. Er stand auf und gestikulierte. »Denn ich komme immer heim, verdammt noch mal. Eher stürzt der Himmel ein, das habe ich auch Kállai gesagt, ich hab's ihm gesagt, verdammt. Ins Gesicht. Dass ich von überall heimkomme. Zu jeder Zeit.«

Seine Frau stand auf.

»Ich muss weg.«

»Wohin?«

»Ich muss waschen, bei Mutter.«

»Warum waschen deine Geschwister nicht?«

»Sie haben keine Zeit.«

»Es ist auch ihre Mutter, oder? Was bist du denn? Der Malteser Hilfsdienst?«

»Ich sage doch, sie haben keine Zeit«, entgegnete sie.

»Dann hast du auch keine Zeit.«

»Doch, ich habe Zeit.«

»Und wenn ich sage, du sollst keine Zeit haben?«

»Aber Józsi, warum solltest du das sagen, wenn ich doch Zeit habe?«

»Verflucht, du verstehst aber auch gar nichts«, er schüttelte den Kopf. Und noch bevor sein Sohn etwas sagen konnte, denn der hatte das Brot schon hingelegt, zielte er mit dem Finger auf ihn: »Und du hältst die Schnauze.«

Als das Gartentor hinter der Mutter quietschte, lächelte der Junge.

»Aber einmal kann es passieren, dass du nicht heimkommst, Vater.«

Der stand auf.

»Du bist wie deine Mutter, immer zurückpflaumen.«

Dann ging er in den Hof hinaus, leicht hinkend. Doch er streichelte den Hund. Jedes Mal streichelte er ihn, bevor er ging. Er stand neben der Schubkarre und betrachtete sie. Sie war blutig. Er betastete sein Gesicht.

Am Abend hatte die Mutter erst ein einziges Mal gefragt, wie spät es sei. Also war noch gut eine halbe Stunde Zeit. Er sah sich die Serie an. Es klopfte. Draußen stand der Wirt. Seine Hose war voll Blut.

»Es ist etwas passiert.«

»O Gott«, die Mutter klammerte sich am Tisch fest, als gebe ihr allein das schon den Rest.

»Kállai wurde der Schädel eingeschlagen.«

»Und?« Das fragte schon er. »Was geht uns der Schädel von Kállai an?«

»Ihr solltet besser kommen.«

»Bleib hier«, sagte er zur Mutter, denn sie wollte schon los. »Du bleibst hier, sage ich. Verstehst du, du bleibst hier!«

Sie setzte sich, stand wieder auf:

»Ich will mitkommen.«

Sie gingen schweigend. Das Laub, der Zug und der Wind. Die Hunde bellten. Vor der Kneipe standen bereits zwei Wagen, das blaue Licht rotierte. Draußen bei den Fahrrädern rauchten drei Männer. Es sah aus, als würde die Glut mit dem Blaulicht flachsen. Dass sie schöner, aufregender sei. Ein junger Polizist trat ihm in der Tür entgegen.

»Von wem bist du der Sohn?«

Er sagte es.

»Man kann noch nicht reingehen. Ausweis?«

»Wann kann man rein?«

»Sie sagen Bescheid.«

Auch die Mutter wollte hineingehen, doch der Polizist hielt sie zurück.

»Hören Sie, erst wenn Bescheid gesagt wird!«

»Ich möchte hineingehen«, beharrte sie.

»Wollen Sie was Hässliches sehen?«

»Ich will meinen Mann sehen.«

»Auch der sieht jetzt ziemlich hässlich aus.« Der Polizist war ein wenig gereizt. »Beruhigen Sie sich, ja? Warten Sie dort«, und er wies nach hinten, wo die rauchenden Männer standen. Die Mutter blieb unschlüssig stehen, um dann zum Zaun zurückzugehen. Die Männer sprachen sie nicht an. Doch der Junge blieb, wo er war, bei dem Polizisten. Er nahm Zigaretten aus der Tasche, bot ihm eine an. Sie rauchten gemeinsam. Der Polizist blies den Rauch schräg in die Luft. Er sah ihn an, musterte ihn, was für einer er sei.

»Ich hatte auch mal solche Stiefel«, sagte er schließlich. »Beschlagen?«

»Genau«, sagte der Junge und steckte seinen Ausweis ein. Er dachte daran, dass er die Serie morgen fertig sehen konnte. Das Ende brauchte er nicht zu erraten.

Was man bemerken muss und was nicht

Er war es gewesen, der den Krankenwagen gerufen hatte, die Polizei holten dann die Sanitäter, und schließlich musste man auch noch die Feuerwehr verständigen. Doch die kam zu spät. Hinter der von innen verriegelten Tür war es still geworden. Einer der Nachbarn, ein junger Mann, steckte den Kopf heraus, doch nur für einen Moment. So sind sie, wenn es wirklich ernst wird, kriegen sie Schiss. Sie haben eine große Klappe, wissen alles besser, sind selbstsicher und reden abfällig über Rentner.

Irma wohnte direkt neben ihm. Seit etwa zwanzig Jahren waren sie Nachbarn. Sie begegneten einander täglich, grüßten, unterhielten sich. Und beide lebten sie allein. Man könnte sagen, sie waren allein geblieben. Über Politik redeten sie selten, hauptsächlich ging es ums Wetter. Im allgemeinen war Irma mit dem Wetter nicht zufrieden, mehr noch, sie war mit recht wenigen Dingen zufrieden. Wenn jemandem ein Unglück zustieß, dann sagte sie oft, er habe es verdient. Weil der Betreffende achtlos, gleichgültig gewesen sei. Er habe das Schicksal herausgefordert. Doch der aktuelle Stand des Wetters konnte sie richtig in Wut bringen. Er wiederum fand, das Wetter sei uns gegeben wie die Welt, der Wind, der Regen, der Schnee, die Hitze und das Gewitter, der Mensch müsse sich anpassen, nicht umgekehrt. Als er Irmas Schmerzenslaute hörte, war es Nacht, es regnete. Es regnete so stark, dass es trommelte. Er warf sich den Morgenmantel um und schlurfte hinüber. Doch die Tür ließ sich nicht öffnen. Und drinnen ihr Jammern. Irma, sagte er immer wieder, Irma, so machen Sie doch auf. So hatte es begonnen, und die beiden Sanitäter waren wirklich schnell zur Stelle gewesen. Und dann die anderen. Trotzdem kamen sie zu spät, vergebens trat der riesige Feuerwehrmann die Tür ein. Nachdem gegen zwei Uhr wieder Stille eingekehrt war, weil nun alle fort waren, stand er rauchend auf dem Balkon und dachte darüber nach, was nun werden würde. Ein neuer Nachbar würde einziehen. Bestimmt junge Leute. Wie viele Probleme würde es mit denen geben. Als Erstes demolieren sie die Wohnung, bohren, reißen Wände nieder. Er zündete sich die nächste Zigarette an. Im Aufzug hatte Irma ihm manchmal gesagt, sie habe ihn rauchen sehen. Und dass er besser nicht rauchen solle. Na sicher. Aber wenn nicht einmal mehr das geht, was geht dann. Langsam blies er den Rauch aus. Es qualmte in den Regen hinein, der auf die Dächer der parkenden Autos trommelte.

Zwei Tage später begegnete er Irmas Tochter. Sie war auch schon früher hier gewesen, doch er wusste nicht, wie sie hieß. Er hatte gehört, dass sie stritten. Dass die Tochter die Mutter anschrie. Dann saß Irma lange auf der Bank vor dem Haus, dabei ließen sich dort häufig auch Obdachlose nieder. Ihre Tochter kam gerade aus der Wohnung, ungeschickt hantierte sie mit den Schlüsseln, die sie doch kennen musste, deren Eigenheiten und Handhabung. Ach, natürlich. Die Tür ist aufgebrochen worden. Das sind neue, noch schwergängige Schlüssel. Nachdem sie abgeschlossen hatte, sah sie ihn an und grüßte. Er grüßte zurück. Sie sah ihn immer noch an, gemeinsam stiegen sie in den Lift. Und als die Kabine sich mit einem Ruck in Bewegung setzte, sagte sie:

»Hätten Sie es bemerkt, würde meine Mutter noch leben.«

In seiner Überraschung wusste er nicht, was er sagen sollte. Was hätte er bemerken sollen? Dass Irma krank war? Aber wer war denn nicht krank? Wer hat denn keine Probleme mit dem Herzen, mit dem Zucker, mit dem Blutdruck? Wer zieht denn in diesem Alter nicht das Bein nach? Irma hatte vor der letzten Nacht nicht besonders geklagt. Sie hatte nur gesagt, dass diese Hitze entsetzlich sei. Somit wusste er auf die Bemerkung nichts zu antworten. Er verabschiedete sich. Und dann kamen die Kaltfront und der Regen.

Irmas Tochter war von magerem, migräneanfälligem, blonden Typus. Vor dem man sich zu fürchten beginnt. Doch es geht gar nicht darum, dass man sich fürchtet, sondern man denkt, wozu sich mit ihr anlegen. Denn es lohnt sich nicht. Man hat keine Chance. Als sie einander das nächste Mal, schon am nächsten Tag begegneten, grüßte sie und trat ihm in den Weg. Sie war strahlend blond. Kein künstliches, sondern Naturblond. Sie stand vor ihm, blond, migränegeplagt, in schwarzen Strümpfen. Ihre Beine waren dünn und vollkommen, der schwarze Rock spannte über dem Hintern. Ihre Frage klang geradezu drohend.

»Haben Sie mir tatsächlich nichts zu sagen?«

Das überraschte ihn von neuem. Dass er ihr etwas sagen sollte. In der Nacht, als es passierte, als es Irma plötzlich schlecht ging, hatte nicht irgendein junger Spund, hatten nicht die Bewohner von oben und unten Maßnahmen ergriffen, sondern er. Noch früher zu handeln war nicht möglich. Er war schnell gewesen, hatte nicht gezögert. Was hätte er sagen sollen?!

»Ist etwas aus der Wohnung verschwunden?«, fragte er. Schließlich waren etwa sieben Personen drinnen gewesen, lauter Uniformierte, aber auch die waren ja keine Heiligen. Er hatte da schon Sachen gehört, von Sanitätern, die eine Zsolnay-Katze mitgenommen hatten.

»Es ist nichts verschwunden«, sagte sie.

»Fein«, er nickte, »dann ist alles da. Gott sei Dank.«

Sie begann gereizt den schönen, blonden Kopf zu schütteln.

»Gott sei Dank?«

»Verzeihung, das habe ich nicht so gemeint«, rechtfertigte er sich. »Mein Beileid. Wissen Sie, wir sind gut miteinander ausgekommen.« Er spürte, dass es nach Ausflüchten klang. »Wir haben uns viel über das Wetter unterhalten.«

Sie legte den Kopf schief.

»Das ist alles?«

»Wie bitte?«

»Dass Sie gut miteinander ausgekommen sind?!«

Das war bereits ein Verhör.

»Ach, ja«, sagte er und blickte ihr in die Augen, »ein Topf ist noch bei mir. So ein ... wissen Sie, so ein kleiner Topf, aus der Markthalle, man kriegt ihn im oberen Stock. Dort gibt es solche kleinen Töpfe. Und natürlich auch größere, feine Schnellkochtöpfe«, er hustete. »Irma ... Ihre Mutter hatte an einem Samstag Kohlrouladen gemacht. Und ... nicht wahr, die Kostprobe. Sie hat mir eine Kostprobe gebracht. In diesem Topf. Natürlich gebe ich ihn zurück.«

»Nicht nötig«, antwortete sie. »Sie können ihn behalten.«

Wie man einen kleinen Dieb ertappt und nach einigem abschätzigen Umherblicken zu ihm sagt, na, mein Herzchen, kannst du haben. Dieses Ding braucht kein Schwein. Ab mit dir.

»Weiß man schon etwas über ...«, er hustete.

»Worüber?«

»Über das Begräbnis.«

Ihre Augen verengten sich. Ihr Mund wurde rasierklingenschmal.

»Sie wollen doch nicht etwa sagen, Sie würden kommen?«

»Wir waren gute Nachbarn.«

»Aber klar. Sie würden kommen. Es ist zum Verrücktwerden.«

Nun war er schon nicht mehr überrascht. Er hatte das Gefühl, egal, was er sagte, auf jeden beliebigen Satz würde ein Angriff folgen. Er überlegte, ob er sie mit irgendetwas gekränkt haben könnte.

»Sie denken, ich hätte auf dem Begräbnis nichts verloren?«

»Das ist es also, was Sie interessiert?!«

»Verzeihen Sie, ich verstehe Sie nicht«, er sprach leise, unmerklich stieg seine Anspannung.

Sie nickte gereizt und griff sich ständig an ihr blondes Haar. Was für zarte Hände sie hatte. »Das Begräbnis interessiert Sie natürlich. Schön, Sie bekommen eine Benachrichtigung. Wenn Sie so darauf versessen sind.«

»Ich habe nur aus Höflichkeit …«, er konnte nicht weitersprechen, denn sie ließ ihn stehen, rauschte davon.

Als sie sich ein paar Tage später das nächste Mal über den Weg liefen, grüßte sie nicht einmal. Sie sagte nur, während sie in die Wohnung ging:

»Sie haben es nicht bemerkt. Hätten Sie es bemerkt, würde meine Mutter noch leben«, und zog die Tür hinter sich zu. Sie konnte inzwischen gut mit den Schlüsseln umgehen.

Er tat dies und jenes, goss die Blumen, redete mit ihnen, so wie immer, sah in der Programmzeitschrift nach, was für einen Film es am Abend geben würde. Er nahm den Topf aus dem Küchenschrank und betrachtete ihn. Ein kleiner roter, innen gesprenkelt. Ein leerer Topf. Er hatte ihn gut abgewaschen, um ihn so zurückzugeben. Natürlich hätte er ihn auch selbst gut brauchen können. Wenn etwas übrigblieb, konnte man es darin aufheben. Er öffnete das Fenster. Von einem Tag auf den anderen war es Herbst geworden, oder es war gar nicht der Herbst, sondern die Welt hatte zuvor noch durchgehalten, der Altweibersommer hatte sich lange selbst gefeiert und dann binnen einer Nacht Schiffbruch erlitten. Der Rost verblutete im Laub. Mit ihm kam die Kälte, die bleibende, metallene Kälte. Es war wirklich Herbst geworden. Das hätte Irma sicher nicht gefallen. Er nickte. Er könnte sich eine Zigarette anzünden, niemand wird etwas sagen. Fehlte es ihm? Vielleicht hatte das gutgetan, dass jemand etwas sagte. Die Bemerkung, dass er es nicht solle. Wenn er sich davon, nämlich vom Rauchen, etwas hole, und man hole sich leicht etwas davon, dann habe er es sich selbst zuzuschreiben. Weil er es verdient hätte. Und dann dachte er, dass er hinübergehen werde. Diese Sache musste in Ordnung gebracht werden.

Er läutete nur einmal. Die Tür ging sogleich auf, als hätte sie dahinter gelauert. Sie war wunderschön. Als wäre sie einem Magazin entsprungen.

»Was wollen Sie?«

»Ich will gar nichts.«

»Ja und?«

»Hätte ich bemerkt«, sagte er zu ihr, »dass Ihre Mutter mich liebt, würde ich nicht mehr leben.«

Er hüstelte, schneuzte sich die Nase und ging. Einmal drehte er sich noch um.

»Und ich lebe sehr gerne, meine Liebe.«

Die Geldbörse

Immer stand er vor dem Dilemma, ob er den Bus oder das Auto nehmen sollte. Das Dorf lag versteckt zwischen den Bergen, im Tal hing der Dunst. Immer sagte er, diesmal fahre er mit dem Auto. Mit dem Bus wolle er nicht. Und dann nahm er doch den Bus. Er hatte gelernt, dass man den Montag und den Freitag meiden musste. Auch der Samstag war heikel. Es war Samstag Vormittag, doch es gab nur wenige Fahrgäste. Er trank am Busbahnhof einen Doppelten und bestellte Bier dazu. Es waren noch einige Minuten bis zur Abfahrt, er sah, dass der Bus nicht voll war, so ging er zurück und trank noch einen. Gut. Das hält vor. Er redete sich ein, dass er sich nicht ärgern würde. Er wird sich nicht aufregen, zu allem Ja und Amen sagen und sich ansehen, was sofort repariert werden muss. Dann wird es okay sein. Man muss wollen, dass alles gutgeht. Es kann nicht gutgehen, doch es wird gutgehen.

Unterwegs kam ein Kontrolleur, natürlich unangekündigt. Es war ein junger Mann mit starken Bartstoppeln, in der blauen Hose der Buslinie und einem Strickpullover. Er dachte, der Pullover deshalb, weil der vornehmer ist als ein Jackett. Ein Uniformjackett bedeutet Eingliederung. Der Pullover eine andere Macht. Oder etwas in der Art.

»Wo steigen Sie aus?«, fragte der Kontrolleur und betrachtete die Fahrkarte, die er ihm erst nach langem Suchen vorgezeigt hatte. Er sagte ihm, in welches Dorf er fuhr.

»Beim Laden oder beim Amt?«, fragte der Kontrolleur und rieb sich die Stoppeln. »Wenn Sie beim Bürgermeisteramt aussteigen, kostet es zweiundsechzig Forint mehr.«

Zwei Forint gebe es nicht mehr, bemerkte er.

Der Kontrolleur nickte. »Wir runden ab. Also wo steigen Sie aus?«

Er sagte, dass er beim Amt aussteigen werde.

»Das sind dann zweiundsechzig Forint Aufpreis und einhunderteinundfünfzig Forint Strafgebühr. Zusammen zweihundertfünfzehn Forint, denn nun wird aufgerundet.«

Er nahm einen Fünfhunderter aus der Geldbörse, da, verdammt noch mal, nur solle er ihn endlich in Frieden lassen. Auf Wiedersehen. Er schloss die Augen.

»Wollen Sie mich bestechen?«, fragte der Kontrolleur. Als er aufblickte, glaubte er ein höhnisches Lächeln zu erkennen.

Bestechen, indem er mehr gebe? Na, der Herr Kontrolleur solle sich verpissen, und zwar dalli.

Er sah, dass der Kontrolleur erbleichte, seine Hand begann zu zittern.

Wenn er ihn nicht in Ruhe lasse, werde er ihm eine knallen. Ob er das verstehe? Wenn er das nicht wolle, solle er schnell das Scheißgeld einstecken und den Extrafahrschein ausfüllen, das sei ihm scheißegal, und er solle ihm bloß nicht ins Wort fallen, denn sonst werde er ihm tatsächlich eine donnern.

Er ließ sich zurückplumpsen. Der Kontrolleur zögerte kurz, dann ging er zum Fahrer nach vorn, Józsi, ein betrunkener Fahrgast ist im Bus, hörte er ihn sagen, worauf der Fahrer antwortete, nicht überreagieren, Zoli.

Der Kontrolleur kam dann nicht mehr nach hinten, er kontrollierte nicht weiter. Er wiederum sah in seine Geldbörse und zählte. Ach ja, die Zeitungen, das Sandwich, die Fahrkarte, das Stationsbuffet. Er hatte kein Kleingeld mehr. Nur eine größere Banknote, eine ziemlich große, die größte. Übrigens stieg er immer beim Laden aus. Auch jetzt. Er sagte dem Busfahrer auf Wiedersehen. Er ging in den Laden und kaufte eine Tüte Kekse, eine Tafel Schokolade, noch eine, und den besten Rum, später würde er behaupten, er habe das alles in Budapest besorgt. Und die alte Frau würde beinahe stolz antworten, so etwas sei inzwischen auch schon hier bei ihnen zu bekommen. Ihr Mann würde nach den Etiketten sehen, die ihn überführt hätten. Doch er hatte sie längst entfernt. Im Laden konnten sie die große Banknote nicht wechseln.

»Bezahlen Sie nächstes Mal, mein Bester«, sagte die Kassiererin lächelnd, sie hatte schlechte Zähne und große Brüste.

Er stieg deshalb beim Laden aus, weil dann die Kneipe auf dem Weg lag. Dort kannten sie ihn. Wer seit zwanzig Jahren mindestens einmal im Monat kam, der war Stammgast. Der Wirt erhob die Hand zum Gruß und stellte den Wodka und das Bier auf die Theke. Er ging erst pinkeln, dabei klingelte sein Handy, er drückte den Anruf weg und pisste sich auf die Schuhe. Als er zurückkam, machte der Wirt sich gerade selbst ein Bier auf.

»Benedek ist gestorben«, sagte er und trank.

Er fragte, was passiert sei.

»Im Krankenhaus«, sagte der Wirt.

Dann sei es sicher Krebs gewesen, bemerkte er.

»Krebs, aber klar, was sonst.«

Oder eine Embolie, gab er zurück.

»Genau«, der Wirt nickte. »Noch eine Runde, Laci?«

Er sagte, er würde gern zahlen.

Auch der Wirt konnte die Banknote nicht wechseln. Er schrieb an. Nächstens dann. Es ärgerte ihn, dass er nicht zwei Scheine dabeihatte. Sonst kam er immer mit zwei. Damit es reichte, hier wie dort. Nun war es also einer. Beim Pfarrhaus wurde Gras gemäht. Menschen in gelben Westen harkten. Ein Traktor rumpelte an ihm vorbei, größer als so manches Haus in der Straße. Was für Räder. Dann war er da. Er sah über den Zaun und konnte fast keine Veränderung feststellen. Er zählte die Hühner. Es waren kaum weniger. Der Hund bellte nicht. Er ging auf die Straße hinaus, auf die andere Seite, und sah nach, ob es verrutschte Dachziegel gab. Es gab keine. Er prüfte die Hausmauer, ob der Verputz noch hielt. Ein Scheißverputz, aber dieses Jahr würde er noch halten. Der Zaun hingegen musste gestrichen werden.

»Wie war die Fahrt?«, fragte die alte Frau.

»Diese Mistkerle«, sagte der alte Mann. Er winkte ab. »Das verstehst du sowieso nicht. Du weißt das sowieso nicht.«

»So etwas bekommt man auch schon bei uns«, sagte seine Frau.

»Benedek ist gestorben«, sagte der Alte.

Er saß in dem alten Polstersessel und stocherte in den gelben Würfeln der Fleckerln herum. Sie machte immer Fleckerln. Manchmal auch Eiergraupen. Er sagte, dass die Kinder ihnen Küsschen schickten, Jutka auch. Letzte

Weihnachten sei Jutka so blass gewesen, ob es ihr schon besser gehe. Sie sei nicht blass gewesen. Und ob. Gut, egal, es gehe ihr gut, alle seien gesund. Jetzt mache sie so einen Kurs. Fortbildung. Die Kinder würden gut lernen. Dem kleinen Laci sei gestern ein Zahn ausgefallen.

Der Vater ging hinaus. Sowie die Tür sich hinter ihm schloss, beugte die alte Frau sich vor. Sie flüsterte.

»Er will mich umbringen.«

Er schüttelte den Kopf, aber nein, er wolle die Mama nicht umbringen.

»Er hat im Schlaf davon geredet, also stimmt es sicher«, sie bekreuzigte sich. »Was soll ich tun, wenn er mich umbringen will?«

Er betrachtete das Jesusbild an der Wand. Man bekommt es beim Chinesen, Jesus auf dem Berg Golgatha, von oben rieselt gelbes Mondlicht herab, der Erlöser in einem gebügelten, weißen Laken, die Nacht ist blau wie ein Saphir, etcetera. Die alten Leute hatten auch eine winkende Katze. Letztes Mal hatte er Batterien dafür mitgebracht. Der Vater rief von draußen, er solle zu ihm kommen. Er reichte der Mutter den halbvollen Teller, das werde er später aufessen, es sei ganz ausgezeichnet, und ging hinaus. Sie standen auf der Veranda, er zündete sich eine Zigarette an. Der Vater hatte mit dem Rauchen aufgehört.

»Sie glaubt, ich will sie umbringen«, sagte der Alte.

Das glaube sie nicht wirklich, da sei er sicher, erwiderte er.

»Zugegeben, manchmal denke ich wirklich daran«, sagte der Vater.

»Und warum«, fragte er.

Der Vater dachte nach.

»Sie hat es zugelassen. Sie hat diesen ganzen Scheiß zugelassen.«

Nein, habe sie nicht, sagte er.

»Sie überlebt mich sowieso«, sagte der Vater. »Auch wenn ich sie umbringe, überlebt sie mich.«

Er wolle reingehen und sich ein bisschen hinlegen, sagte er. Das war seine feste Gewohnheit. Er kommt an, isst, unterhält sich ein bisschen, legt sich ein bisschen hin. Und dann geht er wieder. Weil dann schon der letzte Bus fährt. Auch wenn er mit dem Wagen da ist, fährt er, wenn der letzte Bus fährt. Er zog seine Geldbörse hervor und legte sie auf den Tisch.

Im Bus dachte er daran, dass bald der Kontrolleur kommen würde. Dass heute so ein Tag mit vielen Kontrollen war. Der Kontrolleur kam nicht. Es dämmerte, er schaltete die Leselampe ein. Er sah in seine Geldbörse. Die große Note war nicht mehr drin. Er schlummerte ein, bis sein Handy klingelte.

»Alles okay?«

»Natürlich, sie küssen dich.«

Er wusste, dass seine Frau danach fragen würde.

»Hast du sie auch diesmal wieder hingelegt?«

Ja, sagte er, doch unglücklicherweise habe er den Zwanzigtausender nicht wechseln können.

»Zwanzigtausend? Du bist verrückt geworden, Laci.«

Er wisse selbst, dass das zu viel sei. Es habe sich so ergeben. Zwanzigtausend. In einem. Jetzt sei es eben nur für einen.

Seine Frau schwieg. Er wusste, dass sie wütend war, sehr wütend.

»Na schön, bis später dann. Tschüss.«

Er sagte auch tschüss und schloss die Augen. Er dachte, dass sie einander ohnehin etwas abgeben würden. Die beiden Alten. Sie würden teilen, wie immer. Es würde kein Problem geben. Er erwachte davon, dass jemand ihn an der Schulter rüttelte. Es war der Kontrolleur. Ganz von ferne fragte er, wo er eingestiegen sei. Beim Amt oder beim Laden?

Auch Geldeintreiber sind Menschen

Sein Handy klingelte im ungünstigsten Moment. Obwohl der Anruf von dem anderen kam, musste er ihn wegdrücken. Vor einigen Wochen waren sie ein wenig aneinandergeraten und schließlich zusammen auf ein Bier gegangen, um die Straßen auf korrekte, europäische Art und Weise untereinander aufzuteilen. Nach einigen Kompromissen war eindeutig, wer von ihnen bis zur Zigeunerzeile über welches Gebiet verfügte. Die Zigeunerzeile war kein Gebiet, dorthin gingen sie nicht, es hatte keinen Sinn. Sie kamen überein, sich nicht zu bekriegen. In dieser Stadt war für sie beide Platz, sie würden für ihre Firmen keine unnötigen Komplikationen heraufbeschwören, indem einer ihrer Kunden auch mit dem anderen einen Vertrag abschloss und vor dessen Ablauf verstarb. Von solchen Situationen hatte niemand etwas. Man müsste sich dann über allen möglichen Scheiß einigen, über das Haus, den feuchten Garten, die ausgedienten Werkzeuge, und das hatte keinen Sinn. Es brauchte klare, eindeutige Verhältnisse. Zum Abschluss stießen sie mit Whisky an. Die versoffenen Sozialhilfeempfänger in der Ecke schielten herüber, glotzt nur, nicht jeder ist so abgewrackt wie ihr. Der Wirt machte große Augen, als sie um Eis baten.

»Wo war ich gerade, Frau Kerekes?«, fragte er und steckte das Handy ein.

»Bei der Treue, Herr Cseke.«

Er drehte den Kopf hin und her. »Was riecht da so?«

»Der Fiffi erbricht sich. So eifersüchtig wird mein Augenstern, wenn ein Fremder kommt«, erklärte die alte Frau und begann Schmatzlaute von sich zu geben. Ein verfettetes, plumpes Vieh wankte aus der Küche herein, der Bauch schleifte über das Parkett, die Schnauze war voller Geifer.

»Komm, Fiffi, komm, mein Fiffilein!«, sie nahm ihn auf den Schoß.

»Früher hat er nicht erbrochen«, bemerkte Herr Cseke. »Außerdem könnte er mich schon kennen.«

»Auch Fiffi wird nicht jünger«, sagte sie und fuhr mit der Hand über die Hundeschnauze. Die Hand wischte sie am Stuhlüberzug ab. Der Mann wurde ärgerlich, er hätte gerne geraucht.

»Ich habe geglaubt, ich kann Ihnen vertrauen, Frau Kerekes«, fuhr er fort. Er sprach leise, mit tiefem, öligem Organ, er übte das oft. Wie Kati darüber lachte. »Als Ihre Tochter Sie so hässlich anschrie, an wen haben Sie sich da gewandt? An mich. Binnen Minuten war ich da, und Sie konnten mir Ihr Herz ausschütten. Ich habe Ihnen Cola, Bananen, Käsechips gebracht, nicht? Ab und zu kommt Ihre Tochter auf einen Sprung aus Budapest, schön, sie hat viel zu tun, sie spielt viele Rollen, aber sie könnte sich, wenn Sie verzeihen, doch etwas mehr um Sie kümmern. Das ist aber nicht meine Sache. Meine Sache ist, alles für Sie zu tun. Wir hatten etwas vereinbart, Frau Kerekes. Sie hatten versprochen, sich nur an mich zu wenden. Niemand anderen zu bitten. Und was höre ich nun beim Fleischer? Glauben Sie, die Leute wissen nicht, dass Sie jedem damit kommen, er solle es für sich behalten?! Dass die geliehenen zwanzig-, vierzig- oder fünfzigtausend nicht durchsickern? Natürlich sickern sie durch. Das ist eine schwatzhafte Kleinstadt, jeder weiß alles. Beim Fleischer habe ich gehört, dass Sie zu Frau Uzsoki gegangen sind. Um alles in der Welt, wie konnten Sie nur?!«

Sie senkte den Kopf, streichelte Fiffi.

»Sie hat es angeboten. Ich habe nur ...«

»Das ist eine gewissenlose Wucherin, Frau Kerekes«, er holte tief Luft. »Sie wissen genau, dass sie auch prügeln lässt. Mehreren Klienten, die arg in Verzug waren, hat sie Tóth den Schaufelmann auf den Hals gehetzt. Sehnen Sie sich nach Tóth, dem Schaufelmann?!«

Die alte Frau schwieg, auf ihrem Schoß röchelte der Hund. Herr Cseke sah in das runzelige, verhärmte Gesicht. Und er sah, wie stark darin noch etwas arbeitete. Lebenstrieb, Trotz, Anklage, egal, es arbeitete. Und was arbeitet, lässt sich nutzen.

»Ich habe mir etwas von Frau Uzsoki geliehen, Herr Cseke, doch nur das eine Mal ...«

»Mehrmals«, unterbrach er sie.

»Ich habe es für Sie geliehen. Damit ich Sie bezahlen kann, damit ich nicht Ihr Wohlwollen verliere, Ihr Vertrauen, Ihre ... Ich habe doch nur noch Sie, Herr Cseke.«

»Sie haben mich hintergangen, Frau Kerekes«, er tat so, als wolle er gehen.

»Ich ... ich wollte nicht, dass Ihr Chef mit Ihnen schimpft. dass Sie zurückgestuft werden«, sie sprach mit verzweifelter Hast. »Weil Sie mir wirklich helfen. Sie sind mein Wohltäter, und wenn Sie Schaden erleiden, würde ich es mir nie verzeihen. Sogar meine Tochter ... wenn sie kommt, rümpft sie über alles die Nase, und bevor sie sich setzt, putzt sie zehn Minuten herum, hat an allem was auszusetzen, und wie sie Sie das letzte Mal heruntergemacht hat. Sie lächeln?«

Er stand auf, ließ seine Schultern kreisen, die Gelenke schmerzten. Vielleicht sollte er beim Squash eine Pause einlegen.

»So ist das nun mal, Frau Kerekes. Als ob wir irgendetwas dafür könnten. Sie, die armen Alten werden vernachlässigt, das ist die totale Verlassenheit, in der Sie leben, und dann bekommen wir, die wir helfen wollen, denn das ist doch keine Hilfe, wenn Sie zu Frau Uzsoki gehen, also wir, die wir Ihnen aufrichtig die helfende Hand reichen, bekommen dann den schwarzen Peter zugeschoben. Okay, das muss man aushalten. Das ist meine Sache, das auszuhalten. Ihre Tochter unterstützt Sie? Gut, sie schickt etwas, das haben Sie letztens erzählt, doch ich finde, es ist kein Argument, dass sie sich jetzt hat scheiden lassen und sich deshalb nicht so viel kümmern kann, denn dass es bei Ihrer Tochter nicht hingehauen hat, dafür können Sie nichts. Kümmern kann man sich trotzdem. Doch da mische ich mich nicht ein. Darf ich rauchen? Gut, ich gehe hinaus, draußen rauche ich eine. Überlegen wir solange, was man tun kann.«

Dieser letzte Monolog war wirklich gut, dachte er. Seine Frau kam ihm in den Sinn. Er hatte das Teneriffa-Foto nicht auf der Kommode gesehen. Im Vorjahr war er mit Kati nach Teneriffa geflogen, eine Überraschung, es war eine richtige kleine Verschwörung gewesen. Eine Woche Teneriffa! Ein Knaller. Sie hatten es bei Mondlicht am Strand gemacht. Wie der Sand geknirscht hatte. Durch seine Rauchschwaden blickte er in den Garten. Das gelbe, trockene Unkraut stand hoch, Schilf raschelte, das baufällige Nebengebäude war von Brombeeren überwuchert. Wie in den brutalsten Märchen, wirklich. Warum hatte Kati das Foto aus Teneriffa weggeräumt?

Als er wieder ins Haus trat, telefonierte die alte Frau. Sie hörte sofort auf und sah ihn erschrocken an. Sie schaltete das uralte Handy aus, hielt beide Hände darüber.

»Wer hat denn angerufen, Frau Kerekes?«

»Unwichtig«, sie stand auf und ging überraschend flink in die Küche. Der Hund wälzte sich schnaufend und schmatzend hinterher. »Soll ich Kaffee machen? Einen italienischen Kaffee, von meiner Tochter. Sie bringt mir öfter italienischen Kaffee mit. Den Garten werde ich machen lassen. Meine Tochter will mir immer reinreden, aber ich lasse sie nicht. Das ist mein Garten. Und mein Haus! Es gehört mir. Jawohl, nächstes Jahr schaffe ich Schweine und Enten an. Nehmen Sie Zucker?«

»Wer hat angerufen, Frau Kerekes?«

»Der Laci.«

»Was für ein Laci?«

»Der ... Herr Deres.«

Er erstarrte. Der Hemdkragen wurde eng, das Jackett drückte an der Schulter. Im Vorzimmer winselte der Hund.

»Sagen Sie bloß nicht, Sie haben auch bei ihm ...?!« Er wurde ein bisschen lauter als nötig. Deres war die andere Firma, die Konkurrenz, mit der er sich geeinigt, mit der er eine korrekte Vereinbarung geschlossen hatte. Von ihm war der Anruf vorhin gekommen. Das hatte dieser Wichser gestehen wollen? Dass er die Vereinbarung gebrochen hatte? Er bemühte sich, nicht zu brüllen.

»Nicht wahr, Sie haben sich nichts bei ihm geliehen, Frau Kerekes?«

»Nur deshalb, lieber Péter, um es Ihnen zu geben. Hier ist es«, sie öffnete den Küchenschrank und zog unter den schlecht abgespülten Tellern zerknitterte Tausender hervor. Stumm zählte sie ihm die zehn Scheine hin.

»Hier zwei, die Wochenrate, Herr Cseke. Damit ... ich Sie nicht enttäusche. Ich will bei Ihnen nicht in Verzug sein. Ich ...«

»Nicht hier. Gehen wir ins Zimmer«, sagte er.

Er griff nach seiner Aktentasche, die neben dem Stuhl stand, ließ den Verschluss aufspringen und nahm die Dokumentation der Laufzeiten heraus, zwei abgegriffene Blätter, die mit langen Zahlenkolonnen vollgekritzelt waren. Er trug die Wocheneinnahme ein, ließ sie von ihr unterschreiben und unterschrieb auch. Er steckte das Geld ein, schloss die Aktentasche und stand auf. Er überlegte.

»Seien Sie mir bitte nicht böse, Herr Cseke.«

»Es ist nicht meine Aufgabe, böse zu sein, Frau Kerekes. Meine Aufgabe ist es zu helfen. Und ich werde helfen.«

Er setzte sich wieder hin, strich sich die Hose glatt.

»Wir können Folgendes tun, Frau Kerekes. Sie nehmen den dritten Betrag auf. Ich kann hundert, na, sagen wir hundertfünfzigtausend anbieten. Dreihundertzwanzig sind zurückzuzahlen, die Wochenraten sehe ich später nach. Davon zahlen Sie Deres und Uzsoki aus. Das wird Sie erleichtern. Sie werden nur mit mir in Verbindung stehen. Und ich passe auf Sie auf. Verstehen Sie? Ich passe auf Sie auf!«

»Herrn Deres muss ich mehr geben«, flüsterte sie.

»Verdammte Scheiße, nein wirklich. Wieviel?«

»Allein schon hundertfünfzigtausend. Dazu kommt noch das Geld von Frau Uzsoki ... mit Zinsen.«

Er dachte nach.

»Gut, ich organisiere die zweihunderttausend für Sie, Frau Kerekes, und dann kriegen wir nur vierhundert zurück. Es gibt drei Laufzeiten, wir müssen besonnen vorgehen. Doch damit wir das machen können, muss ich nach Hause, das Geld holen und mit der Zentrale telefonieren. Morgen geben Sie allen alles zurück, und von da an reden Sie nur noch mit mir, nur noch mit mir.«

Er schaffte es kaum, fortzugehen. Die alte Frau umarmte ihn, küsste ihm die Hände. Der Hund leckte ihm sogar die Schuhe ab. An der Ecke hielt er den Wagen an, er stellte sich in den Schatten einer Linde, trommelte mit den Fingern aufs Lenkrad, holte tief Luft und wählte.

»Du hast mich angerufen.«

Kurze Stille, er merkte, dass der andere verlegen war.

»Ja.«

»Ja, was?«

»Kati ist zu mir gekommen. Sie wird hier ... wohnen. Mit mir«, sagte Deres, seiner Stimme war anzumerken, was für eine Erleichterung es für ihn war.

»Und?«

»Sie will sich scheiden lassen.«

»Warum sagt sie mir das nicht selbst, du Wichser?«

»Sie ist mit den Nerven fertig. Für sie ist es auch nicht einfach, Péter.«

»Dafür hat sie auch allen Grund.«

Ein beinamputierter Mopedfahrer ratterte an ihm vorbei, er kannte den Typen, auch der hatte von ihm geliehen, damit er herumkarriolen konnte. Noch zwei Darlehen waren bei ihm offen. Es fiel ihm ein, dass er auch noch zu dem krebskranken Lehrer gehen musste. Der Herr Lehrer war stark in Verzug.

»Da wäre noch etwas«, sagte Deres schließlich. Während der andere sprach, wurde ihm plötzlich klar, warum seine Stimme so vertraut wirkte. Die gleiche gedämpfte, ölige Artikulation. Als würde er sich selbst zuhören. Jetzt wird Kati für diesen Wichser lachen.

»Neu anfangen ist schwer, das verstehen wir«, fuhr Deres fort. »Verflucht schwer. Mit einem Wort, wenn du knapp bei Kasse bist, helfe ich dir wirklich gerne. Ich leihe dir, wenn du in Schwierigkeiten gerätst, lieber Péter«, der Wichser lachte tatsächlich, dann brach die Verbindung ab.

Der Einbeinige kam aus der Gegenrichtung gefahren, er war sehr flott unterwegs, umkurvte die Pferdeäpfel mit Tempo dreißig, mindestens. Er lachte wie ein Kind. Dieses Rodeo schien er wirklich extra für ihn aufzuführen.

Der Baum

Sie hielten sich gerade auf der Terrasse auf, als die Frau die Sache zum ersten Mal zur Sprache brachte. Das Wetter war mild geworden, man konnte bereits draußen frühstücken, allerdings hatte sie sich eine Decke um die Schultern geschlungen. Der Mann überlegte, woher diese Decke stammte, wann sie wohl in ihr Haus gekommen war. Er wischte ein Ei ab und reichte es ihr. Weiche Eier aß sie gerne. Sie tat es in ein kleines Glas, brach die Schale auf und löffelte das flüssige Gelb durch das entstandene Loch heraus. Sie aßen nicht oft Eier, doch sie freute sich, wenn er welche kochte. Der Glühdraht des Toasters hatte ihr Gesicht auf die Brotschnitte gezeichnet. Sie lächelte und schnitt roten Rettich zu durchsichtigen Scheiben. Sie griff nach dem getoasteten Brot und strich mit langsamen Bewegungen Butter auf das Gesicht, und da sprach sie es zum ersten Mal aus.

Fällen wir diesen Baum.

Er beugte sich vor, um einen besseren Blick auf den Garten zu haben.

Welchen?

Den, sie zeigte hin.

Er war überrascht. Sie kümmerte sich um den Garten, doch nur wenn ihr danach zumute war. Manchmal schlenderte sie umher oder stand stundenlang zwischen den Pflanzen herum, gelegentlich jätete sie Unkraut im

Blumenbeet, stutzte die beiden kleinen Pflaumenbäume, schnitt Flieder ab. Es kam vor, dass sie das Gras mähte, sie konnte mit dem Rasenmäher umgehen. Dennoch war der Garten seine Sache, doch nicht so wie ein Privileg und auch nicht wie eine Verpflichtung. Es war ihm willkommen, wenn sie sich statt der Lektüre oder sonstiger Beschäftigung für den Garten entschied. Niemals bat er sie, dieses oder jenes darin zu tun, ihm zu helfen, und sie bot es auch nicht an.

Einige Tage später sagte sie es während der Liebe von neuem. Er spürte, dass sie nahe an der Wonne war, er kannte ihre körperlichen Reaktionen genau. Ihr Becken spannte und hob sich, als wolle es sich von der Matratze, von seinem Körper, von der umgebenden Welt lösen. Doch da hörte sie auf und umklammerte sein Gesicht.

Fällen wir diesen Baum.

Dann wiegte sie sich wieder in ihren Bewegungen und brachte es zu Ende, als wäre nichts geschehen. Er horchte auf ihre Atemzüge, es war schön, zu beobachten, wie sie einschlief.

Am Morgen, bevor er fortging, denn nun brach immer er als Erster in die Stadt auf, ging er zu dem Baum, umkreiste ihn. Er verstand nicht, warum er gefällt werden sollte. Käfer tummelten sich in den Furchen der Rinde, das Grün des frischen Laubwerks wogte sanft, und das konnte man auch hören. Auch in der Höhe gibt es ein Meer. Wie lange die Glocken läuteten. Er ging zur Terrasse zurück und prüfte, welche Aussicht der Baum verdeckte, vielleicht war es das, was sie störte. Welcher Anblick würde sich ihnen bieten, wenn er ihn fällte. Doch vor diesem Baum standen noch andere, ganz ähnliche, auch die hätte man fällen müssen, damit das umgebende Panorama sich ihren Blicken darbot, die angrenzenden Gärten, die Reihe der ziegelroten Nachbarhäuser, die einst silberfarbene, doch nun von Rostflecken verunzierte Kuppel des Kirchturms oder der Bogen des Eingangstors, über dem der Verputz abblätterte, als häutete sich dort die Zeit.

Warum musste man dem Baum ans Leben?

Er hob den Kopf noch ein wenig und kniff die Augen zusammen. Die Berge zogen sich in solcher Ferne dahin, dass ihr blaues Schimmern nur bei klarstem Wetter zu erkennen war. Auch jetzt sah er sie nicht. Er bemerkte, dass die Frau ihn die ganze Zeit über aus dem Küchenfenster beobachtete. Er bemühte sich, unbefangen zu winken, es war Zeit zum Aufbruch. Sie winkte zurück und lächelte.

Ein paar Tage später brachte sie ihm ein Geschenk mit. Es war eine silberne Uhr in einer kleinen Schachtel, sie ging nicht. Hin und wieder kauften sie einander Geschenke, doch dieses überraschte ihn.

Einmal werde die Uhr wieder gehen, sagte sie. Jetzt würden sich die Zeiger ausruhen. Doch sie würden sich in Bewegung setzen, bald, und als sie das sagte, biss sie sich auf die Unterlippe.

Wie kann ich mich bedanken?, fragte er.

Fällen wir diesen Baum, sagte sie. Er umarmte sie, wie schön war es, dass ihre Brust ihn berührte. Sie atmeten gleich, ihre Herzen schlugen gleich.

Fällen wir diesen Baum, flüsterte sie an seinem Hals.

Aber warum?

Ich weiß es nicht.

Aber das ist doch ..., er war in Verlegenheit.

Sie blickte auf. Fällen wir diesen Baum. Am Himmel

zog ein Flugzeug seine Bahn, sein Metallrumpf blitzte im Licht.

Er wartete den Abend ab und blieb auch in der Nacht draußen. Das Firmament breitete seine kleinen, blinkernden Schmuckstücke aus. Er starrte den Baum an. Dessen Gestalt verschmolz nicht mit der Dunkelheit, doch er war unsicher, ob nicht die Erinnerung ergänzte, was er in der sich verdichtenden Nacht zu erkennen meinte, die Umrisse des Laubwerks, die gestreckten, sich zur Erde neigenden Äste, die leichte Windung, mit der sich der Stamm ein wenig nach rechts lehnte, als würde ihn diese Seite schmerzen. Mitternacht war vorbei. Er trank den Wein in langsamen Schlucken, einen ausgezeichneten Wein, ein ausgezeichneter Jahrgang. Vorsichtig knarrte die Holztreppe, die Frau stand bereits hinter ihm, sie sprach kein Wort. Er schenkte auch ihr ein, in ihrem Negligé erschien sie wie ein weißes Lodern.

Auf dein Wohl.

Ich habe nicht schlafen können, sagte sie und schlürfte den Wein.

Was hat dich beschäftigt, fragte er.

Fällen wir diesen Baum.

Seit Tagen grübelte er darüber nach, warum gerade dieser Baum daran glauben sollte. Mit kaum verhohlener Leidenschaft begann er die anderen Bäume und Sträucher in Augenschein zu nehmen, er examinierte ihren Standort und ihren Zustand und gelangte zu dem Entschluss, mit ihr zu verhandeln, sie anzuflehen, sie mögen einen anderen wählen, einen anderen Baum oder Strauch, einige mehrjährige Blumen umsetzen, sogar den Weg könnten sie neu planen, die Gartenbank ließe sich ein Stück versetzen, zum Beispiel neben die Hecke gegenüber. Man könnte Änderungen vornehmen. Warum auch nicht?! Dann würde der Baum davonkommen, nun streichelte er den Stamm sogar. Rotgekleidete Käfer liefen ihm über die Finger, Feuerwanzen. Und er verstand, dass diese Gedanken ein sündhaftes Schachern waren. Und es wäre auch dann Sünde, wenn er der Bitte nachgäbe und sie den Baum fällen würden. Er sagte es der Frau, die sich im Wandspiegel betrachtete und in den Garten hinauswandelte, auch sie streichelte den Baumstamm. Als sie zurückkam, sagte sie nur:

Ja. Ich möchte, dass wir ihn fällen.

Schließlich sagte er, gut, doch sie solle es selbst tun. Er holte die Motorsäge aus der Garage und stellte sie vor die Terrasse, auf den Kies des Weges, der sich in den Garten schlängelte. Von dem nahen Strauch flog eine Amsel auf, der Zweig zitterte. Die Frau saß über den Resten des Frühstücks, sie spielte mit dem Messer, summte. Er betrachtete unverwandt ihr Haar, sie hatte sich nicht gekämmt, und das gefiel ihm.

Ich weiß, dass du gut damit umgehen kannst, er zeigte auf die Säge.

Ja, ich kann damit umgehen, sagte sie.

Ich möchte, dass du ihn dann fällst, sagte er, wenn ich nicht zu Hause bin. Den Rest erledige ich. Du musst ihn nur fällen.

Sie schüttelte den Kopf.

Nein, ich bitte dich, fälle du ihn, und sie summte weiter und klopfte mit dem Stiel des Buttermessers auf die Tischkante.

Als er am Nachmittag zurückkehrte, bemerkte er nicht

gleich, was geschehen war. Er trat ins Haus, sagte ihren Namen, mehrmals, immer lauter. Er eilte ins Obergeschoss hinauf, die Holztreppe knarrte seltsam, das Bett war noch nicht abgedeckt. Er ging in die Küche hinunter, es war sorgfältig abgewaschen, sein Blick fiel auf das Buttermesser. Ihre Bewegungen vom Morgen fielen ihm ein, wie sie mit dem Stiel auf die Tischkante geklopft hatte.

Er trat auf die Terrasse hinaus, mit beiden Händen hielt er sich am Geländer fest.

Ihm gegenüber stand der Baum.

Der Wind brauste heftig auf, der gestreckte Körper baumelte trotzdem nicht. Ein weißes Ausrufezeichen.

Wie konnte dieser dünne Ast stark genug sein?

Der Gartenstuhl lag umgekippt im Gras. Die beiden Pantoffeln standen akkurat nebeneinander.

Dann bemerkte er auch, und das erschütterte ihn tief, dass sie, bevor sie es tat, die Säge in die Garage zurückgetragen hatte. Er stand lange auf der Terrassentreppe, rauchte, dann trat er ins Haus, um nachzusehen, ob die Uhr ging.

Vater und Mutter wollen es überleben

Vater suchte seine Pantoffeln, er tastete mit dem Fuß nach ihnen, offenbar hatte er sie in der Nacht unter das Bett getreten. Immer trat er sie unter das Bett, und dann angelte er eine Ewigkeit nach ihnen. Er saß struppig am Bettrand und dachte nach, was an diesem Tag zu tun sei.

»Weißt du, was heute für ein Tag ist?«, fragte er, als er sich erhob.

»Was für einer denn?«, fragte Mutter.

Vater setzte den Kaffee auf, drehte am Gasregler und ging auf den offenen Gang hinaus. Auch von unten zog Kaffeegeruch herauf. Man hörte die Trolleybusse. Vater mochte es, wie die Leitungen knackten. Und Funken sprühten. Im Hof pafften die Vidács-Zwillinge, sie waren in ärmellosen Trikots, denn bis November trugen sie immer ärmellose Trikots. Wenn der erste Schnee fiel, zogen sie die Lederjacken mit den Pelzkrägen an, um dann ab März wieder die ärmellosen Trikots zu tragen. Gestern lag eine verendete Katze im Tor. Letzte Woche hatte auch schon eine dort gelegen. Vater kannte alle Tätowierungen der Vidács-Zwillinge. Er ging hinunter, um die Zeitung zu holen, die Zwillinge grüßten ihn, in ihren Mündern qualmten die Zigaretten.

»Herr Redakteur!«

Vater nickte ihnen zu.

»Was für ein Tag ist heute?«, fragte Mutter, als er die beiden Zeitungen auf den Küchentisch legte.

»Ich komme dich abholen«, sagte Vater, er schenkte sich Kaffee ein, blies hinein. Er trank ihn ohne Zucker. Ein Zittern schien Mutter zu durchlaufen.

»Möglicherweise dauert es etwas länger. Jutka hat frei, und ich habe Aufsicht. Die Dritte ist in irgendeinem Fachzirkel. Ich weiß nicht, wie lange der dauert.«

»Ich warte auf dich beim Lotto-Kiosk. Ich werde dort sein«, sagte Vater.

Mutter brachte erst kein Wort heraus.

»Geh nicht zum Lotto-Kiosk!«, ihre Stimme war schneidend, sie schrie fast.

»Doch«, sagte Vater.

Mutter schwieg, jede ihre Bewegungen knisterte, jetzt kuschten sogar die Gegenstände, alle schmiegten sich in ihre Hand, die Tasse aus Madrid, die Zuckerdose vom Flohmarkt, die auf dem Tisch zurückgelassene Monatskarte, die kleine, rote Ledergeldbörse, alles war dort, wo es sein sollte. Doch als sie sich das Haar kämmte, ratschte es laut. Sie zerrte an ihrem Kleid herum, ihr Fingernagel blieb im Stoff hängen.

»Wir können nichts dafür«, sagte der Vater und setzte sich zu den Zeitungen. Er zog die Nase hoch. Vater mochte Nachrichten. Das ist nicht ganz exakt ausgedrückt. Vater konnte ohne Nachrichten nicht leben. Er konnte den Tag nicht ohne sie beginnen. Jeden Morgen studierte er die Nachrichten. Er las zwei Zeitungen, eine, die sich mit Politik und eine, die sich mit Sport befasste. Das ging seit dreißig Jahren so. Da ließ er nicht mit sich reden. Einfach so leben, ohne zu wissen, was es Neues gab – undenkbar.

Und es war auch wichtig, woher man es wusste. Der Computer war voller Nachrichten, doch wir sollten bedenken, pflegte Vater zu sagen, dass eine Nachricht, die wir in der Zeitung lesen, und eine aus dem Computer, selbst wenn sie Wort für Wort übereinstimmen, vollkommen anders wirken. Nachrichten seien wie Früchte. Sie müssten reifen. Wenn sie zu schnell kommen und gehen, verlieren sie ihren Sinn. Und wer braucht schon Nachrichten ohne Sinn?!

»Hol mich lieber nicht ab. Ich komme dann irgendwann. Ich geh auf einen Sprung bei deiner Mutter vorbei«, sagte Mutter, sie versuchte zu lächeln, denn in Wirklichkeit mochte sie Vaters Mutter nicht. Sie stand schon in der Tür. Sie hatte die Frühlingsjacke an, mit einem Gürtel um die Taille, weil das schlanker machte. Die hatte sie mit mir im Shopping-Center gekauft, wenige Tage vor dem Unfall. Das hatte Mutter vergessen, sonst hätte sie die Jacke nicht angezogen. Sie hätte sie nicht angerührt, höchstens um sie in Stücke zu reißen, ins Feuer zu werfen. Mutter vergaß alles mögliche, doch mein Zimmer blieb, wie es war. Der Teddybär neben dem Kissen fiel manchmal um. Mutter schalt ihn ein wenig, dann setzte sie ihn auf. Den Teddy hatte Vater vor einigen Jahren von irgendeiner Reise mitgebracht. Er war mein Schlaftier gewesen. Er fiel öfters um, und Mutter setzte ihn immer auf.

»Ich werde auf dich warten«, sagte Vater und schüttelte den Kopf, wegen der Nachrichten. Sie machten ihm zu schaffen, das ist nicht zu leugnen. Denn würde man sich wirklich an den Nachrichten orientieren, das Leben an ihnen ausrichten, was zum Teufel wäre dann?! Das Gros der Nachrichten ist bekanntlich negativer Natur, ein Unglück, eine Katastrophe, eine Bedrohung. Wenn wir zur Tür hinaus-, in die Welt hineingehen, können wir die Nachrichten einfach nicht berücksichtigen. Dennoch müssen wir Bescheid wissen. Das ist natürlich nicht logisch. Vielleicht nur unumgänglich.

»Ich bitte dich inständig«, schniefte Mutter. »Geh nicht hin.«

»Ich warte dort auf dich. Du kommst auch hin.«

»Nein.« Sie hatte die Hand bereits an der Türklinke, sie drückte sie so stark, dass die Knöchel weiß wurden.

»Warte mal«, sagte Vater und rückte seine Brille zurecht, »hier steht, dass in Norwegen Swingerpartys veranstaltet werden. Übrigens gibt es so etwas auch schon bei uns. Weißt du, was ein Swinger ist?«, er lächelte. Er nahm die Brille ab und putzte sie gedankenverloren. »Okay. Wenn der Geographielehrer sich einmischt, kümmere dich nicht um ihn. Nur mit der Ruhe. Denk daran«, sann Vater, »was in Norwegen los ist. Sieht dich der stellvertretende Direktor noch immer so an? Es würde mich wundern, wenn er aufgegeben hätte.«

»Bist du verrückt geworden?« Mutter sprach so leise, dass vielleicht nur ich es hörte. Ihre Hand erbebte, wie bei einem Stromschlag, das Zittern lief bis zum Hals hinauf. Ihre Schläfe pulsierte.

»Bis du kommst, kaufe ich ein Los«, sagte Vater.

»Du bist gemein.«

»Ich setze auf die alten Zahlen«, er nickte, »sämtliche Geburtstage.«

Mutter schloss die Tür. Vater hörte, wie der Lift kam, die Tür zuschlug und die Metallbüchse sich brummend in Bewegung setzte. Er ging an seine Korrekturen, erledigte ein paar Anrufe. Die deutschen Kapitel hätte er längst abliefern sollen, doch der Verlag gewährte ihm noch eine Woche Aufschub. Irgendein Rindvieh hatte schon wieder Korrekturen als pdf geschickt, die konnte er nicht öffnen. Er rauchte eine Zigarette, hörte von unten Geschrei. Die Mutter der Vidács-Zwillinge schimpfte mit ihren Söhnen. Sie war schon alt und schalt sie ständig mit unwahrscheinlich tiefer Stimme, doch wenn jemand anderer schlecht von ihnen redete, riss sie unter ihren Lumpen ein Messer hervor, damit fuchtelte sie herum. Als es passiert war, kam sie zu uns herauf. Sie hatte ihren geblümten, bunten Rock an, wie zu einer Feier. Sie stand in der Tür, beleibt, traurig.

»Kann ich irgendetwas für Sie tun, Herr Redakteur?«

»Besten Dank, Frau Vidács«, sagte Mutter, in der Eile fand sie nur ein Kompott vom vorigen Jahr. Doch Vater begleitete sie noch zum Lift.

»Wenn Sie vielleicht den ... den Jungen etwas sagen würden. Wegen der Blumen. Dass sie nicht vom Grab wegkommen ... die Jungen könnten vielleicht aufpassen.«

Frau Vidács holte tief Luft, um sogleich gegen die böswillige Anschuldigung zu protestieren, dann schüttelte sie nur den Kopf. Später war zu hören, dass sie mit ihren Söhnen schimpfte. Die grüßten Vater lächelnd, als er am nächsten Tag zum Beerdigungsinstitut ging, sie verbeugten sich sogar.

»Herr Redakteur!«

Vater wartete beim Lotto-Kiosk auf Mutter. Sie schritt so langsam dahin, als ginge sie über ein Minenfeld. Sie hatte nicht herkommen wollen, doch sie kam. Damals hatte sie einen zögernden Versuch gemacht, neben der Straße ein Kreuz aufstellen zu lassen, doch Vater wollte das nicht. Sie sah immer nur zu Boden, vor der Fahrbahn kam sie dann nicht umhin, aufzublicken. Vater hätte ihr entgegen, auf die andere Seite gehen können, doch er tat es nicht. Er stand da, mit der Zeitung in der Hand und beobachtete. Als Mutter herübergekommen war, sagte Vater, dass sie nun Lose kaufen würden. Sie setzten auf die alten Zahlen, sie kreisten sie nicht ein, wie der Nachbar, sondern machten Kreuze. Jede Kleinigkeit konnte wichtig sein. Sie setzten die Geburtstage. Auch meinen, natürlich. Als sie losgingen, warf Mutter einen Blick zurück auf den Seitenstreifen. Jetzt regnete es nicht. Es regnete nicht, wie damals.

Sie gingen in den teureren Laden einkaufen, auch das war Vaters Wunsch. Er war unaufmerksam, manchmal begann er zu pfeifen, redete in sich hinein. Mutter hatte Angst. Sie hatte solche Angst, als würde jetzt geschehen, was vor drei Jahren geschehen war. Etwas ist, indem es nicht ist. Mutter hasste Vater. Wäre er nicht, wäre auch das nicht. Das Ganze wäre nicht. Mutter hasste auch sich selbst. Wäre sie nicht, wäre genauso wenig etwas gewesen. Es wäre nicht passiert. Vor dem Regal mit den mediterranen Produkten schüttelte er den Kopf.

»Die Kapern sind schon wieder teurer geworden.«

»Mit dir stimmt was nicht«, sagte Mutter. Vater kniff die Augen zusammen, er legte die Weine in den Korb. Er kaufte Parmesan, lebendes Basilikum, Pilze, Oliven. Und gute italienische Nudeln, farbige. Pudding. Mutter sah ihn an, wie eine Erscheinung. Sie klammerte sich am Gitter des Einkaufswagens fest.

»Was ist los mit dir?«

Vater kochte. Er machte den Sugo, er liebte es, Sugo zu-

zubereiten. Er verwendete viel Knoblauch, verstohlen verschlang er eine Zehe. Sie aßen schweigend. Vater machte eine Flasche Wein auf.

»Trink noch«, sagte er zu Mutter.

»Es tut nicht gut.«

»Weißt du, was für einen Wein du da trinkst?«

Vater stand auf, ging um den Tisch herum und trat zu Mutter, er nahm ihre Hand. Er zog sie hinter sich her Richtung Schlafzimmer, ihr Fuß blieb am Stuhl hängen, Teller klirrten. Mutter blickte zur Kinderzimmertür zurück, die immer einen Spalt offen war.

»Was machst du?«

Vater setzte Mutter aufs Bett. Er berührte ihre Brust.

»Nein«, sagte Mutter.

Er begann ihr das Kleid aufzuknöpfen, die eine Brust quoll hervor.

»Nein«, flüsterte Mutter. Ihre Stimme hatte einen bekannten Klang. Sie war so wie damals. Vater zog Mutter aus. Er streichelte ihren Schoß, sein schneller Atem traf ihren Hals. Sie weinte.

»Ich muss zum Kind hinein«, keuchte sie. »Der Teddy ist umgefallen.«

»Er ist nicht umgefallen.«

»Doch.«

Eine Naht an ihrem Kleid platzte.

»Ich habe ihn der Vidács gegeben«, sagte Vater, und weil er es überleben wollte und wollte, dass auch Mutter es überlebte, legte er sich auf sie.

Um auch noch etwas über Literatur zu sagen

»Wo ist meine Pelzmütze?«, fragte mein Vater, als ich ihn auf dem Anwesen besuchte.

Wir saßen in der Küche, ich hörte die Bäume. Rund um das Gehöft gaben hohe Birken den Windstößen nach, sie tanzten und sangen. Sie ließen sich mit den Luftwirbeln ein, knarrten glücklich und schienen den grauen Himmel zu bürsten. Vater wird sie fällen lassen. Er hat es angekündigt. Mehrmals hatte er gesagt, dass es so sein werde. Er werde diese Scheißdinger fällen lassen. Es wird so sein, dachte ich, dass über dem Feldweg Staub aufsteigt, langsam nähert sich die weiße Wolke, ein Lastwagen bleibt stehen, Männer klettern von der Ladefläche, sie sind in Overalls unbestimmbarer Farbe und haben Schirmmützen auf. Sägen, Steckerleisten, Leitungen, Drähte, Sachkenntnis. So wird es sein. So stelle ich mir vor, dass ich es weiß. Von allem Möglichen stelle ich mir vor, dass ich es überhaupt nicht weiß. Doch das zum Beispiel weiß ich. Die Leute kommen, mit der Säge, mit dem Astbeil.

»Beißt der Hund?«

»Nur nach Sonnenuntergang«, sagt Vater, er mustert sie, ordnet sie ein, welcher stiehlt, welcher nicht. Es stehlen aber doch alle, nicht?

»Dann binden Sie ihn an, Alter.«

»Hören Sie nicht, dass die Kette rasselt?«

Die Arbeiter laufen hin und her, gestikulieren.

»Diese Bäume dort?«

»Auch die dort. Und die.«

Ich kippte den Wodka hinunter, den mir Vater hingeschoben hatte, schüttelte den Kopf und blickte um mich. Da waren einige Frauen, wie immer. Nackte Körper, aus Zeitschriften ausgeschnitten, an die Küchenwand geheftet. Von Zeit zu Zeit tauschte Vater sie aus. Eine Frau aus Kalifornien. Oder aus Hamburg. Eine Französin, im Hintergrund der breitschenkelige, schlanke Turm. Keine einzige hatte einen Stammplatz. Ich hörte die Hähne. Vater hält Hähne. Hennen nicht, nur Hähne. Wenn die Hähne sich gegenseitig ficken, gibt der eine der beiden Laute von sich, wie eine paarungswillige Henne. Seine Stimme wird dünn, wie der Ton einer Kinderpfeife voll Speichel. Der andere schreit wie ein Habicht. Dann wechseln sie, und nicht nur die Rollen, sondern auch die Stimmen.

Vater will von mir seine Pelzmütze zurück.

Vater hat in seinem Leben alles mögliche verloren. Seit ich denken kann, hat er diese Pelzmütze gesucht.

Man sagt über das zwanzigste Jahrhundert, es sei eine schwierige und ermüdende Epoche gewesen. Vater ist oft barfuß gegangen. Ich stelle mir den kleinen Jungen im sonnenverbrannten Panorama der ungarischen Tiefebene vor, eine Stoffhose schlottert um seine Beine, er betrachtet die Ungeheuer von Misthaufen, wie konnten sie zu solcher Größe wachsen, die Früchte rascheln am Johannisbrotbaum und natürlich die Träume. Er focht mit langstieligem, hohem Unkraut, genau wie ich später. Oder warf mit Kletten. Im Internat bekam er das Essen in einer durchweichten Pappschachtel. Den Weichselstrudel unter der Decke verschlingen, damit die anderen ihn nicht sahen. Er fror in der Kirche vor der heiligen Jungfrau und auf der blassroten Schlacke der Aschenbahn. Mein Vater war Läufer. Ein guter, der beste seines Jahrgangs. Er hungerte auch, glaube ich. Und zum Beispiel starb eins seiner Geschwister, der kleine Bruder. Er erhängte sich in der Scheune, mit dem milchweißen Lampenkabel. Nicht jeder Luftzug bringt den Körper zum Schwingen. Er war es, der ihn fand, gerade kam er aus der Schule, oder woher auch immer, er hat es erzählt, die Ader am Knöchel des Kleinen habe noch pulsiert, gelebt habe er nicht mehr.

Mein Vater wurde von seinem Stiefvater nicht geliebt.

Diese Leben sind so fern, dass ich sie nicht sehen kann.

Mein Vater hält Hähne.

Drei große Metallgitterbehälter mit mehreren Löchern, hinten, am Ende des Gartens. Das ist ihr Zuhause. Vater hat die Stämme der Obstbäume weiß angestrichen, so wie die Russen. Vater öffnet und schließt die Türen, er kommt und geht, schlurft im Garten herum, zieht das Bein nach. Er präsentiert seine Hähne gern wie Kunstwerke. Wie sie auf den Holzleisten sitzen. Er greift nach der Klinke. Dreht daran. Er öffnet und schließt die Tür. Ich mag seine Hände. Ich mag die Hände meines Vaters, dieser Körperteil ist wirklich verwandt mit mir, oder ich weiß nicht, er ist wie ein Bekannter. Vater hat mich nie geschlagen. Und ich glaube, er hat mich auch nicht angerührt oder in den Arm genommen.

Vater wurde von seiner Mutter nicht geliebt, doch darüber redet er nie. Daran erinnert er sich nicht gern. Und er redet auch nicht darüber, dass er selbst seine Mutter vielleicht auch nicht geliebt hat. Meiner Meinung nach hat er sie nicht geliebt. Ich glaube das deshalb, weil er nur von seinem Vater spricht, von seinem richtigen. Außer über seinen Vater, das heißt über meinen Großvater, spricht mein Vater auch viel über die Pelzmütze. Er hat diese Mütze geliebt, oh, und wie.

Auch ich habe ein Anwesen.

So ein Aussiedlerhof ist übrigens nichts Besonderes. Man muss nur arbeiten, Maß halten, planen, vorausschauen. Die Steuern, die Gebühren, die Ämter bezahlen. Dies und jenes schreiben. Eingaben. Briefe. Kopien machen. Abschreiben, was auch schon andere abgeschrieben haben. Dann auch Sachen schreiben, die meinem Vater oder meiner Mutter nicht behagen. Über den Hof. Man muss Dinge schreiben, die niemandem behagen. Auch mir nicht. Schreiben, worüber ich am liebsten in tiefes Schweigen versinken würde. Doch auch für das, was ich verschweige, denn letztlich tue ich das, ich verschweige dieses und jenes, aus Bequemlichkeit, aus Vergesslichkeit, aus Feigheit, egal, auch dafür bekomme ich Geld. Schweigen kann einträglich sein. Es ist ein Geschäft. Vater und Mutter und alle, die zu ihnen gehört haben und gehören, die Bäume, die Hähne, die verlassenen, baufälligen Höfe, die Felder ringsum, die in die Stille der Dämmerung eintauchenden Straßen, die Fotoalben, die Erinnerungen, die gerahmten Fotografien an den Wänden, all das ist für mich ein Geschäft. Mein Familiengeschäft. Ich verkaufe sie, feilsche für sie, treibe den Preis hoch, lasse nach, sie bleiben die Meinen. Bitte sie doch zu benutzen, meinen Vater, meine Mutter, die ganze Verwandtschaft. Sie funktionieren nicht? Macht nichts. Es ist keine Pleite. Mitnichten. Es ist dann auch ein Geschäft. Das liegt in der Natur der Sache.

Auch ich habe natürlich einen Hahn. Doch ich züchte auch Perlhühner, Enten, Gänse, sogar Puten. Am Drahtzaun fächelt der Pfau mit seinem Gefieder und musiziert für mich jeden Tag. Manchmal bringe ich einen meiner Pfauen zu einem Schönheitswettbewerb. Mal gewinne ich, mal nicht, auch das ist ein Geschäft. In dieser Gegend hat jeder einen Hof, auch darin unterscheide ich mich nicht von den Einheimischen. Und wenn ich keinen hätte, würde ich mich auch nicht von meinen Nachbarn oder von Vater oder Mutter unterscheiden, denn du brauchst nicht zu glauben, dass du anders bist, wenn du keinen Hof, keinen Vater, keine Mutter hast. Du kannst nicht anders sein. Nicht viel anders. Glaube ich. Ich habe einen Hof. Er ist mein Zuhause. Kurzum, ich schreibe über ihn.

Auch meine Mutter hatte ein schweres Schicksal.

Allein am Grabenrand sitzen, zwischen Weg-Malven, Kamillenblüten und Raps. Das Licht malt kleine Spiegel auf die weißen Schenkel eines Mädchens. Ein Mädchen mit rosafarbener, trauriger Möse, die zu bluten beginnt. Allein im Sumpf der Dämmerung summen. Das Gesäusel des Ofens im Winter, das Holz knackt, manchmal faucht grauer Rauch aus der eisernen Lunge. Im Nachbarzimmer singt die Verwandtschaft, sie knallen die Gläser auf den Tisch, der Hund draußen bellt nicht, er zittert, ständig strafft sich die Kette. Eine große, fremde, nette Verwandtschaft. Ihr, meiner Mutter, war die Schwester gestorben, an Leukämie. Ein kleines Tanzgenie, das sich auf einmal auf den kalten Boden setzte und langsam umkippte. Ihr Rock hat keine Zeit gehabt zu knittern. Meine Mutter lebte in ihrem Schatten, doch als die große Schwester starb, wurde es auch nicht leichter für sie. Dabei besteht Grund zur Hoffnung. Ans Licht zu gelangen, ans Sonnenlicht, zu fühlen, dass es nicht nur blendet, sondern auch wärmt. Dann wurde meiner Mutter klar, dass wer fortgeht, nicht fortgeht. Wer einen Hof hat, hat keinen. Mütze, Hof, es spielt keine Rolle. Gewisse Dinge bleiben bei uns, klammern sich an uns wie Kletten, solange wir leben. Ihre Schwester klammerte sich so an sie, dass sie sie hinabzog. Zurück in den Schlamm. Allesamt seid ihr hier, Lebende und Tote, Schuldige und Unschuldige, Schatten und tödliche Fata Morganen, und ihr bleibt. Das ist das Geschäft. Auch wenn ihr daran krepiert, wird es ein Geschäft sein.

Manchmal redet mich Mutter mit dem Namen meines Vaters an. Sie sind geschieden. Sie sind einander erhalten geblieben. Ein seltsames Flackern in den Augen meiner Mutter, und sie nennt mich beim Namen meines Vaters.

»Du bist so ein Scheißkerl wie er«, sagt sie und wirft Geld in den Spielautomaten. Was für ein feines, leises Klimpern.

Vater wollte die Pelzmütze haben.

Vor langer Zeit. Doch was einmal war, bleibt lebendig, wie verfaulendes Fleisch. Denn in dem, was verfault, ist Leben, wie wir wissen. Ein Geschäft. Fäulnis und Geschäft. Die Kinder sehnen sich nach Liebe, die Eltern lassen die eigenen Schwierigkeiten durchblicken. Im zwanzigsten Jahrhundert starben die Menschen früher als vorgesehen. Sie arbeiteten mehr für ihr Überleben als gut war. Meist waren sie mit anderem beschäftigt, als sie hätten sollen. Sie mussten sich mit Extrageschäften des Schicksals abgeben, mit verdammt vielen Nebensächlichkeiten, das war die Schicksalhaftigkeit, die Inspiration des Genius loci, wie man sagt oder irgend so was. Du hast zum Beispiel eine Pelzmütze. Doch dich beschäftigt nicht, wie sie dir steht, zu welchen Anlässen du sie aufsetzt, wie und wann du sie trägst, sondern dass unter dem von Kriegsrauch verhangenen Himmel dein Vater verschwindet, deine Mutter stirbt, dein Bruder sich aufhängt, dass du geliebt wirst, doch nein, du wirst nicht geliebt. Aus, vorbei. Man ist damit beschäftigt, wie man überleben, wie man durchhalten, wie man es ertragen kann, und dennoch, was kommt einem sonst noch alles in den Sinn. Wie kann einem inmitten von so viel Plunder Gott in den Sinn kommen. Eigentlich bewunderungswürdig. Wenn wir geboren werden und heranwachsen, erwarten wir im Grunde etwas anderes. Wir rechnen nicht damit, so viel tun zu müssen. Völlig zu Recht haben wir nicht einkalkuliert, es aushalten, es überstehen, es überleben zu müssen, die Zeit, sei sie listig, sei sie feige, hinter uns zu bringen, sondern dass es auch etwas anderes geben soll, einen verschossenen Waldessaum, einen Pfad, zwischen Steinen plätscherndes Quellwasser, einen unter dem Himmel knatternden Papierdrachen, Seifenblasen. Der Bereich jenseits des Überlebensnotwendigen, der zu so großen Hoffnungen Anlass gibt. Dann, indem man wächst, das heißt, indem man schrumpft, vervielfältigt sich die Kalkulation. Wer die diversen Prüfungen des zwanzigsten Jahrhunderts überlebt hatte, konnte von da an ernsthaft ins Staunen geraten. Er glaubte, dass war, was war, und auch wieder nicht. Dann erzählst du, wovon du keinen blassen Schimmer hast. Buchstäblich. Doch den Menschen bleibt eine immer wiederkehrende Frage. Warum ausgerechnet ich? Die Grundfrage dieser Epoche, des sogenannten zwanzigsten Jahrhunderts. Neben den Menschen kehren die Straßenfeger der Tragödien. Warum ausgerechnet ich? Warum nicht der andere.

»Wo ist die Pelzmütze?«, fragte mein Vater.

»Du Scheißkerl«, sagte meine Mutter und sah meinen Vater in mir.

Soviel ich weiß, haben mein Vater und meine Mutter einander eine Zeitlang geliebt. Ich bewahre eine Mappe mit Fotografien auf. Darin sind die Hochzeitsfotos, zwei junge, schöne Menschen, sie strahlen. Mein Vater mit der Pelzmütze auf dem Kopf. Auf einem anderen Bild hat meine Mutter die Pelzmütze auf. Sie lachen, ihre Zähne sind weiß wie Porzellan. Dann trennten sich einige Jahre später ihre Wege.

»Wo ist die Pelzmütze?«, fragte mein Vater und schob mir einen weiteren Wodka hin.

Hasserfüllt sah er mich an. Das war schon interessant, dass er mich hasste, eigentlich ist es eine Kränkung für ihn, dass ich bin. So eine Spezies hatte er nicht gewollt. Ich weiß nicht, was für einen Nachkommen er sich gewünscht hat, aber sicher nicht so einen. Nicht mich. Ein Leben wie seins hatte er nicht gewollt und auch nicht das aus so einem Leben entstandene Etwas. Das aus dem an einem Winterabend hinausgefickten Sperma entstandene Etwas. Ich sehe es in seinen Augen, er denkt, er habe seinen Namen vergeudet, er habe dieses Etwas vergeudet, das er ist und das seinen Weg in der Welt fortsetzen könnte, in der Geschichte, oder was weiß ich, worin. Auch mein Großvater und Urgroßvater hatten eine Pelzmütze. Es gibt Fotos von ihnen. Vielleicht will mein Vater wieder und wieder sich selbst sehen, nicht so etwas, wie ich es bin. Seine

Augen verengen sich, er hasst mich. Er hat Angst vor mir. Ein seltsames Gefühl. Er hat auch davor Angst, dass ich bin, dass ich anders bin. Nicht so wie er. Dass ich auf Mützen scheiße. Und dass ich auch Puten habe. Ich sitze vor ihm und klicke mit meinen fremden Fingernägeln auf das leere Wodkaglas. Und dass er damit irgendetwas anfangen müsste. Er kann nichts damit anfangen. Ich höre die Bäume, sie neigen sich in den Wind, knarren und ächzen, die Hähne ficken. Ich habe auch meine Hühner. Und einige Enten. Der Pfau lässt hinten im Garten sein Gefieder vibrieren, manchmal singt er. Der Mensch, bei uns jedenfalls, taucht zuerst den Finger in den Kalk und schüttelt dann seinen Schwanz, dass es Gott gibt. Er schüttelt ihn, damit es ihn gibt. Dann gibt es ihn auch, glaube ich. Ich denke, wenn Hass nicht Angst ist, was dann.

Mein Vater hat die Pelzmütze sein ganzes Leben lang gesucht, auch meinen Bruder hat er oft um sie gebeten, meine Mutter in einem fort, und nun verlangt er sie von mir. Morgen stirbt er. Er stirbt. Seine schönen Hände werden sich nicht mehr bewegen. Mein Vater glaubt mir nicht, darüber verlieren wir kein Wort mehr. Er trinkt seinen Wodka, auch ich trinke. Jeder trinkt etwas. Kalk lässt sich auch verdünnen. Ob Kalk, Marmelade, Blut, Wichse, es macht keinen Unterschied. Mein Vater glaubt nicht, dass ich nicht weiß, wo die Pelzmütze ist. Eine Mütze, die bei Regen, Schnee und Wind schützt, könne man nicht einfach so verschlampen.

Wegen einer Pelzmütze oder weshalb auch immer übertönen wir das Sirren des Blutes, Wichse vermischen wir mit Kalk. Bäume fällen wir, sie sollen nicht tanzen. Mein Vater hat Angst. Er ist so voller Angst, dass er außer sich selbst gar nichts sieht, nur diesen angstbebenden Jemand, und das gefällt ihm. Ich denke darüber nach, was von der Angst erschaffen wird. Inmitten solcher Prozesse leben wir, ich meine, wir nehmen nicht jeden zur Kenntnis. Sie folgen uns nach, wir wollen sie nicht. Wir wollen nicht solche. Die Pelzmütze dagegen bleibt. Und auch die Angst bleibt.

Meine Mutter sagte, sie wüsste nichts von einer Pelzmütze. Na, na, na, dachte ich. Und die Hochzeit mit Vater damals? Die Hochzeitsnacht? Die Träume? Die hochfliegenden Pläne?

»Geh zum Teufel«, sagt Mutter. »Hab Mitleid mit mir! Du kümmerst dich nicht! Du kümmerst dich nicht!«, knisterte der Spielautomat mit der Stimme meiner Mutter.

Ich habe lange nachgedacht, zum Beispiel darüber, was wäre, wenn die Mütze einen anderen Pelz hätte. Oder einfach aus Stoff wäre. Oder aus Filz. Mützen gibt es ja in allen möglichen Ausführungen. Ohrenschützer? Quaste? Nicht, dass ich mich brüsten wollte, aber ich wüsste Alternativen. Na, und ich habe ja auch selbst einen Pfau.

»Dein Vater will schon wieder die Pelzmütze von mir zurück?«, fragte Mutter mit Schadenfreude in der Stimme.

»Ich weiß nicht«, antworte ich, »er will sie immer zurück, mal von dir, mal von mir, von allen.«

»Doch er kriegt sie nicht«, lacht Mutter.

»Was hat dein Vater über mich gesagt?«, fragt Mutter, jetzt lachte sie nicht mehr.

»Was hat deine Mutter über mich gesagt?«, fragt mein Vater.

»Ich weiß, dass deine Mutter mich ausgelacht hat«, knurrte er, als ich zu ihm auf den Hof kam. Der Flaum der Pappeln fiel herab wie Schnee. Die Hähne arbeiteten aneinander.

»Du Hurensohn«, sagte er und schob mir noch einen Wodka hin.

Sie schieden mit dem Jahrhundert dahin. Ich glaube, es ist eine ernste Sache, so sehr aneinander zu hängen und an dem, was war und was hätte sein können.

»Mein Vater«, sagte ich zum Abschied.

»Meine Mutter«, sagte ich.

Ich ging heim. Ich goss die Blumen, schloss das Geflügel ein, gab dem Pfau einen Tritt. Wein hatte ich genug. Ich trank, betrachtete den Garten, mein Anwesen, mein Blick wanderte über die Felder, dorthin, wo die Bäume knarrten und im Stehen tanzten, in meinem Ohr war noch die Musik der einander fickenden Hähne. Später probierte ich vor dem Spiegel die Pelzmütze an. Ich glaube, sie stand mir gut. Ich dachte, wenn ich bis dahin gelangt war, wäre es vielleicht nicht übel, zu töten. Doch wen, wo sie doch schon gestorben waren?

Inhalt

Gott

Die Blume 9
Die Steintreppe 14
Der Papagei 22
Witzige Dinge, kuriose Fälle 27
Gutes Benehmen 34
Trommeln für die Patienten 45
Wo wohnt die Erde? 55
Kirchenreinigung 63
Eine sehr dringliche Angelegenheit 71
Tips für Hundehalter 80

Heimat

Ein leises Land 95
Wintermorgen 109
Der Sturz 115
Der Panther schläft ein 133
Meine Putzfrau Elena 141
Der Tod meines Nachbarn 150
Bestarbeit 161
Cornelia Vlad 176
Luxemburg 201
Shopping-Center 212

Familie

Mein kleiner Bruder und ich 221
Du fehlst deinem Papa 228
Schminke 239
Wer sieht sich einen Film nicht gern ein zweites Mal an? 245
Márta ist schon mal in Asien gewesen 253
Weil wir keine Dänen sind 267
Die Ballade von der rothaarigen Möse 285
Vater kommt heim 293
Was man bemerken muss und was nicht 300
Die Geldbörse 307
Auch Geldeintreiber sind Menschen 314
Der Baum 322
Vater und Mutter wollen es überleben 328
Um auch noch etwas über Literatur zu sagen 335

Mein Dank gilt Attila Bombitz